A TOCA das RAPOSAS

NORA SAKAVIC

A TOCA das RAPOSAS

TUDO PELO JOGO

VOL. 1

Tradução
Carolina Cândido

1ª edição

Galera
RIO DE JANEIRO
2023

REVISÃO
Carlos Maurício

ILUSTRAÇÃO DE CAPA
Stephanie Ginting

CAPA
Juliana Misumi

TÍTULO ORIGINAL
The Foxhole Court

CIP-BRASIL. CATALOGAÇÃO NA PUBLICAÇÃO
SINDICATO NACIONAL DOS EDITORES DE LIVROS, RJ

S152t Sakavic, Nora
A toca das raposas / Nora Sakavic ; tradução Carol Cândido. - 1. ed. - Rio de Janeiro : Galera Record, 2023.
(Tudo pelo jogo ; 1)

Tradução de: The foxhole court
ISBN 978-65-5981-265-3

1. Ficção americana. I. Cândido, Carol. II. Título. III. Série.

23-82060 CDD: 813
CDU: 82-3(73)

Meri Gleice Rodrigues de Souza - Bibliotecária - CRB-7/6439

Texto revisado segundo o Acordo Ortográfico da Língua Portuguesa de 1990.

Direitos exclusivos de publicação em língua portuguesa somente para o Brasil
adquiridos pela
EDITORA GALERA RECORD LTDA.
Rua Argentina, 120 – Rio de Janeiro, RJ - 20921-380 - Tel.: (21) 2585-2000,
que se reserva a propriedade literária desta tradução.

Impresso no Brasil

ISBN 978-65-5981-265-3

Seja um leitor preferencial Record.
Cadastre-se no site www.record.com.br e receba informações
sobre nossos lançamentos e nossas promoções.

Atendimento e venda direta ao leitor:
sac@record.com.br

NOTA DA EDITORA

Este livro é uma obra de ficção que contém cenas que podem ser perturbadoras a alguns leitores. A trilogia Tudo Pelo Jogo apresenta, ao longo de seus três volumes, situações e cenas fictícias e que possuem, por vezes, temáticas sensíveis. A Galera Record preza acima de tudo pelo bem-estar de seus leitores, e aconselhamos uma leitura responsável do conteúdo apresentado, de acordo com a faixa etária recomendada.

A TOCA das RAPOSAS

CAPÍTULO UM

Neil Josten deixou o cigarro queimar até o filtro, sem dar uma tragada sequer. Não queria saber da nicotina; seu foco era a fumaça acre que trazia lembranças da mãe. Se aspirasse devagar, a fumaça e o fogo poderiam ser quase como fantasmas. Era ao mesmo tempo nojento e reconfortante, e produzia um arrepio doentio que percorria sua espinha. O tremor ia até as pontas dos dedos, fazendo com que derrubasse as cinzas. Após caírem na arquibancada, entre o bico de seus sapatos, foram levadas pelo vento.

Olhou para o céu, mas as luzes do estádio ofuscavam o brilho das estrelas. Se perguntou, não pela primeira vez, se a mãe estaria olhando para baixo, para ele. Esperava que não. Ela o encheria de porrada se o visse daquele jeito, sentado, afundado na melancolia.

O rangido da porta se abrindo afastou-o de seus pensamentos. Neil puxou a mochila mais para perto e olhou para trás. O treinador Hernandez escancarou a porta do vestiário e se sentou ao seu lado.

— Não vi seus pais durante o jogo — disse Hernandez.

— Eles estão fora da cidade — justificou Neil.

— Ainda ou de novo?

Nenhuma das alternativas, mas não era uma resposta que Neil daria. Sabia que os professores e o treinador estavam cansados de ouvir as mesmas desculpas sempre que perguntavam sobre seus pais, mas era uma mentira tão fácil de se contar que a usava a todo instante. Explicava por que ninguém jamais veria os Josten pela cidade e por que Neil preferia dormir na escola.

Não é que não tivesse um lugar para morar. Era mais que as suas condições de moradia não estavam dentro da legalidade. Millport era uma cidade decadente e, por isso, havia dezenas de casas à venda e que jamais seriam vendidas. Ele havia ocupado uma dessas casas no verão do ano anterior, localizada em um bairro cuja população consistia basicamente em idosos. Era raro os vizinhos deixarem o conforto de seus sofás e de suas novelas, mas a cada vez que ia e vinha, corria o risco de ser visto. Se alguém percebesse que ocupava uma das casas, surgiriam perguntas complicadas. Por isso, era mais fácil invadir o vestiário e dormir lá. Neil não sabia por que Hernandez o deixava fazer aquilo sem o denunciar às autoridades. E achava melhor não perguntar.

O treinador esticou a mão. Neil entregou o cigarro para ele e observou enquanto Hernandez o apagava nos degraus de concreto. Ele jogou a bituca e se virou na direção de Neil.

— Achei que eles abririam uma exceção hoje — comentou.

— Ninguém sabia que este seria o último jogo — analisou Neil, olhando para a quadra.

A derrota daquela noite eliminou o Millport do campeonato estadual, faltando apenas dois jogos para a final. Tão perto e tão longe. De uma hora para a outra, a temporada chegara ao fim. Uma equipe desmontava a quadra, desarticulando as paredes de acrílico e rolando a grama sintética pelo chão. Quando acabassem, a quadra voltaria a ser um campo de futebol; nenhum vestígio de Exy até o outono. Neil se sentia mal só de ver, mas não conseguia desviar o olhar.

Exy era um esporte degenerado, uma espécie de lacrosse, jogado em uma quadra do tamanho de um campo de futebol e com toda a violência característica do hóquei no gelo; Neil amava cada elemento do esporte, da velocidade à agressividade. Nunca havia conseguido abrir mão daquela parte da sua infância.

— Mais tarde eu ligo pra eles e conto qual foi o placar — acrescentou ao perceber que Hernandez ainda o observava. — Não perderam grande coisa.

— Talvez — disse Hernandez. —Tem alguém aqui pra falar com você.

Essas palavras pareciam um verdadeiro pesadelo para alguém que passara metade da vida fugindo do passado. Neil se levantou em um salto e pendurou a mochila no ombro, mas o barulho de sapatos se arrastando o alertou que era tarde demais para escapar. Ao se virar, Neil se deparou com uma figura enorme e desconhecida parada na porta do vestiário. A regata branca deixava visíveis as tatuagens de chamas tribais nos braços. Uma das mãos estava enfiada no bolso da calça jeans. Na outra havia uma pasta volumosa. Sua postura era descontraída, mas seus olhos castanhos tinham uma expressão decidida.

Neil não o reconheceu, o que significava que não era dali. Em Millport havia menos de novecentos moradores. Ali, todo mundo sabia da vida de todo mundo. A mania de se intrometer tornava as coisas incômodas para Neil, por causa de seus segredos, mas ele confiava que a mentalidade de cidade pequena poderia ser usada como escudo. A fofoca sobre haver um desconhecido na cidade deveria ter chegado antes do desconhecido em si. Millport falhara com ele.

— Não sei quem é você — disse Neil.

— Ele é de uma universidade — explicou Hernandez. — Veio te ver jogar hoje.

— Até parece — respondeu Neil. — Ninguém recruta atletas de Millport. Ninguém nem sabe onde fica.

— Tem uma coisinha chamada mapa — rebateu o desconhecido —, talvez você já tenha ouvido falar.

Hernandez olhou para Neil em reprimenda e se levantou.

— Ele veio porque enviei sua ficha pra lá. Vi a nota que publicaram dizendo que a equipe precisava de um atacante, e achei que valia a pena tentar. Não te contei porque não sabia se daria em alguma coisa e não queria te dar falsas esperanças.

Neil o encarou.

— Você fez o quê?

— Tentei falar com seus pais quando ele marcou a reunião presencial hoje, mas não retornaram minhas ligações. Você disse que eles tentariam vir hoje.

— Eles tentaram — assegurou Neil —, mas não conseguiram.

— Não posso esperar por eles — avisou o desconhecido, parando ao lado de Hernandez. — Sei que a temporada já está no final e cheguei muito tarde, mas tive algumas dificuldades técnicas com a última atleta que recrutei. O treinador Hernandez disse que você ainda não escolheu uma faculdade para o outono. É perfeito, não é? Preciso de um atacante reserva e você precisa de um time. Tudo que precisa fazer é assinar na linha pontilhada e será meu jogador por cinco anos.

Neil tentou falar duas vezes até conseguir.

— Você não pode estar falando sério.

— Seríssimo, e com pouco tempo — advertiu o homem.

Ele jogou a pasta com a ficha de Neil na arquibancada, onde o garoto estivera sentado, para que ele visse o próprio nome rabiscado com marcador preto. Pensou em abrir a pasta, mas para quê? O garoto que este treinador pesquisara com tanto cuidado não era real e não existiria por muito mais tempo. Neil se formaria em cinco semanas e, uma semana depois disso, seria outra pessoa em algum lugar bem longe dali. Não importava que gostasse de ser Neil Josten. Ficara ali tempo demais.

Já deveria estar acostumado com aquilo. Passara os últimos oito anos fugindo, contando mentira atrás de mentira para apagar todos os seus rastros. Vinte e dois nomes entre ele e a verdade, e sabia o que aconteceria se alguém por fim ligasse os pontos. Assinar com uma equipe universitária significava mais do que ficar no mesmo lugar. Seria o mesmo que se colocar sob um holofote. A prisão não deteria seu pai por muito tempo, e Neil não sobreviveria a uma revanche contra ele.

Era um cálculo simples, mas que não tornava as coisas mais fáceis. Aquele contrato era uma passagem só de ida para um futuro, algo que Neil nunca poderia ter, e o desejava com tanta força que doía. Por um momento de vislumbre, se odiou por ter feito os testes para jogar em Millport. Sabia que não deveria pisar em uma quadra. A mãe dissera que nunca mais deveria jogar. Ela o alertara para manter sua obsessão distante, e ele desobedeceu. Mas o que mais poderia fazer? Ficou estagnado em Millport após a morte dela por não saber como seguir em frente. Aquele esporte era a única coisa que ainda tinha de verdadeiro. E agora que havia experimentado novamente a sensação, não sabia como abrir mão.

— Por favor, vá embora — pediu.

— Sei que é um tanto inesperado, mas preciso de uma resposta ainda hoje. O comitê está no meu pé desde que Janie foi internada.

Neil sentiu um aperto ao ouvir aquele nome. Olhou da pasta para o rosto do treinador.

— Raposas — disse Neil. — Universidade de Palmetto State.

O homem, que Neil agora sabia se tratar do treinador David Wymack, pareceu surpreso ao perceber como ele conectara rapidamente os pontos.

— Imagino que você tenha visto as notícias.

Dificuldades técnicas, afirmara ele. Um jeito interessante de dizer que a última atleta que recrutara, Janie Smalls, tentara se matar. A melhor amiga a encontrou sangrando em uma banheira e a levou para um hospital bem a tempo. A última notícia que Neil teve era que a garota agora estava sob observação em uma ala psiquiátrica de prevenção ao suicídio. Típico de uma Raposa, dissera o âncora, não muito delicado, mas sem exagero.

As Raposas da Universidade de Palmetto State eram uma equipe de pessoas talentosas, desprezadas e viciadas, porque Wymack só recrutava atletas oriundos de lares desfeitos. Sua decisão de transformar A Toca das Raposas em uma espécie de abrigo era perfeita no papel, mas significava que seus jogadores eram pessoas solitárias que não conseguiam relacionar-se entre si durante as partidas. Eram notórios na Associação

Atlética Universitária Nacional, a NCAA, tanto pela equipe reduzida quanto por ficarem na lanterna da competição por três anos consecutivos. O desempenho da equipe tinha sido consideravelmente melhor no ano anterior, graças à perseverança de sua capitã e à força de sua nova linha defensiva, mas ainda eram considerados uma piada pelos entendedores do esporte. Até o CRE, o Comitê de Regras e Regulamentos Exy, estava perdendo a paciência com os maus resultados.

Foi quando o ex-campeão nacional Kevin Day se juntou a eles. Era a melhor coisa que já havia acontecido com as Raposas e o motivo pelo qual Neil nunca poderia aceitar a oferta de Wymack. Neil não via Kevin há quase oito anos, e nunca estaria pronto para vê-lo de novo. Algumas portas precisavam permanecer fechadas. A vida de Neil dependia disso.

— Você não pode estar aqui — salientou Neil.

— E ainda assim, cá estou — respondeu Wymack. — Precisa de uma caneta?

— Não — rebateu Neil. — Não vou jogar pra você.

— Acho que escutei mal.

— Você contratou o Kevin.

— E Kevin quer te contratar, então...

Neil não ficou para ouvir o restante.

Subiu correndo pelas arquibancadas rumo ao vestiário. O metal rangia sob seus sapatos, mas o barulho não era alto o suficiente para abafar a voz de Hernandez, soando espantado. Neil não olhou para ver se os dois estavam indo atrás dele. Tudo o que sabia, tudo o que importava, era que precisava ficar o mais longe possível dali. Que se dane a graduação. Que se dane "Neil Josten". Iria embora naquela noite mesmo e correria até esquecer o que Wymack dissera para ele.

Neil não foi rápido o bastante.

Estava no meio do vestiário quando percebeu que não estava sozinho. Havia alguém esperando entre ele e a porta da frente. A luz iluminou uma raquete amarela quando o estranho desferiu um golpe, e Neil estava andando apressado demais para conseguir parar a tempo.

A madeira bateu em seu estômago com força o suficiente para esmagar seus pulmões. Não se lembrava de ter caído, mas de repente estava de quatro, se contorcendo inutilmente no chão enquanto tentava respirar. Vomitaria se pudesse ao menos dar aquela primeira arfada, mas seu corpo se recusava a cooperar.

O zumbido em seus ouvidos era a voz furiosa de Wymack, que parecia estar a quilômetros de distância.

— Porra, Minyard. É por isso que nunca temos nada de bom.

— Ah, treinador — argumentou alguém sobre a cabeça de Neil. — Se ele fosse bonzinho, não teria nenhuma utilidade para a gente, não é verdade?

— Ele não terá utilidade se você quebrar o moleque.

— Preferia que tivesse deixado ele ir embora? É só colocar um band-aid e já vai estar novo em folha.

O mundo escureceu, então tudo voltou a entrar em foco e se tornou cada vez mais nítido conforme o ar finalmente penetrava os pulmões agredidos de Neil. Inalou com tanta força que se engasgou, e cada tosse devastadora ameaçava parti-lo ao meio. Ele passou um braço ao redor da cintura para se recompor e lançou um olhar feroz para seu agressor.

Wymack já dissera o nome dele, mas nem teria sido necessário. Neil tinha visto aquele rosto em tantos recortes de jornais que seria impossível não o reconhecer à primeira vista. Andrew Minyard não parecia grande coisa pessoalmente, loiro e com um pouco mais de um metro e meio de altura, mas Neil sabia que a realidade era outra. Andrew era o goleiro calouro das Raposas e o investimento mais mortal que a equipe já fizera. A maioria dos atletas das Raposas destruía a si próprio, mas Andrew parecia mais interessado em causar danos aos outros. Passara três anos em um reformatório e escapara por um triz de cair lá uma segunda vez.

Andrew também foi a única pessoa na história a recusar um lugar na Universidade Edgar Allan, classificada em primeiro lugar. Kevin e Riko foram pessoalmente dar as boas-vindas a ele, mas Andrew se recusou e, em vez disso, assinou com as Raposas, lanternas do campeonato. Nunca chegou a explicar a motivação por trás da escolha, mas todos presumiram se dever ao fato de Wymack estar disposto a levar junto também a família dele. Aaron, irmão gêmeo de Andrew, e Nicholas Hemmick, primo deles, se juntaram à equipe no mesmo ano. Seja qual fosse o motivo, era comum que culpassem Andrew pela recente transferência de Kevin.

Kevin jogava pelos Corvos da Edgar Allan até quebrar a mão dominante em um acidente de esqui em dezembro do ano anterior. A lesão fez com que tivesse que sair da faculdade, mas a expectativa era de que passasse pelo processo de recuperação ao lado do antigo time, com o apoio dele. Em vez disso, ele se transferiu para Palmetto para ser o auxiliar técnico informal de Wymack. Três semanas atrás, fora oficialmente contratado para integrar a equipe titular do ano seguinte.

A única coisa que uma equipe tão sinistra quanto as Raposas tinha para oferecer a Kevin era o goleiro que certa vez o desprezara. Neil passara a primavera em busca de toda informação que pudesse encontrar sobre Andrew, na tentativa de descobrir mais sobre o homem que chamara a atenção de Kevin. Encontrar Andrew cara a cara era tão atordoante quanto doloroso.

Andrew sorriu para Neil e bateu dois dedos na própria têmpora em forma de cumprimento.

— Mais sorte da próxima vez.

— Vai se foder — xingou Neil. — De quem você roubou essa raquete?

— Peguei emprestada. — Andrew a jogou para Neil. — Pronto, toma.

— Neil — alarmou-se Hernandez, pegando o rapaz pelo braço para ajudá-lo a se levantar. — Meu Deus, você está bem?

— Andrew não sabe se comportar muito bem — disse Wymack, parando entre Neil e Andrew. Andrew não teve dificuldades em sentir que havia ali um esporro silencioso. Ergueu as mãos em uma redenção exagerada e se afastou para dar mais espaço para Neil. Wymack o observou ir embora antes de olhar para Neil. — Ele fraturou alguma coisa?

Neil levou uma mão às costelas com cuidado e inspirou, sentindo os músculos protestarem. Já quebrara ossos o suficiente no passado para saber que dera sorte dessa vez.

— Estou bem, treinador, e estou indo embora. Me solte.

— Nosso papo ainda não acabou — afirmou Wymack.

— Treinador Wymack... — começou Hernandez.

Wymack nem o deixou concluir.

— Posso dar uma palavrinha a sós com ele?

Hernandez olhou de Wymack para Neil e desistiu.

— Vou esperar lá fora.

Neil ouviu os passos dele se afastando. Houve um barulho quando ele chutou o suporte da porta, tirando-o do lugar, e então a porta de trás se fechou com um rangido agonizante. Neil esperou pelo clique antes de recomeçar a falar.

— Já dei a minha resposta. Não vou assinar com você.

— Você não escutou a proposta inteira — argumentou Wymack. — Se eu paguei passagem de avião para três pessoas virem até aqui te ver, o mínimo que pode fazer é me dar cinco minutos do seu tempo, não é?

A pressão de Neil sofreu um baque tão depressa que o mundo inteiro parecia estar inclinado. Ele deu um passo cambaleante para trás, se afastando de Wymack, em uma busca desesperada por equilíbrio e ar. A mochila bateu em seu quadril e ele segurou a alça em uma das mãos, precisando de algo para se firmar.

— Você não trouxe ele aqui.

Wymack o encarou.

— Algum problema com isso?

Impossibilitado de dizer a verdade, Neil acrescentou:

— Não sou bom o suficiente para jogar na mesma quadra que um campeão.

— É verdade, mas isso não importa — comentou uma nova voz, e Neil prendeu o fôlego.

Sabia que não deveria se virar, mas o fez de qualquer modo.

Devia ter adivinhado ao ver Andrew ali, mas se recusava a considerar aquilo. Não tinha por que um goleiro vir entrevistar um atacante em potencial. Andrew só estava ali porque Kevin Day nunca saía sozinho.

Kevin estava sentado no rack da televisão encostado na parede dos fundos. Ele havia empurrado a TV para um dos lados para ter mais espaço, espalhando os papéis ao seu redor. Assistira a todo aquele showzinho e, a julgar pelo olhar frio, não estava nada impressionado com a reação de Neil.

Fazia anos desde que estivera no mesmo aposento que Kevin; anos desde o momento em que viram o pai de Neil cortar um homem em centenas de pedaços sangrentos enquanto ele gritava. Conhecia o rosto de Kevin tão bem quanto o seu próprio, consequência do fato de Kevin ter crescido aos olhos do público a uns mil quilômetros de distância. Ele estava completamente diferente. Mas, de algum jeito, ainda o mesmo — dos cabelos escuros aos olhos verdes até o número dois tatuado na maçã do rosto, do lado esquerdo. Neil sentiu vontade de vomitar ao ver aquele número preto.

Kevin já exibia o número naquela época, mas ainda era jovem demais para fazer uma tatuagem. Então, ele e Riko Moriyama, seu irmão adotivo, escreviam os números um e dois em seus rostos com canetas, retocando-os repetidamente sempre que começavam a desaparecer. Neil não entendia na época, mas Kevin e Riko tinham grandes ambições. Seriam famosos, foi o que prometeram a Neil.

E estavam certos. Entraram em times profissionais e jogaram pelos Corvos. No ano anterior, foram convocados para a seleção nacional, a US Court. Eram campeões, e Neil não passava de mentiras e enrascadas.

Neil sabia que Kevin não o reconheceria. Tudo acontecera há muito tempo; a distância era enorme. Neil disfarçava sua aparência ainda mais tingindo os cabelos em uma cor escura e usando lentes de contato castanhas. Mas por qual outro motivo Kevin Day estaria ali procurando por ele? Nenhuma faculdade da primeira divisão se rebaixaria tanto, nem mesmo as Raposas. A ficha escolar de Neil dizia que ele começara a jogar Exy um ano antes. Ele fez questão de agir como alguém que não conhecia o esporte, até mesmo carregando manuais para cima e para baixo durante o outono anterior. Foi fácil fingir no começo, já que fazia oito anos desde que pegara numa raquete. Também ajudava o fato de estar jogando em uma posição diferente daquela que havia sido a sua na liga infantil, pois precisou reaprender o jogo sob uma nova perspectiva. Sua curva de aprendizado fora invejável e inevitável, mas ainda assim, se esforçava muito para não brilhar.

Teria dado algum vacilo? Ficou óbvio demais que tinha uma experiência prévia no jogo sobre a qual não comentara? Como conseguiu chamar a atenção de Kevin apesar de seus constantes esforços para se esconder? Se fora tão fácil para Kevin, que tipo de sirene estava enviando para o pessoal do pai dele?

— O que você está fazendo aqui? — perguntou, os lábios dormentes.

— Por que você estava indo embora? — retrucou Kevin.

— Perguntei primeiro.

— O treinador já respondeu — desafiou Kevin, já um pouco impaciente. — Estamos esperando você assinar o contrato. Para de desperdiçar nosso tempo.

— Não — disse Neil. — Tem milhares de atacantes que matariam para poder jogar com vocês. Por que não vão encher o saco deles?

— Vimos as fichas de todos — disse Wymack. — E escolhemos você.

— Não vou jogar com Kevin.

— Vai sim — afirmou Kevin.

Wymack deu de ombros para Neil.

— Caso não tenha percebido, não vamos embora até você aceitar. Kevin diz que precisamos ter você, e ele está certo.

— Assim que abrimos a carta do seu treinador, devíamos ter jogado fora — disse Kevin. — Sua ficha é patética e não quero alguém tão inexperiente quanto você em quadra. Seria ir contra tudo o que estamos tentando fazer pelas Raposas esse ano. Mas, para a sua sorte, seu técnico fez mais do que só mandar suas estatísticas. Ele mandou um vídeo e vimos você em ação. Você joga como se sua vida dependesse disso.

Alguém tão inexperiente quanto ele.

Se Kevin se lembrasse dele, saberia que aquela ficha não passava de uma grande mentira. Saberia das equipes que Neil jogara na liga infantil. Lembraria do treino interrompido pelo assassinato daquele homem.

— Foi por isso — disse Neil baixinho.

— Só vale a pena jogar com atacantes assim.

O alívio deixou Neil abalado. Kevin não o reconhecera, e aquilo não passava de uma coincidência terrível. Talvez fosse o jeito que o universo encontrou de demonstrar o que aconteceria se ficasse no mesmo lugar por tanto tempo. Poderia não ser Kevin da próxima vez. Poderia ser o pai de Neil.

— Na verdade, pra gente é ótimo que você esteja aqui tão longe — apontou Wymack. — Ninguém além da nossa equipe e conselho universitário sabe que estamos aqui. Não queremos que sua contratação vire notícia esse verão. Já temos que resolver muitas coisas agora e não queremos que essa confusão atinja você antes que esteja no campus, seguro e já familiarizado. Seu contrato tem uma cláusula de confidencialidade que diz que você não pode contar a ninguém que está na equipe até o começo da temporada, em agosto.

Neil olhou para Kevin de novo, procurando algum indício de que se lembrava de seu nome verdadeiro.

— Não acho que seja uma boa ideia.

— Sua opinião foi devidamente anotada e descartada — disse Wymack. — Tem mais alguma coisa pra falar ou já vai começar a assinar a papelada?

A coisa mais inteligente a ser feita era fugir. Ainda que Kevin não soubesse quem Neil era, aquela era uma ideia péssima. As Raposas viviam nas manchetes, algo que só pioraria agora que Kevin fazia parte do time. Neil não deveria se submeter a esse tipo de exposição. Deveria rasgar o contrato de Wymack em mil pedacinhos e se mandar.

Ir embora significava viver, mas o estilo de vida de Neil era apenas sobreviver. Um novo nome, um novo lugar e a certeza de que não podia olhar para trás. Fazia as malas e ia embora assim que começava a se sentir em casa. Neste último ano, viver sem a mãe ao seu lado foi como estar completamente sozinho, à deriva. Não sabia se estava pronto para isso.

Também não sabia se estava pronto para abrir mão do Exy. Era a única coisa capaz de fazer com que se sentisse alguém. O contrato de Wymack era uma permissão para continuar jogando e uma chance de fingir ser normal por mais algum tempo. Wymack dissera que a duração do contrato era de cinco anos, mas Neil não precisava ficar por tanto tempo. Poderia se esconder e fugir quando quisesse, certo?

Olhou novamente para Kevin. Ele não o reconhecera, mas talvez uma parte dele se lembrasse do garoto com quem convivera tantos anos atrás. O passado de Neil estava trancado nas lembranças de Kevin. Era a prova de que existira de verdade, assim como era este jogo que ambos jogavam. Kevin provava que Neil era real. E talvez também fosse a melhor chance que Neil tinha de saber quando deveria ir embora de novo. Se morasse, treinasse e jogasse ao lado dele, conseguiria perceber indícios de que suspeitava de algo. No instante em que Kevin começasse a fazer perguntas ou o olhasse de um jeito estranho, Neil se mandaria.

— Então? — perguntou Wymack.

O instinto de sobrevivência e a vontade travavam um duelo mortal, e o resultado era um pânico quase extenuante.

— Preciso falar com a minha mãe — respondeu Neil, porque não sabia mais o que dizer.

— Pra quê? — perguntou Wymack. — Você já é maior de idade, não é? Sua ficha diz que você tem dezenove anos.

Neil tinha dezoito, mas não ia contradizer o que sua papelada falsificada afirmava.

— Mas preciso perguntar mesmo assim.

— Ela vai ficar feliz por você.

— Talvez — concordou Neil baixinho, ciente de que aquilo era uma mentira. Se a mãe soubesse que ele cogitava aceitar aquilo, ficaria furiosa. No fim das contas, era bom ter a certeza de que ela jamais saberia, mas Neil não achava que "bom" deveria provocar a sensação de uma facada no peito. — Falo com ela hoje à noite.

— Podemos te dar uma carona até a sua casa.

— Tô de boa.

Wymack olhou para as Raposas.

— Esperem no carro.

Kevin juntou toda a papelada e desceu de onde estava sentado. Andrew esperou que Kevin o alcançasse, conduzindo-o para fora do vestiário. Wymack aguardou até que os dois fossem embora e olhou sério para Neil.

— Você precisa que um de nós fale com seus pais?

— Tô de boa — repetiu Neil.

Wymack abriu mão da sutileza na próxima pergunta.

— São eles que estão te machucando?

Neil o encarou, completamente perdido. A pergunta era tão brusca e ultrapassava tantos níveis de grosseria que ele mal sabia como começar a responder. Wymack pareceu perceber, porque prosseguiu antes que Neil pudesse responder.

— Vamos tentar de novo. Perguntei isso porque o treinador Hernandez acha que você dorme aqui várias vezes na semana. Ele acredita que tem alguma coisa acontecendo porque você nunca se troca no vestiário com os outros e não deixa ninguém conhecer seus pais. Foi por isso que ele te indicou pra mim, por achar que você se encaixaria bem no time. Entende o que isso significa, certo? Você sabe o tipo de atleta que eu costumo recrutar.

"Não sei se ele está certo", continuou ele, "mas suspeito que não esteja completamente equivocado. De qualquer maneira, vão trancar o vestiário assim que o ano letivo acabar. Você não vai conseguir vir pra cá durante o verão. Se seus pais forem um problema, podemos arranjar antes a sua mudança para a Carolina do Sul."

— O quê? — perguntou Neil, surpreso.

— A galera do Andrew fica na cidade durante as férias de verão — disse Wymack. — Eles se hospedam na casa da Abby, a enfermeira da equipe. Lá já está cheio, mas você pode ficar comigo até o dormitório abrir em junho. Meu apartamento não é feito para duas pessoas, mas eu tenho um sofá que é um pouco mais macio do que uma pedra.

"Podemos dizer que você está lá para começar os treinos de condicionamento físico. Metade deles deve acreditar. O resto você não vai conseguir enganar, mas isso não importa. Raposas são Raposas por um motivo, e eles sabem que a gente não te contrataria se você não fosse qualificado. Isso não significa que precisam saber dos detalhes. Não cabe a mim perguntar, e com certeza nunca contaria pra eles."

Levou duas tentativas para conseguir formular a pergunta.

— Por quê?

O treinador Wymack ficou quieto por um minuto.

— Você acha que monto o time do jeito que faço por achar que dá uma boa história? É sobre segundas chances, Neil. Segundas, terceiras, quartas, tanto faz, desde que você consiga pelo menos uma a mais do que qualquer outra pessoa queira te dar.

Neil tinha ouvido mais de uma pessoa se referir a Wymack como sendo um idealista, mas era difícil falar com ele e não achar que acreditava mesmo naquilo. Neil estava dividido entre a descrença e o desdém. Não entendia por que Wymack aceitaria se decepcionar tantas vezes seguidas. No lugar dele, Neil já teria desistido das Raposas anos atrás.

Wymack deu um instante para que Neil pudesse pensar antes de perguntar de novo:

— Seus pais vão ser um problema?

Era coisa demais para arriscar, mas também coisa demais para abrir mão. Doeu quando assentiu, mas doeu ainda mais ver o olhar cansado de Wymack. Não era a pena que julgava ver em Hernandez de vez em quando, mas algo familiar que dizia que Wymack entendia o quanto era difícil ser Neil. Que ele entendia a sensação de que acordar todos os dias era um desafio, assim como era seguir em frente todos os dias. Duvidava que o homem de fato entendesse, mas mesmo aquele leve ar de compreensão já era mais do que tivera em toda a sua vida. Precisou desviar o olhar.

— Sua cerimônia de formatura é dia 11 de maio, de acordo com seu treinador — disse Wymack, por fim. — Vamos mandar alguém te buscar no aeroporto na sexta-feira, dia 12.

Neil quase ressaltou que ainda não havia aceitado nada, mas as palavras morreram em sua garganta quando percebeu que, na verdade, iria aceitar.

— Fique com a papelada esta noite — ofereceu Wymack, empurrando a pasta para Neil de novo. Dessa vez, Neil a pegou. — Seu treinador pode me enviar as cópias assinadas por fax na segunda-feira. Bem-vindo ao time.

Parecia apropriado dizer "obrigado", mas Neil não conseguiu. Olhava fixamente para o chão. Wymack não esperou muito tempo pela resposta antes de sair em busca de Hernandez.

A porta dos fundos se fechou atrás dele, e os nervos de Neil estavam em frangalhos. Correu para o banheiro e conseguiu chegar na cabine a tempo de vomitar na privada.

Podia imaginar a raiva que a mãe sentiria se soubesse o que estava fazendo. Ele se lembrava muito bem de seu puxão de cabelo selvagem. Todos esses anos tentando se manter em movimento e escondidos, e ele estava prestes a destruir todo o trabalho árduo dela. Sabia que a mãe jamais o perdoaria por aquilo, o que não ajudava em nada para aliviar a sensação de aperto no estômago.

— Desculpa — arfou entre uma tosse e outra. — Desculpa, desculpa.

Cambaleou até a pia para enxaguar a boca e se olhou no espelho acima dela. Com cabelo preto e olhos castanhos, parecia uma pessoa sem graça, comum: alguém que não se destacaria na multidão, alguém de quem as pessoas não se lembrariam. Era exatamente o que queria, mas se perguntava se esse disfarce também o protegeria quando seu rosto estivesse nos noticiários. Fez uma careta para seu reflexo e se aproximou do espelho, puxando com força mechas de cabelo para verificar as raízes. Estavam escuras o suficiente para que pudesse ficar tranquilo; afastou-se um pouco do espelho.

— Universidade — frisou baixinho. Parecia um sonho; tinha gosto de maldição.

Abriu a mochila o suficiente para guardar a papelada de Wymack. Quando voltou para a sala principal, os dois treinadores esperavam por ele. Sem dizer nada, Neil passou por eles em direção à porta.

Andrew abriu a porta traseira do SUV de Hernandez quando Neil passou, um sorriso zombeteiro no rosto.

— Bom demais pra jogar com a gente, e bom demais pra pegar carona com a gente?

Neil lançou um olhar frio para ele e caminhou depressa. Já estava correndo quando chegou na entrada do estacionamento. Deixou o estádio e as Raposas e suas promessas boas demais para serem verdade para trás, mas o contrato não assinado na mochila parecia uma âncora em volta de seu pescoço.

Neil perdeu as contas de em quantos aeroportos já tinha estado. Mesmo depois de tantas vezes, ainda sim não conseguia se sentir confortável neles. Eram muitas pessoas para prestar atenção, e voar com passaportes falsos era sempre um risco. Herdara os contatos da mãe após sua morte, então sabia que era confiável, mas o coração acelerava sempre que alguém pedia para ver seus documentos.

Nunca tinha estado no Aeroporto Internacional de Phoenix ou no Regional, mas havia algo familiar no ritmo frenético de ambos. Ficou quase um minuto parado ao lado do portão de chegada do Regional, enquanto os demais passageiros se dirigiam apressados para a saída ou para suas conexões. A multidão ao seu redor era o que se costumava encontrar em aeroportos: turistas, executivos e estudantes voltando para casa no fim do semestre. Não esperava reconhecer ninguém ali, já que nunca estivera na Carolina do Sul, mas era sempre bom se precaver.

Por fim, seguiu as placas que indicavam um corredor e um lance de escadas que levava à área de desembarque. Era sexta-feira à tarde, o que significava que o pequeno saguão estaria consideravelmente cheio, mas encontrar o carro que o treinador Wymack havia prometido foi mais fácil do que Neil esperava.

Foi o peso do olhar do seu colega de time que fez com que Neil o fitasse quase imediatamente. Era um dos gêmeos. A julgar pela expressão calma, Neil duvidava que fosse Andrew. Aaron Minyard era com frequência mencionado como "o mais normal" dos dois, apesar dessa informação ser quase sempre seguida por um debate acerca da possibilidade de alguém que compartilhava dos mesmos genes que Andrew ser considerado equilibrado.

Neil atravessou o recinto na direção do gêmeo. Neil era o jogador mais baixo na linha dos Dingos de Millport, mas era sete centímetros mais alto do que Aaron. O fato de estar vestido de preto da cabeça aos pés não ajudava a aparentar mais altura, e Neil se perguntou como ele aguentava usar mangas compridas em maio. Sentia calor só de olhar para elas.

— Neil — disse Aaron em vez de cumprimentá-lo, e apontou para a placa. — Vamos pegar a sua bagagem.

— Só tenho isso. — Neil bateu na alça da mochila de lona pendurada no ombro. Era pequena o suficiente para servir de bagagem de mão, mas razoavelmente grande para carregar todos os seus pertences.

Aaron aceitou sem mais comentários e começou a andar. Neil o seguiu pelas portas de vidro deslizantes, saindo para a abafada tarde de verão. Uma pequena multidão esperava o semáforo abrir na faixa de pedestres, mas Aaron passou por eles, atravessando a rua. Pneus cantaram conforme um táxi derrapava até parar a centímetros do corpo diminuto de Aaron. Ele não pareceu notar, mais interessado em acender o cigarro nos lábios. Prestou ainda menos atenção aos xingamentos gritados pelo motorista. Neil fez um gesto de desculpa ao taxista e correu para alcançar o garoto.

Um carro preto sofisticado estava parado seis fileiras atrás, no estacionamento. Neil não entendia muito de carros, mas só de olhar sabia quando algo era caro. Por alguns instantes cogitou que houvesse outro carro menor atrás dele, fora de sua vista, mas Aaron destrancou o veículo ao apertar um botão no chaveiro.

— Mochila no porta-malas — disse, abrindo a porta do motorista e se sentando de lado para fumar.

Obediente, Neil colocou a mochila no porta-malas antes de se sentar no banco do carona. Aaron não se moveu até que o cigarro estivesse pela metade. Jogou a bituca no chão de concreto e fechou a porta com força. Virou a chave na ignição e o motor roncou; Aaron olhou para Neil de novo. A sombra de um sorriso surgiu no canto da boca, mas decididamente não era uma expressão amigável.

— Neil Josten — repetiu, como se testasse o som. — Vai ficar por aqui durante o verão, não é?

— Sim.

Aaron colocou o ar-condicionado no máximo e engatou a ré.

— Somos cinco então, mas estão falando que você vai ficar com o treinador.

O treinador Wymack alertara Neil que os primos Andrew, Aaron e Nicholas estariam na cidade, mas a conta ainda não fechava. Neil sabia quem era aquela quinta pessoa. Não queria acreditar, por mais que soubesse que deveria ter imaginado. Kevin estivera grudado em Andrew desde a sua transferência. Ainda assim, Neil precisava se certificar.

— Kevin vai ficar no campus? — perguntou.

— Kevin está onde a quadra está. Não consegue viver sem ela — ironizou Aaron.

— Não achei que a quadra seria o motivo de ele ficar aqui — comentou Neil.

Aaron não respondeu. Era um caminho curto até a saída do estacionamento e Aaron apressou-se para pegar a atendente no guichê. Assim que a cancela se ergueu para deixá-los sair, ele meteu o pé no acelerador. Alguém buzinou em advertência quando entraram no trânsito sem dar preferência, e Neil colocou o cinto discretamente. Aaron não pareceu notar ou se importar. Quando estavam na estrada, olhou de lado para Neil.

— Ouvi dizer que você não se deu bem com o Kevin no mês passado.

— Ninguém me avisou que ele estaria lá — respondeu Neil, observando a paisagem que passava depressa pela janela. — Talvez você me perdoe por não ter reagido exatamente bem.

— Talvez não. Não acredito nessa história de perdão, e não foi a mim que você ofendeu. É a segunda vez que um novato dá um fora desses nele. Ficaria com o orgulho ferido, se alguma coisa conseguisse abalar aquela arrogância dele. Mas ele está apenas perdendo a fé na inteligência dos atletas de escola.

— Tenho certeza de que Andrew teve motivos pra recusar, assim como eu.

— Você disse que não era bom o suficiente, mas ainda assim está aqui. Acha que um verão de treino vai fazer tanta diferença assim?

— Não — admitiu Neil. — Só foi bem difícil dizer não.

— O treinador sempre sabe as palavras certas, né? Mas isso torna as coisas mais difíceis pra gente. Nem Millport deveria ter se arriscado com você.

Neil deu de ombros.

— Millport é uma equipe pequena demais pra ligar pra experiência. Eu não tinha nada a perder tentando e eles não tinham nada a ganhar recusando minha entrada. Foi uma questão de estar no lugar certo e na hora certa, eu acho.

— Você acredita em destino?

Neil notou o leve desprezo na voz do garoto.

— Não. Você?

— Sorte, então — disse Aaron, ignorando a pergunta.

— Só acredito no azar.

— Ficamos lisonjeados com a opinião tão elevada que tem de nós.

Aaron virou o volante, deslizando o carro de uma faixa para a outra sem se preocupar em checar o trânsito à sua volta. Buzinas soaram atrás deles. Neil observou pelo retrovisor enquanto carros derrapavam para desviar deles.

— Esse carro é bonito demais pra ser destruído — disse.

— Não tenha tanto medo de morrer — retrucou Aaron enquanto o carro percorria quatro faixas para chegar à saída. — Se tiver, nossa quadra não é pra você.

— Estamos falando de um esporte, não de uma disputa até à morte.

— É a mesma coisa — afirmou Aaron. — Você está jogando em um time da primeira divisão que tem Kevin como titular. As pessoas estão sempre prontas pra sangrar por ele. Imagino que tenha visto nos jornais.

— Vi — confirmou Neil.

Aaron estalou os dedos como se aquilo fosse o fim da discussão. Neil não tinha muito como contradizer esse argumento, então deixou pra lá.

Kevin Day e o irmão adotivo, Riko Moriyama, eram aclamados como filhos do Exy. A mãe de Kevin, Kayleigh Day, e o tio de Riko, Tetsuji Moriyama, criaram o esporte cerca de trinta anos atrás, enquanto Kayleigh estava estudando no exterior, em Fukui, no Japão. Começou como um experimento que, aos poucos, se expandiu das fronteiras do campus onde estudava para times locais, e, enfim, atravessando o oceano para o resto do mundo. Kayleigh o levou consigo de volta para casa, na Irlanda, após terminar a faculdade, e os Estados Unidos aderiram pouco tempo depois.

Kevin e Riko foram criados em meio ao Exy. Quando o enorme estádio de Edgar Allan, Castelo Evermore, o primeiro estádio de Exy da NCAA nos Estados Unidos, não passava de um projeto ainda na planta, Kevin e Riko já tinham raquetes personalizadas. Após a morte de Kayleigh num acidente de carro, Tetsuji acolheu Kevin, mas o novo treinador dos Corvos não tinha tempo para educar crianças. Riko e Kevin passaram seus anos de formação no Evermore com os Corvos, sendo considerados os mascotes não oficiais da equipe. Quando não estavam sendo treinados por Tetsuji, eram treinados pela equipe, e eram tutorados lá para que não tivessem que deixar o estádio para frequentar as aulas.

Kevin e Riko cresceram em frente às câmeras, mas sempre com o Exy como pano de fundo e sempre juntos. Até Kevin ser transferido para Palmetto State, ele e Riko nunca eram vistos em quartos separados. A infância não convencional que tiveram fez com que muitas pessoas se preocupassem com o bem-estar psicológico de ambos, mas também alimentou uma obsessão quase doentia pela dupla. Riko e Kevin eram a cara dos Corvos. Para muitos, eles eram o futuro do Exy.

Em dezembro do ano anterior, Riko e Kevin sumiram de cena durante semanas. Quando o campeonato primaveril começou em janeiro, nenhum dos garotos estava na escalação inicial dos Corvos. Foi apenas no fim de janeiro que Tetsuji Moriyama tocou no assunto em uma entrevista coletiva, e a notícia foi um grande golpe para fãs de Exy ao redor do mundo: Kevin Day quebrara a mão dominante em uma viagem, enquanto esquiava. De acordo com Tetsuji, Kevin e Riko estavam arrasados demais para lidar com os Corvos ou com os torcedores transtornados naquele momento.

No dia seguinte, o treinador Wymack disse à imprensa que Kevin estava se recuperando na Carolina do Sul. Serem informados de que Kevin nunca mais jogaria era horrível; mas descobrir que ele deixaria os Corvos era, de alguma forma, ainda pior para os torcedores obcecados. Se Kevin passasse a atuar fora de quadra como auxiliar técnico, o mínimo que poderia fazer era ceder seu prestígio e conhecimento ao time do coração. Os torcedores ficaram ofendidos em nome da equipe que tanto amavam, mas a maioria presumia que ele seria transferido de volta assim que a mão estivesse curada. Mas Kevin assinara com as Raposas em março — não como técnico, mas como atacante.

Os torcedores passaram de desolados para traídos. Desde então, Palmetto State sentia o peso dessa fúria. A universidade e o estádio foram vandalizados dezenas de vezes e houve inúmeras brigas no campus. A tendência era piorar quando a temporada começasse e as pessoas vissem Kevin vestindo o uniforme das Raposas. Neil não estava nada ansioso para se ver no meio daquela confusão.

O condomínio onde Wymack morava ficava a vinte minutos de carro do aeroporto. O estacionamento estava quase vazio, uma vez que estavam no meio da tarde de um dia útil, mas três pessoas esperavam na calçada. Aaron saltou primeiro do carro, apontando o chaveiro para a traseira. Neil ouviu as fechaduras ao sair do veículo. Aaron foi se juntar aos outros na calçada enquanto Neil pegava a mochila no porta-malas. Pendurou-a no ombro, relaxando um pouco com o peso familiar, e fechou o porta-malas. Quando olhou para a frente, encontrou-se no centro das atenções.

Os gêmeos estavam em pé, um de cada lado de Kevin e, apesar de vestidos de forma idêntica, era fácil distingui-los pela expressão em seus rostos. Aaron parecia entediado agora que havia cumprido seu dever e levado Neil até ali. Andrew estava sorrindo, mas Neil sabia que aquela animação não significava que seria simpático. Ele também estava sorrindo quando deu uma raquetada no estômago de Neil.

Nicholas Hemmick era o único que parecia de fato feliz em ver Neil, descendo para a rua conforme ele se aproximava. Aquela distração era bem-vinda, pois o impedia de olhar para Kevin. Neil aceitou prontamente a mão oferecida por Nicholas.

— E aí — disse o garoto, usando o aperto na mão de Neil para puxá-lo para a calçada. — Bem-vindo à Carolina do Sul. O voo foi tranquilo?

— Tudo de boa — confirmou Neil.

— Eu sou o Nicky. — O garoto deu outro apertão na mão de Neil antes de soltá-la. — Primo do Andrew e do Aaron e um defensor de primeira.

Neil olhou dele para os gêmeos e de volta para ele. Enquanto os gêmeos tinham a pele mais clara, a de Nicky era mais escura; e o cabelo era preto, com os olhos castanho-escuros. Ele também era alguns bons centímetros mais alto.

— Primo de sangue?

Nicky riu.

— Não parece, né? Puxei à minha mãe. Meu pai a "resgatou" do México durante uma viagem aleatória como missionário. — Ele revirou os olhos dramaticamente, e então apontou os outros com o polegar. — Você já conhece eles, né? Aaron, Andrew, Kevin? Era para o treinador estar aqui pra te deixar entrar, mas ele teve que dar uma passada no estádio. O CRE o chamou, acho que pra falar de alguma encheção de saco, tipo por que não anunciamos nosso reserva para o público ainda. Enquanto isso, você fica aqui com a gente, mas estamos com as chaves. As malas estão no porta-malas?

— Isso é tudo— mostrou Neil.

Nicky arqueou uma sobrancelha e olhou para os outros.

— Ele é do tipo que viaja com pouco. Queria ser assim, mas, porra, sou materialista demais.

— Materialista é pouco — provocou Aaron.

Nicky sorriu e segurou o ombro de Neil, guiando-o para passar pelos outros em direção à porta.

— É aqui que o treinador mora — explicou sem necessidade alguma. — Ele tem grana, então pode morar em um lugar assim, enquanto nós, os pobres, precisamos nos contentar com o sofá dos outros.

— Seu carro é bem maneiro pra alguém que se acha pobre — disse Neil.

— É por causa disso que nós somos pobres — respondeu Nicky em um tom seco.

— A mãe do Aaron comprou o carro pra gente com a grana do seguro de vida — explicou Andrew. — Nem um pouco surpreendente ela ser útil apenas depois de morrer.

— Pega leve — disse Nicky, mas olhava para Aaron enquanto dizia isso.

— Leve, levinho. — Andrew ergueu as mãos, dando de ombros sem se importar. — Por que se importar com isso? O mundo é cruel, não é, Neil? Você não estaria aqui se não fosse.

— Não é o mundo que é cruel — argumentou Neil. — São as pessoas nele.

— Ah, isso é verdade.

Subiram de elevador até o sétimo andar em silêncio. Neil observou os números mudarem acima da porta para não olhar para o reflexo de Kevin. O desconforto por estar tão longe do chão era quase o suficiente para distraí-lo. Preferia ficar em andares mais baixos para poder escapar com mais facilidade, caso fosse necessário. Saltar pela janela ali estava definitivamente fora de cogitação. Fez uma anotação mental para depois encontrar todas as saídas de emergência existentes.

O apartamento de Wymack era o 724. Eles se reuniram ao redor da porta para que Aaron pudesse tirar a chave do bolso. Precisou procurar duas vezes para se lembrar em qual deles havia colocado. Neil nem se deu conta quando ele a encontrou e destrancou a porta. Estava muito ocupado olhando para os bolsos da calça de Aaron. Eram rasos demais para esconder um maço de cigarros, mas Neil o vira guardar o pacote antes de atravessar a rua no aeroporto.

— Pronto, Neil — informou Nicky, e Neil se forçou a olhar pela porta aberta. Nicky gesticulou para que entrasse primeiro. — Lar, doce lar, se é que se pode chamar qualquer coisa que envolva o treinador de doce.

Neil sabia desde abril que passaria algumas semanas no sofá do treinador Wymack. Sabia, nos dias que se seguiram à visita de Wymack, que seria desconfortável. Ainda assim, não estava preparado para o tanto que seu estômago se revirava naquele instante. Estivera sozinho desde a morte da mãe, e o último homem com quem vivera fora o pai. Como poderia permitir que Wymack trancasse a porta todas as noites com os dois sob o mesmo teto? Não ia conseguir pregar o olho ali; iria acordar ao menor som e se perguntar quem o estava perseguindo. Talvez fosse melhor desistir e ficar em um hotel, mas como explicar isso a Wymack? Será que precisaria explicar? Wymack pensava que os pais de Neil eram abusivos, então talvez entendesse seu receio.

Não esperara travar daquele jeito, e hesitara por tempo demais. Viu o olhar que Nicky lançou para Aaron, curioso e confuso, e soube que cometera um erro. Ainda assim, foi apenas quando Andrew parou ao seu lado para ver o motivo da demora que Neil conseguiu se mover.

Andrew sorria, mas seu olhar era intenso. Neil o encarou por alguns instantes e soube que era pior ficar ali fora do que cruzar o batente. Daria um jeito; não naquele exato instante, não com Andrew e Kevin como testemunhas.

Entrou na casa e olhou para o corredor. A primeira porta se abria para a sala de estar em que Neil dormiria. O sofá que Wymack mencionara estava limpo e tinha até um bilhete colado nele que dizia que os cobertores estavam na gaveta da mesinha de centro. Era a única superfície limpa da sala. Todo o restante estava coberto de papelada e canecas de café vazias. Também havia uma quantidade insalubre de cinzeiros cheios.

Neil estava a meio caminho da janela para ver a vista quando Nicky falou em suas costas.

— O que foi aquilo?

Neil ficou imediatamente tenso. Não pelas palavras, mas pelo idioma que Nicky usara. O alemão era a segunda língua de Neil graças aos três anos que morou na Áustria, Alemanha e Suíça. Se lembrava mais da Europa do que gostaria; o tempo que passou lá consistiu na sua maior parte em frio e caos. Sabia que o sabor de sangue na boca era fruto de sua imaginação, mas ainda assim, era forte o suficiente para sufocá-lo. Sentia os batimentos cardíacos em cada centímetro da pele, tão rápidos que o faziam tremer da cabeça aos pés.

Como eles sabiam que Neil falava alemão?

Estava quase decidido a fugir, mas então Aaron respondeu, e Neil percebeu, com uma onda esmagadora de alívio, que Nicky não estava falando com ele. Não; estavam falando dele, mas sem querer que ele compreendesse. Neil se forçou a mover, chegando até a janela. Abriu as cortinas e apoiou a mão no vidro, precisando de um lugar para se apoiar enquanto o coração tentava voltar ao ritmo normal.

— Vai ver ele estava apreciando o momento — respondeu Aaron.

— Não — argumentou Nicky. — Aquilo foi puro reflexo de fuga. O que diabos você disse pra ele, Andrew?

Neil se virou para eles. Nicky não olhava para Andrew, talvez por saber que ele não responderia, mas observava Neil do outro lado da sala. Abriu um sorriso enorme quando ele se virou na direção deles e voltou a falar em inglês.

— Que tal um tour?

Neil pensou em dizer alguma coisa, mas já tinha se revelado demais.

— Claro.

Não tinha muita coisa a ser vista. O banheiro e a cozinha ficavam frente a frente, e os quartos ficavam no final do corredor. Wymack transformara o segundo quarto em um escritório. A decoração do ambiente compensava as paredes nuas da sala de estar: estava coberto de artigos de jornal, fotos de times, calendários antigos e certificados diversos. Duas estantes se alinhavam na parede, uma cheia de livros de Exy, a outra com vários gêneros, desde guias de viagem até literatura clássica. A mesa de Wymack estava soterrada embaixo dos papéis, nem um centímetro de madeira visível, e a ficha de Neil estava em cima. Um enorme frasco de remédios servia de peso de papel. Nicky pegou o frasco com uma exclamação de triunfo e abriu a tampa.

— Isso não é seu — acusou Neil.

— Analgésicos — retrucou Nicky, ignorando a acusação implícita. — O treinador fraturou feio o quadril alguns anos atrás, sabia? Foi assim que conheceu a Abby. Era terapeuta dele, e Wymack conseguiu o emprego pra ela aqui. O time ainda tá dividido, a metade acha que eles se pegam, a outra não. Andrew se recusa a votar, o que significa que você vai ter que desempatar. Precisamos da sua resposta o quanto antes. Tenho dinheiro envolvido nisso.

Ele jogou algumas pílulas na mão, fechou a tampa e colocou o frasco de volta no lugar. Neil olhou para os outros para ver o que achavam disso, mas Andrew e Kevin haviam desaparecido. Só Aaron continuava ali, e ele não parecia nem um pouco preocupado.

— Você vai conhecer a Abby hoje à noite, no jantar — informou Nicky, enfiando as pílulas no bolso. — Temos algumas horas pra matar antes disso, então talvez a gente possa te levar na quadra pra dar uma olhada. Agora temos o número certo para os treinos. Kevin não deve estar se aguentando de tanta empolgação.

— Duvido muito — retrucou Neil, pensando na expressão fria de Kevin quando chegou.

— Kevin não é um cara que demonstra muita animação — concordou Aaron —, mas como ele só se importa com o Exy, ninguém quer você na nossa quadra mais do que ele.

A resposta de Neil ficou presa na garganta, enquanto processava aquela informação. Era algo semelhante ao que Aaron disse no carro, mas, se antes soara como desdém, naquele instante passava a impressão de apatia. Entre aquela mudança repentina de atitude, o desaparecimento do maço de cigarros e as roupas combinando, Neil estava começando a adivinhar o que havia acontecido. Eram minúcias, mas Neil aprendera a prestar atenção nos mínimos detalhes para sobreviver.

— É difícil jogar com ele? — perguntou, mudando o que ia dizer. — Quer dizer, por ele ser um campeão.

— Tecnicamente, não jogamos com ele ainda — corrigiu Nicky. — Ele só começou a treinar com a gente mês passado. Mas se a postura dele como colega de equipe for parecida com a de auxiliar técnico, pode se preparar para ter o pior ano da sua vida. — Apesar da afirmação agourenta, Nicky parecia estar se divertindo. — Mas ele vale a pena.

— Vale as brigas, também? — perguntou Neil. — Tipo aquela de duas semanas atrás. Aaron me contou que saiu completamente de controle. Quantas pessoas mesmo que você disse que se machucaram?

Houve uma pequena pausa enquanto Aaron pensava, e por um instante Neil decidiu que estava imaginando coisas. Então, Aaron respondeu:

— Onze.

Era a resposta correta; Neil tinha lido sobre a briga em um artigo. Mas ele e Aaron não haviam falado sobre isso no carro e Aaron saberia.

Um pouco tarde demais, Neil se lembrou da acusação exasperada de Nicky na sala de estar, "O que diabos você disse pra ele, Andrew?".

Neil presumira que Nicky se referia a quando haviam se encontrado em Millport, mas ele estava falando da carona do aeroporto. Não fora Aaron a buscá-lo, no fim das contas.

Neil estava irritado com o truque e aliviado por tê-lo desmascarado, mas a precaução se sobrepôs a ambos. Andrew não era naturalmente simpático; seu estado de ânimo era induzido pelos remédios e passível de idas aos tribunais. Dois anos antes, alguns homens atacaram Nicky na frente de uma boate. Andrew estava certo em defender o primo, mas quase matara os quatro homens. Tamanha violência foi considerada uma reação exacerbada e, assim, tentaram processá-lo. Em vez disso, os advogados conseguiram um acordo: Andrew passaria algum tempo em terapia intensiva, com consultas semanais, e seria medicado.

Após três anos, teria permissão para suspender a medicação por tempo suficiente para analisarem seu progresso. Antes disso, a sobriedade seria considerada uma violação da sua liberdade condicional. Se a enfermeira da equipe, o atual psiquiatra de Andrew ou o psiquiatra do tribunal que gerenciava sua liberdade condicional suspeitassem de que ele não estava seguindo as regras, poderiam solicitar um exame de urina. Se o resultado indicasse que não estava tomando os remédios, ele seria acusado.

Andrew só precisava aguentar até a primavera, mas aparentemente isso era tempo demais. Neil não conseguia acreditar que ele se arriscaria a parar com a medicação diante de consequências tão severas. Perguntava-se se isso de alguma maneira estaria relacionado a sua chegada, se Andrew queria conhecer seu novo companheiro de equipe sem estar entorpecido pelas drogas, ou se ele apenas odiava passar as férias de verão medicado até o talo.

Como se tivesse sido evocado, Andrew apareceu na porta com uma garrafa de uísque em uma das mãos e Kevin às costas.

— Sucesso.

— Pronto, Neil? — indagou Nicky. — É melhor a gente se mandar antes que o treinador apareça.

— Por quê? — Neil apontou para a bebida. — Isso é um assalto em andamento?

— Talvez seja. Vai nos dedurar pro treinador? — perguntou Andrew, parecendo achar graça na ideia. — Que belo companheiro de equipe. Você é mesmo uma Raposa, pelo jeito.

— Não — respondeu Neil. — Mas eu perguntaria a ele por que você não está tomando os remédios.

Houve um momento de silêncio alarmado. O único que não reagiu foi Andrew; até Kevin parecia surpreso.

Nicky foi o primeiro a encontrar palavras, mas voltou ao alemão para perguntar a Aaron:

— Eu tô ficando louco? Isso aconteceu mesmo?

— Não olha pra mim — resmungou Aaron.

— Prefiro uma resposta em inglês — advertiu Neil.

Andrew colocou o polegar no canto da boca e o passou pelos lábios para apagar o sorriso.

— Isso pareceu uma acusação, mas não menti pra você.

— Omissão é a forma mais fácil de mentir — retrucou Neil. — Você podia ter me corrigido.

— Podia, mas não corrigi — argumentou Andrew. — Descubra por conta própria.

— Eu descobri — salientou Neil. Ele bateu dois dedos na têmpora, copiando a saudação de Andrew quando se encontraram pela primeira vez. — Mais sorte da próxima vez.

— Ah — disse Andrew. — Ah, pode até ser que você seja interessante. Por algum tempo, ao menos. Não acho que a diversão vá durar muito tempo. Nunca dura.

— Não se meta comigo.

— Ou o quê?

Houve um barulho quando alguém mexeu na maçaneta da porta da frente. O sorriso de Andrew voltou num piscar de olhos, radiante e vago. Ele se virou para Kevin, que se moveu na mesma hora. O uísque desapareceu em algum lugar entre eles em um movimento rápido.

— E aí, treinador — cumprimentou Andrew por cima do ombro.

— Tem ideia do quanto odeio chegar em casa e encontrar você aqui? — frisou Wymack, fora do campo de visão deles.

Andrew ergueu as mãos vazias em um gesto inocente que ninguém acreditou, e saiu para o corredor. Aaron e Kevin o seguiram, o álcool devia estar enfiado entre seus corpos, e deixaram Nicky e Neil no escritório.

— Eu não quebrei nada dessa vez — ressaltou Andrew.

— Vou acreditar nisso depois de verificar tudo por conta própria. — Batida de porta no corredor, e não demorou muito para que o treinador aparecesse na entrada do escritório. Com shorts jeans e uma camiseta desbotada, Wymack parecia mais um roqueiro de banda de garagem do que um treinador de uma universidade. Neil presumia que não precisava parecer apresentável na própria casa, mas ainda assim era um pouco estranho.

Wymack deu uma olhada em Neil e assentiu.

— Vejo que chegou bem. Achava que Nicky ia matar você, do jeito que ele dirige.

Neil percebeu Nicky olhando para ele e disse:

— Já sobrevivi a coisas piores.

— Não tem como sobreviver a algo pior do que o jeito que aquele idiota dirige — afirmou Wymack. — A única escolha é caixão aberto ou fechado.

— Ei, ei — reclamou Nicky. — Que injustiça.

— A vida é injusta, Pumbabaca. Supere. O que você ainda está fazendo aqui?

— Indo embora — comunicou Andrew. — Tchau. Você vem, Neil?

— Aonde vão? — perguntou Wymack, parecendo desconfiado.

— Caramba, treinador, que tipo de pessoas você acha que somos? — Nicky questionou.

— Quer mesmo que eu responda?

— Vamos com ele até a quadra — disse Aaron. — Depois vamos juntos para a Abby. Você não precisa dele, precisa?

— Só pra entregar isso aqui — informou Wymack, e Neil agarrou as chaves que ele jogou. Tinham duas argolas de metal presas uma na outra; em uma delas havia duas chaves e na outra, três. Neil olhou para elas enquanto Wymack mostrava uma a uma. — A chave maior é pra quando o portão do prédio estiver fechado de noite. A menor é pra entrar no apartamento. As outras são do estádio: porta de fora, armário de equipamentos e portas da quadra. Kevin tem as mesmas chaves, então peça pra ele mostrar qual é qual. Espero que você faça uso delas tanto quanto ele.

— Obrigado — disse Neil, apertando os dedos com força o suficiente para sentir os dentes das chaves cravando na palma da mão. Se sentia mais tranquilo ao segurá-las. Não importava onde estivesse dormindo ou quais artimanhas Andrew estivesse querendo arquitetar pra cima dele. Havia uma quadra ali, e ele tinha permissão para jogar nela. — Eu vou.

— Favoritismo na cara dura, hein, treinador — acusou Andrew.

— Se você alguma vez fosse até a quadra por conta própria, talvez eu também te desse uma cópia — retrucou Wymack. — Como acredito que isso não vá acontecer nessa vida nem na próxima, você pode ficar quieto e usar a do Kevin.

— Ah, que alegria, que alegria — zombou Andrew. — Agora, sim, estou empolgado de verdade. Podemos ir?

— Cai fora — disse Wymack, e Andrew desapareceu. Kevin e Aaron o seguiram. Quando Nicky estava prestes a sair do escritório, Wymack colocou a mão na frente dele para interrompê-lo. — Não ousem traumatizar o Neil no primeiro dia dele aqui.

Nicky olhou de Wymack para Neil.

— Neil não está traumatizado, certo?

— Ainda não — assegurou Neil.

Após refletir por alguns instantes, Neil tirou a mochila do ombro. A ideia de deixá-la para trás o afligia, considerando o que ele escondia, mas não confiava em Andrew. Neil não entendia por que ele estava sóbrio nem o motivo de ter ido buscá-lo no aeroporto, ainda mais depois de saber que Wymack pedira a Nicky para fazer isso, mas não achava que Andrew tinha terminado de pregar peças ainda. Neil confiava mais em Wymack do que em Andrew, e esperava que não estivesse cometendo um erro.

— Você tem algum lugar seguro onde eu possa esconder isso? — perguntou.

— Tem espaço na sala de estar — respondeu Wymack.

Neil olhou para Nicky, pensando em como poderia arranjar uma explicação sem deixá-los curiosos o suficiente para bisbilhotar. Ele nunca se afastava da mochila, a menos que estivesse trancada em algum lugar, geralmente em seu armário no estádio de Millport.

Antes que pudesse dizer qualquer coisa, Wymack lançou um olhar impaciente para Nicky.

— Por que você ainda está aqui? Se manda.

— Quanta grosseria — reclamou Nicky, mas passou por Wymack e desapareceu no corredor.

Wymack olhou para Neil novamente.

— O quanto você precisa que seja seguro?

Neil nunca foi alguém fácil de ser lido, mas a situação nunca estivera tão fora do seu controle. A mãe sempre tinha tudo sob controle enquanto fugiam, criando as histórias perfeitas e escolhendo os alvos ideais para ajudá-los. Neil se virava em Millport, mas poderia ter jogado tudo para o ar e metido o pé a qualquer momento se não gostasse do rumo que as coisas estavam tomando. Mas queria desesperadamente fazer aquilo dar certo, pelo tempo que fosse possível.

— É tudo o que tenho — confessou por fim. Wymack fez sinal para que ele saísse do caminho. Neil observou enquanto ele destrancava a última gaveta da escrivaninha. Estava cheia de fichários, mas Wymack tirou todos e os empilhou no chão. A pilha se desfez assim que ele a soltou, papéis e pastas deslizando por todas as direções. Wymack nem pareceu notar. Estava ocupado tirando uma pequena chave de seu chaveiro.

— É só uma solução temporária — informou Wymack. — Quando você se mudar para os dormitórios, terá que dar um jeito.

Ele estendeu a chave para Neil, que alternava entre olhar para o treinador e a escrivaninha, para a pilha de papéis e de volta para ele. Ele abriu a boca, fechou-a e tentou novamente. Só conseguiu perguntar "por quê?" antes de Wymack se cansar de esperar por ele e colocar a chave na palma de sua mão.

— Melhor se apressar antes que Andrew mande alguém vir te procurar — aconselhou Wymack.

Neil engoliu o resto da pergunta e enfiou a mochila na gaveta. Felizmente, a maior parte do que havia na bolsa eram roupas, então ela se encaixou no espaço apertado com alguns empurrões. Fechou a gaveta, trancando-a. Tentou devolver a chave, mas Wymack se limitou a olhá-lo com pena.

— Pra que diabos eu ia querer isso? — perguntou Wymack. — Me devolva quando se mudar.

Neil olhou para a chave na palma da mão, para a segurança que Wymack lhe dera com tanta facilidade e sem questionar. Talvez Neil não conseguisse dormir naquela noite, e talvez passasse as semanas seguintes acordando a cada ronco um pouco mais alto de Wymack, mas, quem sabe, estivesse bem ali por enquanto.

— Obrigado.

— Vai logo — disse Wymack.

Neil saiu do escritório. Os outros haviam deixado a porta da frente aberta e esperavam por ele no corredor. Neil colocou a chave no chaveiro enquanto caminhava para encontrá-los. Andrew conduziu seus primos e Kevin até o elevador enquanto Neil fechava a porta e a trancava atrás de si. O elevador chegou segundos depois que Neil voltou a se juntar a eles, e todos entraram.

A breve sensação de segurança de Neil evaporou assim que as portas se fecharam atrás dele, porque os outros haviam se organizado em um círculo ao redor das paredes do elevador: Nicky e Aaron estavam cada um de um lado, com Andrew e Kevin à sua frente. Todos olhavam para Neil.

O sorriso de Andrew desapareceu quando o elevador começou a descer devagar. Neil retribuiu o olhar, cada músculo tenso em antecipação a uma possível luta. Quando passavam pelo quinto andar, Andrew se afastou do corrimão traseiro e avançou em Neil. Ele tentou pegar as chaves, mas Neil tirou o chaveiro de seu alcance. Andrew tentou mais uma vez, e Neil teve que recuar para se esquivar. Encostou-se nas portas de metal e percebeu tarde demais que Andrew não estava nem aí para as chaves. Enfiou o chaveiro no bolso, se sentindo preso. Era ridículo que alguém tão pequeno pudesse ter tamanha presença.

— Foi um prazer conhecer você, Neil — falou Andrew com a voz arrastada. — Vai demorar um pouco até nos encontrarmos de novo.

— Não sei por que, mas não me acho tão sortudo assim.

— Desse jeito — explicou Andrew, gesticulando entre seus rostos. — Vai ter que esperar até junho. Abby ameaçou revogar nosso direito de usar o estádio no verão se dermos um jeitinho em você antes disso. Não podemos deixar isso acontecer, não é mesmo? Kevin ia chorar. Sem problemas. Vamos esperar até que todos estejam aqui e Abby tenha Raposas demais com quem se preocupar. Então faremos uma festa de boas-vindas que você não vai esquecer.

— Seria bom repensar suas técnicas de persuasão. São uma droga.

— Não preciso ser persuasivo — respondeu Andrew, colocando a mão no peito de Neil enquanto o elevador desacelerava até parar. — Você só vai aprender a fazer o que eu digo.

As portas se abriram atrás de Neil. Assim que se separaram o suficiente, Andrew o empurrou, fazendo com que Neil tropeçasse para trás no saguão. Andrew passou por ele, fazendo seus corpos se chocarem do ombro ao quadril, e se dirigiu para a porta. Kevin estava meio passo atrás, e Aaron nem olhou para Neil ao passar. Apenas Nicky ficou para trás tempo suficiente para dar um sorriso.

— Pronto pra isso? — perguntou, e continuou andando.

Neil ficou para trás por mais alguns instantes, olhando para as costas deles. Começava a suspeitar de que Kevin não seria o seu único problema na Palmetto State. O que era quase um alívio. Não tinha como prever as reações dele; não poderia perguntar o quanto Kevin se lembrava de seu passado e não saberia até que fosse tarde demais o que poderia fazer Kevin se lembrar de quem era Neil. Mas Andrew era apenas um baixinho psicótico, e Neil crescera em meio à violência. Lidar com ele não seria problema. Neil só precisaria tomar cuidado.

— Pronto — afirmou Neil, e partiu atrás de seus companheiros de equipe.

CAPÍTULO TRÊS

Neil avistou a Toca das Raposas muito antes de chegarem no estacionamento do estádio. Com capacidade para 65 mil torcedores, estava localizada nos limites do campus, projetando sua sombra nos prédios da redondeza, mais baixos. A pintura fazia com que se destacasse ainda mais: as paredes eram de um branco ofuscante com faixas laranja chamativas. Uma pata de raposa gigante fora pintada em cada uma das quatro paredes externas. Neil se perguntou quanto a universidade havia gastado na construção e o quanto se arrependiam do investimento, levando em conta o péssimo retorno que recebiam das Raposas.

Passaram por quatro estacionamentos antes de entrar no quinto. Havia alguns carros ali, provavelmente dos funcionários encarregados da manutenção ou dos estudantes em cursos de verão, mas nenhum estava parado nas vagas mais próximas ao estádio. O estádio em si era cercado com arame farpado. Portões equidistantes ao longo da cerca ajudavam a lidar com a multidão em noites de jogo, e todos estavam fechados por correntes.

Neil foi até a cerca e olhou através dela para o terreno. Estava deserto, as barracas de souvenirs e de alimentos fechadas com tábuas até o início da temporada; ainda assim, conseguia imaginar como aquele lugar estaria dali a alguns meses. Sentiu todos os pelos do corpo se eriçarem, o coração martelando como uma bola de Exy batendo na parede da quadra.

Nicky cutucou o ombro de Neil.

— Todo esse laranja conquista você — prometeu.

Neil torceu os dedos nos elos de metal e desejou poder derrubar a cerca.

— Quero entrar.

— Vem comigo — convidou Nicky, guiando-o por baixo da cerca.

Estavam no último portão; estacionaram no de número 24, e o próximo era o 1. Havia uma porta estreita entre os portões, fechada com um teclado eletrônico. A porta levava a um corredor que dividia o terreno em dois; quem chegasse ao portão 24 tinha que entrar no estádio e passar pelas arquibancadas para chegar ao portão 1. Os outros esperavam por Nicky e Neil do lado de fora da porta. Aaron trouxera o uísque com ele.

— Essa é a nossa entrada — apresentou Nicky. — O código muda a cada dois meses, mas o técnico sempre avisa antes. Agora é 0508. Maio e agosto, sacou? Os meses de aniversário do técnico e da Abby. Falei que eles estavam se pegando. Quando é o seu aniversário?

— Foi em março — mentiu Neil.

— Ah, já passou. Mas você foi recrutado em abril, então isso devia contar como o maior presente do mundo. O que a sua namorada te deu?

Neil olhou para ele.

— Quê?

— Fala sério, um cara com um rosto desse com certeza tem namorada. A não ser que você também curta o mesmo que eu, é óbvio; se for isso, prefiro saber agora para não precisar ficar perdendo tempo pra descobrir.

Neil encarou o garoto, perguntando-se como Nicky podia se importar com coisas assim quando o estádio estava bem ali. Tinham o código para entrar, mas estavam parados como se a resposta de Neil fosse a senha. Ele olhou de Nicky para o teclado e de novo para Nicky.

— E que diferença isso faz? — perguntou.

— Sou curioso — justificou Nicky.

— Ele quer dizer intrometido — comentou Aaron.

— Eu não curto nada — respondeu Neil. — Vamos entrar.

— Mentiroso — disse Nicky.

— É sério — afirmou, a irritação tornando sua voz mais aguda. Não era bem a verdade, mas era perto o suficiente. — Vamos entrar ou não?

Em resposta, Kevin digitou o código e abriu a porta.

— Anda — disse ele.

Não precisava dizer duas vezes. Neil entrou, revirando as chaves nas mãos. O corredor dava para outra porta em que estava escrito RAPOSAS. Mostrou o chaveiro para Kevin em uma pergunta silenciosa. Kevin indicou a chave certa.

Foi estranho enfiá-la na maçaneta e ouvir o estalo da fechadura ao destrancar. O treinador Hernandez permitia que Neil dormisse no vestiário do Colégio Millport de vez em quando, mas nunca cogitara dar uma chave para ele. Apenas fazia vista grossa sempre que Neil entrava. Ter as chaves era como uma permissão explícita para que Neil fosse ali para fazer o que bem entendesse. Significava que ele pertencia.

O primeiro ambiente era um lounge. Três cadeiras e dois sofás ocupavam a maior parte do espaço, formando um semicírculo em torno de um centro de entretenimento. A televisão era absurdamente grande, e Neil mal podia esperar para assistir a um jogo nela. Na parede logo acima da TV havia uma lista de canais de esportes e notícias.

As demais paredes estavam repletas de fotos. Algumas delas eram oficiais: fotos do time, instantâneos dos gols das Raposas e imagens obviamente recortadas de jornais. A maioria parecia ter sido tirada pelas próprias Raposas. Estavam espalhadas em qualquer lugar que coubessem e presas com fita adesiva. Ocupando um canto inteiro havia um amontoado de fotos com as três garotas da equipe.

Exy era um esporte misto, mas poucas faculdades queriam mulheres em seu time. Segundo as fofocas nos corredores, a Palmetto State se recusou a aprovar qualquer uma das garotas que Wymack tentou contratar em seu primeiro ano como treinador. Após o fracasso da primeira temporada da equipe, ficaram um pouco mais dispostos a ouvir, e Wymack contratou as três garotas. Além disso, fez de Danielle Wilds a primeira capitã da primeira divisão de Exy da NCAA.

Se os fãs de Exy não eram gentis com as Raposas, comportavam-se de maneira ainda mais cruel com Danielle. Até mesmo seus companheiros de equipe estavam dispostos a destruí-la em público durante seu primeiro ano. Os misóginos mais vocais a culpavam pelas falhas das Raposas. Apesar da polêmica e contando somente com o apoio de Wymack, Danielle manteve sua posição. Três anos depois, era óbvio que o treinador fizera a escolha certa. As Raposas ainda eram uma bagunça, mas começaram a obedecer a Danielle e, aos poucos, acumulavam vitórias.

Neil pensava em Danielle como sendo uma garota agressiva e implacável, mas as fotos que via mostravam outra história. Ela sorria em todas, um sorriso cheio de dentes que expressava ameaça e alegria na mesma proporção.

Nicky percebeu a fonte da distração de Neil e apontou para os rostos da fotografia mais próxima.

— Dan, Renee e Allison. Dan é gente boa, mas ela vai te dar uma canseira. Allison é uma escrota que você deveria evitar a todo custo. Renee é um amor de pessoa. Seja legal com ela.

— Ou o quê? — perguntou Neil, porque podia ouvir a ameaça no tom de Nicky.

Nicky se limitou a sorrir e dar de ombros.

— Vamos — disse Kevin.

Neil o seguiu e ambos saíram da sala. No corredor seguiam pelo lounge e passavam por duas portas com as placas DAVID WYMACK e ABIGAIL WINFIELD, obviamente os escritórios dos dois. Uma porta com uma simples cruz vermelha surgia a seguir. Mais à frente, duas portas opostas diziam DAMAS e CAVALHEIROS. Kevin empurrou um pouco a porta dos cavalheiros, dando a Neil um rápido vislumbre dos armários laranja brilhantes, bancos e piso de ladrilho. Neil queria explorar, mas Kevin não diminuía a velocidade ao andar pelo corredor.

O corredor terminava em uma grande sala que Neil tinha a vaga lembrança de ter visto em notícias. Era a sala que dava no estádio e o único local onde a imprensa tinha autorização para encontrar as Raposas após os jogos, para entrevistas e fotos. Bancos cor de laranja foram espalhados pelo local, e o chão era de ladrilho branco com pegadas de pata em laranja. Cones da mesma cor estavam empilhados em um canto, três menores e seis maiores. Havia uma porta branca na parede à direita de Neil e uma porta laranja à sua frente.

— Bem-vindo ao saguão — anunciou Nicky. — É assim que a gente chama, de todo modo. Quando digo "a gente", me refiro a seja lá quem foram os engraçadinhos que vieram antes de nós.

Andrew sentou em um dos bancos, com uma perna de cada lado, e tirou um frasco de comprimidos do bolso. Aaron entregou o uísque que haviam roubado para Kevin. Kevin o levou até Andrew, esperou enquanto o garoto pegava um comprimido, colocando-o no banco à sua frente, e trocou a garrafa pelo frasco. O remédio desapareceu em um dos bolsos de Kevin, e Andrew engoliu a pílula com um gole de uísque impressionante.

Kevin olhou para Neil e apontou para a porta do outro lado da sala.

— Armário de equipamentos.

— Podemos...? — começou Neil.

Kevin não o deixou terminar.

— Traga suas chaves.

Neil foi com ele até a porta laranja e deixou Kevin escolher a chave certa. Estava escuro do outro lado. Não havia teto, mas Neil podia ver que as paredes se erguiam dos dois lados. Ele seguiu Kevin pelas sombras. Dez passos depois, percebeu que deviam estar no estádio em si.

— Você vai ver a Toca das Raposas no seu auge — avisou Nicky atrás dele. — Com Kevin aqui, ganhamos grana o suficiente para reformar as paredes e o chão. É o melhor que já esteve desde a inauguração.

A luz do vestiário se projetava no estádio, mas o caminho até a área técnica era comprido demais para que a iluminação fosse eficiente. Estava imerso em sombras e contornos vagos. Neil fechou os olhos e tentou imaginar. Aquele era o espaço reservado para os árbitros, líderes de torcida e as equipes. Os bancos das Raposas estavam por ali. Era impossível ver as paredes de acrílico que cercavam a quadra no escuro, bem como a própria quadra, mas o coração de Neil disparou só de saber que ela estava ali.

— Luzes — gritou Aaron de algum lugar atrás deles.

Neil ouviu o zumbido da eletricidade antes que as luzes se acendessem, começando com as luzes de emergência a seus pés em um efeito cascata. O estádio ganhou vida diante de seus olhos, fileira após fileira de assentos laranja e brancos alternados desaparecendo em vigas altas e a quadra se iluminando à sua frente. Antes mesmo que os refletores ligassem, Neil estava se movendo, cruzando a área técnica para chegar nas paredes. Pressionou as mãos no plástico grosso e frio e olhou para cima, onde os telões que mostravam o placar e os lances do jogo estavam pendurados. Depois olhou para a madeira lustrosa do chão. Linhas na cor laranja marcavam a área da defesa, o meio de campo e o ataque. Era perfeito, absolutamente perfeito, e Neil sentia-se ao mesmo tempo inspirado e apavorado. Como poderia jogar ali depois de jogar na patética imitação de quadra de Millport?

Ele fechou os olhos e respirou fundo, imaginando como os corpos soariam ao se chocarem na quadra, como a voz do narrador sairia em rajadas abafadas e dispersas, o rugido de 65 mil pessoas reagindo a um gol. Ele sabia que não merecia tudo aquilo, sabia, sem sombras de dúvidas, que não era bom o suficiente para jogar naquela quadra, mas queria e precisava tanto que sentia o corpo inteiro doer.

Por três semanas e meia, seriam apenas eles cinco, mas em junho as Raposas chegariam para os treinos de verão e em agosto começaria a temporada. Neil abriu os olhos e, ao fitar a quadra, soube que tomara a decisão certa. Os riscos não importavam; isso tudo valia as consequências. Ele tinha que estar ali. Tinha que jogar naquela quadra ao menos uma vez. Tinha que saber se a torcida gritava alto o suficiente a ponto de fazer as paredes explodirem. Tinha que sentir o cheiro do suor e da comida cara demais do estádio. Precisava ouvir o som da buzina quando a bola batia dentro das linhas brancas do gol, que se iluminava em vermelho.

— Ah — disse Nicky, encostado na parede ao lado de Neil. — Não é à toa que ele escolheu você.

Neil olhou para ele, sem entender o que queria dizer, sem de fato prestar atenção quando sua mente ainda estava acelerada, quase igual ao tique-taque de um cronômetro em contagem regressiva durante a partida. Ao lado de Nicky estava Kevin, que viu o pai de Neil picar um homem em pedacinhos e que também chegou a ser convocado para a seleção nacional. Kevin o observava, mas no instante em que seus olhos se cruzaram, apontou para o caminho de onde vieram.

— Entreguem o equipamento dele.

Aaron e Nicky levaram Neil de volta ao vestiário. Andrew não os seguiu até o estádio, mas também não estava no saguão. Neil não se importava a ponto de perguntar, então seguiu os primos até o vestiário. A sala da frente era repleta de armários, cada um marcado com os números e nomes dos jogadores. Na porta dos fundos, Neil podia ver as pias e presumiu que os chuveiros estivessem fora de vista. Estava mais interessado no armário que tinha seu nome.

Os treinadores Hernandez e Wymack passaram as últimas semanas do último ano letivo de Neil discutindo em detalhes todos os tipos de equipamentos que Neil precisaria. Saber que teria tudo aquilo à sua disposição não chegava aos pés de poder ver com os próprios olhos. Havia cinco trajes completos para treino e um conjunto de uniformes para jogos em casa e fora. Equipamentos de proteção aos montes e um colete armadura ocupavam a maior parte do espaço em seu armário gigante, e o capacete ficava na prateleira de cima. Debaixo do capacete havia algo em tom laranja néon embrulhado em papel filme, e Neil puxou o objeto com cuidado para avaliar. Ao abrir, viu que era um blusão quase mais brilhante do que a pintura do estádio. "Raposas" e "Josten" estavam gravados na parte de trás em um tecido que refletia a luz.

— Isso aqui dá pra ser visto até no espaço — comentou.

Nicky riu.

— Dan os encomendou em seu primeiro ano aqui. Disse que estava de saco cheio de todo mundo ficar tentando ignorar a gente. Querem fingir que pessoas como nós não existem, sabe? Todo mundo espera que a gente seja um problema que outra pessoa vá resolver. — Ele estendeu a mão e tocou o material. — Eles não entendem, então não sabem por onde começar. Se sentem sobrecarregados e desistem antes mesmo de tentar.

Nicky deu de ombros e sorriu, a melancolia se transformando em bom humor em um piscar de olhos.

— Você sabe que doamos uma parte da venda de ingressos pra caridade? Nossos ingressos custam um pouco mais do que os de qualquer outra equipe por causa disso. Ideia da Renee. Eu disse que ela vale ouro. Agora chega, vamos te deixar bem raposudo.

Ele se afastou para pegar o próprio equipamento, então Neil separou o que precisava e levou para o banheiro. Trocar de roupa em uma cabine era estranho e desconfortável, mas já tinha feito isso tantas vezes que dominava a arte como ninguém. Trocou a camiseta por protetores de ombros e peito. Girou o corpo algumas vezes para se certificar de que as alças estavam bem ajustadas sem ficarem apertadas demais, então colocou a camisa por cima. Não tinha problema em vestir o short perto dos outros, então voltou para a sala principal para terminar de se vestir.

Primeiro trocou os jeans por shorts, depois se sentou em um dos bancos para prender as caneleiras no lugar. Cobriu-as com meias compridas e calçou sapatos novinhos. Colocou as luvas finas de algodão, fechando-as logo acima dos cotovelos e amarrou protetores de braço nos antebraços. Deixou o segundo par de luvas ao lado do capacete, para poder carregá-las para a quadra, e com a ajuda de uma bandana laranja, colocou a franja para trás. A última coisa que vestiu foi o protetor de pescoço, uma faixa fina com um fecho complicado. Era um saco colocar aquilo e, às vezes, quando o usava, sentia-se como se estivesse sufocando, mas valia a pena aguentar se isso protegesse sua garganta de uma bolada aleatória.

Voltaram para o saguão, e Nicky fez Neil destrancar a sala de equipamentos que Kevin indicara anteriormente. Aaron pegou um balde repleto de bolas enquanto Nicky se encarregava da prateleira com os bastões. As raquetes eram organizadas por números, um par para cada jogador, com as de Neil no final. Neil pegou uma delas e a revirou na mão, testando o peso e a sensação ao segurá-la. Era num tom escuro de laranja com uma única faixa branca na base; a rede era feita com cordas brancas. Tinha cheiro de nova e parecia um sonho, e foi necessária muita força de vontade para Neil não levá-la ao nariz para sentir melhor seu cheiro. Em Millport, usava uma das raquetes mais antigas do time. Aquela, entretanto, fora encomendada especificamente para ele, e pensar nisso era o suficiente para fazer seu coração bater mais forte.

Kevin estava exatamente onde o haviam deixado, esperando por eles na área técnica. Observou em silêncio enquanto colocavam os capacetes e as luvas, e não disse nada quando Aaron foi na frente rumo à entrada da quadra que era usada pelo time da casa. Neil usou sua última chave para destrancar o portão e depois guardou-as enfiando na luva.

Depois que o portão foi fechado atrás deles, Neil olhou para Nicky e perguntou:

— Kevin não vai jogar hoje?

Nicky pareceu surpreso com a pergunta.

— Kevin só tolera estar na nossa quadra sob duas condições: sozinho ou com Andrew nela. Vai precisar superar isso neste outono, quando Renee estiver no gol nos jogos, mas por enquanto ele pode se dar ao luxo de ser pedante.

— Cadê o Andrew?

— Acabou de tomar um monte de medicamentos, deve estar inconsciente em algum lugar. Vai travar e reiniciar no modo doidão.

— Você não acha que ele já estava doidão?

— Doidão, não — disse Nicky. — Desalmado, talvez.

Neil olhou para Aaron, esperando que ele defendesse o irmão gêmeo, mas Aaron se limitou a guiá-los até o meio da quadra. Neil acompanhou o ritmo de Nicky, passando distraído os dedos pela rede da sua raquete. Ele olhou para Kevin, que ainda os observava através da parede da quadra, e perguntou:

— Kevin não pode mais jogar, pode? Disseram que seria um milagre se ele conseguisse pegar em uma raquete de novo.

— A mão esquerda dele tá praticamente acabada — reconheceu Nicky. — Vai jogar com a mão direita a partir de agora.

— O quê? — perguntou Neil, encarando-o.

Nicky sorriu, obviamente satisfeito por ter soltado aquela bomba.

— Não é à toa que chamam o cara de gênio obstinado, sabe.

— Não é genialidade — retrucou Aaron. — É vontade de contrariar.

— Isso também — concordou Nicky. — Gostaria de ver a expressão no rosto de Riko quando assistir ao nosso primeiro jogo. Aquele escroto.

Kevin bateu na parede, exigindo que eles se mexessem.

Nicky acenou para ele com desdém.

— A gente tá fazendo isso na nossa folga. Lembra? — Ele gritou, apesar de Kevin não conseguir ouvir através das paredes da quadra.

— Valeu — disse Neil um pouco tarde.

— Hum? Ah, não. Fica tranquilo. Você pode me recompensar depois, quando os outros não estiverem por perto.

— Dá pra esperar até que eu não esteja por perto pra tentar conseguir uma trepada? — perguntou Aaron.

— Ou você pode sair pra deixar Neil e eu nos conhecermos melhor.

— Vou te dedurar pro Erik.

— Vai nada. Qual foi a última vez que você teve uma conversa decente com ele?

Neil não conhecia nenhuma Raposa antiga ou atual com esse nome.

— Quem é Erik?

— Ah, ele é meu marido — comentou Nicky, alegre. — Ou vai ser um dia. Foi meu irmão na família com quem fiquei durante um ano em Berlim e fomos morar juntos depois da formatura.

O coração de Neil acelerou.

— Você morou na Alemanha?

Ele tentou fazer as contas mentalmente, adivinhando a idade de Nicky e pensando há quanto tempo estivera no ensino médio. Era provável que Neil já tivesse se mudado para a Suíça quando Nicky chegou em terras alemãs, mas era um palpite tão arriscado que Neil sentia ter perdido o fôlego.

— *Ja* — confirmou Nicky em alemão. — Você ouviu mais cedo aquele blá-blá-blá entre a gente? Aquilo era alemão. Esses babacas aqui resolveram estudar o idioma no ensino médio porque sabiam que podiam contar comigo para passar. Se você escolher alemão como eletiva, me avisa que posso te dar umas aulas. Tenho muita habilidade com a língua.

— Chega. Bora jogar — reclamou Aaron, colocando o balde de bolas no chão.

Nicky deu um suspiro exagerado.

— Enfim, me lembra de mostrar uma foto dele pra você mais tarde. Nossos bebês vão ser lindos.

Neil franziu a testa, confuso.

— Ele não mora aqui?

— Ah, não. Ele está em Stuttgart. Tem um emprego que ama e grandes chances de subir na carreira, então não tinha como largar tudo para vir pra cá comigo. Era para eu ficar por aqui apenas tempo o suficiente pra fazer essas crianças passarem no ensino médio, mas quando o treinador me ofereceu a bolsa, Erik disse que eu deveria aceitar. É uma merda ficarmos tanto tempo longe, mas ele veio aqui no último Natal e esse ano eu vou pra lá. Se as coisas ficarem mais tranquilas por aqui, posso até passar o próximo verão na Alemanha. — Nicky lançou um olhar significativo para a parede onde Kevin os observava.

Eles passaram a hora e meia seguinte ensinando os exercícios para Neil. Já fizera muitos antes, mas alguns nunca tinha visto, e era empolgante aprender algo novo. Finalizaram com um jogo-treino, um no ataque contra dois na defesa, sem goleiro. Aaron e Nicky não eram nem de longe os melhores defensores da NCAA, mas jogavam muito melhor do que qualquer um dos alunos do ensino médio com quem Neil estava acostumado.

Aaron finalmente disse para pararem e Neil roubou a bola no rebote. Quando devolveu-a para o balde, os outros começaram a soltar os capacetes. Neil tentou não transparecer a decepção por terem terminado tão cedo, mas não insistiria para que jogassem mais; Nicky já dissera que estavam abrindo mão das férias de verão para treinar com ele.

Nicky esfregou a bochecha no ombro, tentando usar a camisa para enxugar o suor. Ele sorriu para Neil.

— Que tal?

— Foi divertido — respondeu Neil. — Vocês dois são muito, muito bons.

Nicky sorriu, mas Aaron bufou.

— Kevin se mataria se ouvisse uma coisa dessas.

— Kevin acha que somos um desperdício de oxigênio — confessou Nicky, dando de ombros.

— Pelo menos você não vai ferrar com nosso time — admitiu Aaron. — Vai levar quase a temporada inteira pra chegar ao nível que precisamos, mas entendo por que Kevin escolheu você.

— E falando no diabo... — Nicky virou a cabeça em direção à parede. — Alguém está pronto para colocar as mãos em você.

Neil seguiu o gesto e olhou através da parede para os bancos das Raposas. Andrew reaparecera e estava deitado de costas, brincando com uma bola extra. Em algum momento, Kevin pegara a raquete e agora a girava enquanto os observava. Com metade da quadra e uma parede de 1,5 centímetro de grossura entre eles, Neil ainda podia sentir o olhar de Kevin como um peso físico.

— Melhor dormir com um olho aberto e outro fechado — ironizou Nicky. — Ele não é um professor bonzinho e não sabe como ser legal. Kevin consegue deixar qualquer um puto em uma quadra de Exy, e isso inclui um Andrew entupido de medicamentos. Bom, qualquer um menos Renee, mas ela não é humana, então não conta.

Neil olhou para Andrew de novo.

— Pensei que o remédio dele tornasse isso impossível.

— A primavera nos permitiu aprender muito. — Nicky apoiou a raquete no ombro e foi até a porta. — Queria que você tivesse visto. Se Kevin não tivesse jogado a raquete de Andrew no meio da quadra, Andrew a teria usado para arrancar a cabeça de Kevin. Mal posso esperar para ver como você lida com isso.

— Fantástico — disse Neil, pegando o balde de bolas e seguindo-os para fora da quadra.

Andrew sentou-se quando o portão da quadra se fechou atrás deles e jogou a bola para Nicky. Havia levado o uísque com ele e o deixado no chão, perto dos pés. Agora, pegava a garrafa para abri-la.

— Até que enfim — disse. — É um saco ficar esperando por você, Nicky.

— Já terminamos — informou Nicky, prendendo o capacete na ponta da raquete para pegar a garrafa. — Já está na hora de você dar um tempo, não acha? Abby vai acabar comigo se perceber que você andou bebendo.

— Não parece ser problema meu — afirmou Andrew com um sorriso.

Nicky olhou para Aaron em busca de ajuda, mas Aaron já estava indo para o vestiário. Nicky fez um gesto como se explodisse a própria cabeça e foi atrás dele. Neil também pretendia ir, mas cometeu o erro de olhar para Kevin. Assim que seus olhos se cruzaram, foi difícil desviar.

A expressão de Kevin era indecifrável. De todo modo, não parecia particularmente feliz.

— Vai ser uma longa temporada.

— Eu disse que não estava pronto.

— Também disse que nunca jogaria comigo, mas olha você aí.

Neil não respondeu a essa acusação. Kevin ficou frente a frente com Neil e enroscou os dedos na raquete dele. Quando começou a se afastar, Neil segurou com mais força, recusando-se a soltá-la. Era provável que Kevin conseguisse arrancá-la com um puxão mais forte, mas parecia satisfeito em apenas segurá-la.

— Se não vai jogar comigo, vai jogar para mim — declarou Kevin. — Você nunca vai chegar lá sozinho, então eu mando no seu jogo.

— Onde é "lá"? — perguntou Neil.

— Se você não é capaz de descobrir, não tenho como ajudar — retrucou Kevin.

Neil olhou para ele em silêncio, com a certeza de que "lá" não se aplicava a alguém como ele. Kevin deve ter percebido isso em sua expressão impassível, porque cobriu os olhos de Neil com a mão livre.

— Esqueça o estádio — disse Kevin. — Esqueça as Raposas, o seu time inútil do ensino médio e a sua família. Procure enxergar do único jeito que importa de verdade, onde o Exy é o único caminho a ser seguido. O que você enxerga?

Imaginar a vida de uma maneira tão simples parecia tão ridículo que Neil sentiu vontade de rir. Precisou de toda a força de vontade que tinha para não retorcer a boca sarcasticamente. Mas deve ter demonstrado um pouco, pois Kevin puxou a raquete com força.

— Foco.

Neil tentou imaginar o mundo como se sempre tivesse sido Neil Josten e sempre continuaria a ser. Ver aquele personagem em termos tão simplórios era quase o suficiente para desprezá-lo, mas deixou a aversão de lado e voltou a mentalizar o Exy.

Alguma vez o esporte fora realmente dele ou apenas fora arrastado até aquele ponto? Exy era o único lado positivo da sua infância de merda. Ele se lembrou das vezes em que a mãe o levou aos jogos de Exy da liga infantil, cerca de mais de uma hora de viagem de Baltimore, onde ninguém conhecia seu pai e os treinadores o deixavam jogar de verdade. Se lembrou de como ela torcia, quase sem se dar conta de que seus movimentos e suas palavras eram analisados por guarda-costas armados. As memórias eram fragmentadas e pareciam alucinações, distorcidas pela realidade sangrenta do trabalho do pai; ainda assim, se agarrava a elas. Foram as únicas vezes que vira a mãe sorrir.

Neil não sabia quanto tempo jogara com o time da liga infantil, mas suas mãos se lembravam do peso de uma raquete tão bem quanto de uma arma.

Esse pensamento era preocupante, pois o levava de volta à estaca zero e ao fato de que Neil Josten era uma existência passageira. Era cruel até imaginar que poderia viver assim, mas Kevin havia escapado, não é? De algum jeito, deixara aquele maldito quarto em Edgar Allan para trás e se tornara isso, e Neil queria o mesmo para si; queria tanto que quase conseguia sentir o gosto.

— Você — disse Neil finalmente. Kevin puxou a raquete de novo e, desta vez, Neil a soltou.

— Me diga que seu jogo será meu.

Não faria bem a nenhum dos dois, mas Neil não pensaria nisso.

— Ele é seu.

— Neil entende — anunciou Kevin, abaixando as mãos e lançando um olhar penetrante para Andrew.

— Acho que deveria dizer parabéns! Como não me importo nem um pouco, vou lembrar de avisar os outros pra dizer por mim. — Andrew se levantou e bebeu mais uísque no processo. — Neil! Olá. Nos encontramos de novo.

— Já nos encontramos mais cedo — ressaltou Neil. — Se isso for mais um truque, melhor deixar pra lá.

Andrew sorriu para ele, a boca no gargalo da garrafa.

— Não seja tão desconfiado. Você me viu tomar meu remédio. Se não tivesse tomado, já estaria desmaiado em algum lugar agora, vomitando por causa da abstinência. Do jeito que as coisas estão, é provável que eu vomite por causa de todo esse fanatismo aí.

— Ele está chapado — explicou Kevin. — Ele me diz quando está sóbrio, então eu sempre sei. Como você descobriu?

— Eles são gêmeos, mas não são iguais. — Neil deu de ombros. — Um deles odeia sua obsessão por Exy enquanto o outro não dá a mínima.

Kevin olhou para Andrew, mas Andrew tinha olhos apenas para Neil. Levou um segundo para processar as palavras antes de desatar a rir.

— Ele também é comediante? Atleta, comediante e estudante. Cheio de talentos. Puta reforço pras Raposas. Não vejo a hora de descobrir o que mais ele pode fazer. Talvez devêssemos fazer um show de talentos e descobrir? Mas isso fica pra depois. Bora, Kevin. Preciso de comida.

Kevin devolveu a raquete a Neil e os três foram para o vestiário. Aaron e Nicky já estavam no chuveiro quando chegaram. Neil ouviu a água correr e sentou em um banco do vestiário para esperar.

— Não vamos te levar para a casa da Abby desse jeito — disse Kevin. — Vai tomar banho.

— Não vou tomar banho com o time — retrucou Neil. — Vou esperar acabarem, e se não quiserem me esperar, que seja. Posso encontrar o caminho.

— Nicky vai ser um problema pra você? — perguntou Andrew.

Neil não gostou da aparência de seu sorriso maníaco, mas gostou menos ainda da ameaça velada contida ali.

— Não é por causa do Nicky. É pela minha privacidade.

Kevin estalou os dedos para Neil.

— Supere isso. Você não pode ser tímido se vai se tornar uma estrela.

Andrew se inclinou na direção de Kevin e levou a mão à boca, mas não se deu ao trabalho de baixar a voz.

— Ele tem que esconder os machucados, Kevin. Eu invadi o gabinete do treinador e li a ficha dele. Acha que são contusões ou cicatrizes? Aposto que cicatrizes. Não podem ser contusões se os pais dele não vivem perto para bater nele, certo?

Neil sentiu-se dominado pelo frio.

— O que você acabou de dizer?

— Eu não me importo — disse Kevin em resposta a Andrew, ignorando a pergunta de Neil.

Andrew, por sua vez, ignorou Kevin e gesticulou para Neil.

— Chuveiros não são comunitários aqui. O treinador colocou cabines quando construiu o estádio. O conselho não quis pagar por isso, não viam o motivo, então ele pagou do próprio bolso. Pode conferir com os próprios olhos, se não acredita em mim. Não acredita em mim, né? Sei que não acredita. Talvez seja melhor assim.

Neil mal o ouviu.

— Você não tinha o direito de ler a minha ficha!

Ele se arrependeu de não dar uma olhada na pasta quando Wymack a colocou ao lado dele no estádio. Não podia acreditar que Hernandez dissera tais coisas em suas cartas para Wymack. Sabia que o ex-treinador precisava explicar a situação de Neil, ou ao menos aquilo que compreendia dela, para provar que seria uma boa aquisição para o time de desajustados das Raposas. Ainda assim, Neil se sentia traído, e logo depois vinha a raiva por Andrew ter mexido naqueles papéis.

Andrew riu, parecendo encantado por ter cruzado uma linha tão pessoal.

— Relaxa, relaxa, relaxa. Acabei de inventar isso. A gente estava trancado no escritório do treinador lá do Arizona para assistir ao seu jogo na emissora local, e ele disse que seria fácil encontrar você, porque sempre tomava banho sozinho e por último. Disse ao treinador que ainda não tinha conseguido encontrar seus pais. O treinador perguntou se eles seriam um problema, e Arizona disse que não sabia porque nunca tinha visto nenhum dos dois nem uma única vez. Contou que eles passavam muito tempo indo para o trabalho em Phoenix e sem tempo para verificar como você estava. Mas estou certo, não estou?

Neil abriu a boca, mas fechou-a antes de dizer a Andrew o que pensava. Andrew queria que ele reagisse, então Neil teve que se conter. Respirou fundo com os dentes cerrados, contando até dez. Só chegou até cinco antes que o sorriso de Andrew fosse mais do que pudesse aguentar.

Neil não acreditou no que Andrew dissera sobre os chuveiros, mas era melhor investigar do que ficar ali e socá-lo. Ele saiu do banco e foi ao banheiro. As pias com seus espelhos até o teto conectavam os banheiros e os chuveiros, que ficavam mais para o canto, fora de vista. Ele se aproximou para dar uma olhada rápida. Andrew dissera a verdade pela primeira vez. As paredes eram forradas com baias, altas o suficiente para proporcionar total privacidade e equipadas com portas que podiam ser trancadas.

— Esquisito, né? — sussurrou Andrew em seu ouvido. Neil não o ouvira se aproximar por causa do som dos chuveiros ligados onde estavam os primos. Atacou quase por instinto, mas o outro segurou seu cotovelo, que, com certeza, o teria atingido em cheio nas costelas. Andrew riu e recuou alguns passos. — O treinador nunca explicou. Talvez ele tenha pensado que a gente precisava de privacidade pra chorar por nossas derrotas desastrosas. Só o melhor para suas estrelas em ascensão, certo?

— Não fiquei com a impressão de que Wymack recrutava estrelas em ascensão — ironizou Neil, passando por Andrew em direção ao seu armário.

— Não — concordou Andrew. — As Raposas nunca vão dar em nada. Mas tente dizer isso pra Dan, e ela vai te encher de porrada. — Ele pegou seu uísque e foi para a porta. — Kevin, carro.

Neil observou a porta se fechar atrás deles antes de pegar as roupas e ir para o chuveiro. Ele se lavou o mais rápido que pôde e fez uma careta enquanto se vestia novamente. As saídas de ar mantinham a boa circulação, retirando a umidade para reduzir o mofo, mas a sala ainda parecia abafada e úmida. Neil sentiu-se pegajoso enquanto vestia as roupas. Passou os dedos pelo cabelo enquanto se encontrava com os primos na sala principal. Eles mostraram onde deveria colocar o colete armadura para secar ao ar e o uniforme para lavar. Aaron apagou as luzes ao sair, Neil trancou as portas e eles encontraram os outros dois esperando no carro.

Nicky pegou as chaves de Andrew e as balançou para Neil.

— É o seu primeiro dia, então pode ir no banco da frente de novo. Aproveite enquanto pode. Kevin odeia sentar no banco traseiro.

— Não preciso sentar na frente — afirmou Neil, mas Kevin e os gêmeos já estavam se amontoando no banco de trás, com Kevin no meio. Sentaram-se de modo a deixar Andrew atrás do assento de Neil, o que o fez desejar que a viagem fosse curta.

Abigail Winfield morava em uma casa térrea a cerca de cinco minutos do campus. Nicky estacionou no meio-fio, pois já havia dois carros na garagem quando chegaram. A porta da frente estava destrancada e, por isso, entraram sem bater, sendo recebidos pelo cheiro forte de alho e molho de tomate.

O treinador Wymack e Abigail já estavam na cozinha. Wymack resmungava enquanto remexia a gaveta de talheres, e Abigail o ignorava enquanto mexia na panela no fogão. O treinador foi o primeiro a avistar as Raposas e apontou para Nicky.

— Hemmick, venha aqui e seja útil pelo menos uma vez na sua vida miserável. A mesa precisa ser posta.

— Ahhh, treinador — reclamou Nicky quando Abigail se virou. — Por que você sempre tem que implicar comigo? Você já começou a colocar a mesa. Não pode terminar?

— Silêncio, e vá logo fazer o que eu falei.

— Vocês dois não podem se comportar diante de um convidado? — perguntou Abigail, deixando de lado a colher e indo cumprimentá-los. Wymack examinou o grupo.

— Eu não vejo nenhum convidado. Neil é uma Raposa. Ele não vai receber tratamento especial só porque é seu primeiro dia. Se não souber desde já o quanto esse time é problemático, vai ter uma vida muito difícil em junho.

— David? Cala a boca e vá ver se os legumes não estão queimando. Kevin, vá checar o pão. Está no forno. Nicky, mesa. Aaron, vá ajudar o Nicky. Andrew Joseph Minyard, espero que isso não seja o que acho que é. — Ela tentou pegar a garrafa de uísque, mas Andrew riu e saiu pela porta. Abigail parecia querer ir atrás dele pelo corredor, mas Neil obstruía seu caminho. Ele deu um passo para o lado para deixá-la passar, mas ela se contentou em lançar um olhar mortal para Nicky.

— O que eu deveria fazer? — perguntou Nicky, evitando o olhar dela enquanto os três se separavam para fazer as tarefas. — Tirar isso dele? Nem pensar.

Abigail o ignorou para falar com Neil.

— Você deve ser o Neil, então. Eu sou a Abby. Sou enfermeira da equipe e proprietária temporária deste lote. Eles estão te perturbando demais?

— Não se preocupe — gritou Andrew lá de fora. — Vai demorar um pouco pra dar um jeitinho nele. Até agosto eu consigo, talvez.

— Se você ousar fazer igual ao ano passado...

— Então Bee estará aqui para juntar os pedaços — proclamou Andrew, reaparecendo na porta ao lado de Neil. Ele havia largado a garrafa no meio do caminho e abriu as mãos vazias para ela em um gesto tranquilizador. — Ela se saiu tão bem com Matt, não foi? Neil não vai nem ter graça pra ela. Você a convidou, não foi?

— Convidei, mas ela recusou. Achou que isso tornaria as coisas estranhas.

— As coisas não são nada além de estranhas quando Andrew e Nicky estão por perto — retrucou o treinador.

Andrew nem tentou defender sua honra, mas olhou para Neil.

— Bee é uma psicóloga. Costumava trabalhar no centro de detenção juvenil, mas agora ela está aqui. Ela lida com os casos realmente sérios no campus: vigilância suicida, possíveis psicopatas, esse tipo de coisa. Isso a torna nossa supervisora designada. Você vai conhecê-la em agosto.

— Eu preciso? — perguntou Neil.

— É obrigatório para todos os atletas, uma vez por semestre — confirmou Abby. — A primeira vez é um encontro casual para que você a conheça e descubra onde fica o escritório dela. A segunda sessão é na primavera. Claro, fique à vontade para visitar quando quiser, e ela vai falar mais sobre marcar horários quando você for lá. Serviços de aconselhamento estão inclusos na sua inscrição, então é melhor aproveitar.

— Betsy é incrível — confirmou Nicky. — Você vai amar.

Neil duvidava disso, mas ia deixar passar por enquanto.

— Pessoal, vamos comer? — perguntou Abby, gesticulando para Andrew e Neil entrarem na sala.

Neil não estava com muito apetite, mas sentou-se à mesa o mais longe possível de Kevin e Andrew. A conversa parou por alguns instantes quando todos se acomodavam e se serviam à vontade, mas recomeçou enquanto comiam fatias fumegantes de lasanha. Neil tentou ficar de fora o quanto pôde, mais interessado em analisar como eles interagiam.

De tempos em tempos, a mesa se dividia quando Kevin e Wymack eram pegos conversando sobre treinamento de primavera e quais atletas haviam sido recrutados por outras faculdades, e Nicky entretinha a outra metade da mesa com fofocas sobre filmes e celebridades que Neil não conhecia. Andrew observava Kevin e Wymack, sem nada a contribuir para a conversa. Em vez disso, ele cantarolava para si mesmo e remexia a comida no prato.

Passava das dez da noite quando Wymack decidiu que era hora de ir embora, levando Neil com ele. Entrar no carro sozinho com o treinador foi a coisa mais difícil que Neil fizera o dia todo. Andrew era um louco, mas Neil sempre desconfiava de homens que tinham idade para serem seu pai. Era impossível não ser assim. Ficou em silêncio durante todo o trajeto, paralisado no banco do carona. Talvez Wymack tenha notado a rigidez em seus ombros, porque não disse nada até que estivessem de volta ao apartamento.

Quando Wymack fechou e trancou a porta da frente, perguntou:

— Eles vão ser um problema?

Neil balançou a cabeça e, discretamente, colocou mais espaço entre eles.

— Vou dar um jeito.

— Eles não entendem limites — comentou Wymack. — Se ultrapassarem algum limite e você não souber como lidar, venha falar comigo. Entendeu? Não tenho total controle sobre Andrew, mas Kevin nos deve sua vida e, por meio dele, posso chegar até Andrew.

Neil assentiu e foi até o fim do corredor para pegar a mochila na mesa de Wymack. Ficara trancada o dia inteiro, mas de todo modo despejou o conteúdo no sofá para verificar cada um dos itens. No segundo em que suas mãos tocaram a pasta no fundo de sua bolsa, o coração disparou. Ele queria dar uma olhada e ter certeza de que estava tudo lá, mas Wymack o observava da porta.

— Você está pensando em ficar revezando as mesmas seis roupas o ano inteiro? — perguntou o treinador.

— Oito — corrigiu Neil. — E sim.

Wymack arqueou uma sobrancelha para ele, mas não insistiu.

— A lavanderia fica no porão. O detergente está no armário do banheiro, embaixo da pia. Use o que precisar e na cozinha, pegue o que quiser. Vou me irritar mais se você agir como um gato de rua arisco do que se você acabar com o cereal.

— Sim, treinador.

— Tenho um monte de papelada pra revisar. Você se vira sozinho?

— Talvez eu vá dar uma corrida — respondeu Neil.

Wymack assentiu e saiu. Neil deixou a calça de corrida de lado e enfiou a calça de dormir e a camiseta debaixo do sofá para mais tarde. Se trocou no banheiro e passou ao lado de Wymack para trancar a mochila de novo. Wymack nem ergueu os olhos dos papéis que estava examinando, embora tenha resmungado algo parecido com adeus quando Neil saiu novamente. Ele trancou a porta, enfiou as chaves no fundo do bolso e desceu as escadas até o térreo.

Não sabia sua localização nem para onde estava indo, mas tudo bem. Se desse uma direção a seus pés, eles o levariam além de todos os seus pensamentos, e isso estava ótimo para Neil.

CAPÍTULO QUATRO

Neil passou a manhã seguinte explorando o campus e memorizando o seu mapa. Quando teve certeza de que sabia se virar, saiu dos arredores da faculdade para dar uma corrida mais longa. Foi encontrando o caminho de volta pouco a pouco. Tinha uma hora para se alongar e almoçar antes de encontrar os outros no estádio, e fez questão de chegar cedo o bastante para se trocar sozinho.

Quando chegaram, Neil já os esperava na quadra. Observou enquanto Kevin empurrava Andrew para o gol do time da casa. Andrew ria de alguma coisa, mas Neil não conseguia ouvir o que Kevin estava dizendo. Aaron e Nicky espalharam bolas na área da defesa, e Nicky rolou algumas para Neil. Neil as espalhou na meia quadra ao redor de si.

Começaram a fazer os exercícios, alguns dos quais Neil praticara na noite anterior e outros que não conhecia. A dificuldade dos exercícios aumentava gradualmente e Neil fez uma careta quando Andrew defendeu todos os seus arremessos. Era um pouco reconfortante ver que nem Aaron nem Nicky estavam marcando também, mas Kevin acertou quase um terço de seus arremessos. Não era o desempenho que se esperava de um ex-campeão nacional, mas ainda assim era bastante humilhante, já que Kevin crescera jogando com a mão esquerda. Saber que enfrentava Andrew com a mão direita já era uma ousadia e tanto; ver que conseguia pontuar era surreal.

Após uma hora e meia de treinamento, Kevin os expulsou da quadra para que fizessem um breve intervalo e bebessem água, mas em vez de seguir Neil e os defensores até o vestiário, ficou para trás com Andrew, para continuar praticando. Neil os observava por cima do ombro.

— Eu o vi primeiro — brincou Nicky.

— Pensei que você já tinha o Erik — retrucou Neil.

— Sim, mas Kevin está na Lista — disse Nicky. Quando Neil franziu a testa, Nicky explicou. — É uma lista de celebridades que podemos pegar. Kevin é o meu número três.

Neil fingiu entender e mudou de assunto.

— Como alguém ganha das Raposas tendo Andrew no gol?

— Ele é bom, né? Mas Andrew ficou de fora a maior parte do ano passado. — Nicky deu de ombros. — O treinador não precisava de um terceiro goleiro quando nos contratou, então Andrew ficou só esquentando o banco até novembro. Então o CRE ameaçou revogar nosso status de primeira divisão e demitir o treinador se a gente não começasse a ganhar com mais frequência. O treinador subornou Andrew com bebidas para que salvasse nossa pele.

— Subornou? — Neil repetiu.

— Andrew é bom — explicou Nicky de novo. — Mas não se importa se ganhamos ou perdemos. Se quer que ele se importe, é preciso dar um incentivo.

— Ele não pode jogar dessa maneira e não se importar.

— Você parece o Kevin falando. Vai descobrir do jeito mais difícil, que nem ele. Kevin encheu muito o saco do Andrew nesta primavera — contou Nicky enquanto eles iam em direção ao vestiário. Aaron foi na frente deles até o bebedouro e Nicky se apoiou na parede para observar Neil. — Andrew parou de jogar por um mês inteiro. Disse que ia quebrar todos os dedos se o treinador o obrigasse a jogar com Kevin de novo.

Pensar em Andrew voluntariamente destruindo o próprio talento fez Neil sentir um aperto no coração.

— Mas ele está jogando agora.

Nicky tomou alguns goles rápidos de água no bebedouro assim que Aaron saiu do caminho e passou a mão na boca.

— Só porque o Kevin também está. Kevin voltou para a quadra com uma raquete na mão direita, e Andrew veio logo atrás. Até então eles brigavam como cão e gato. Mas olha para eles agora. Estão praticamente trocando pulseiras de amizade e seria impossível separar os dois mesmo se nossa vida dependesse disso.

— Mas por quê? — perguntou Neil. — Andrew odeia a obsessão de Kevin por Exy.

— Quando esses dois fizerem sentido pra você, me avise — disse Nicky, movendo-se para que Neil pudesse beber. — Faz semanas que desisti de tentar entender as coisas. Você pode até perguntar, mas nenhum dos dois vai responder. Mas posso te dar um conselho? Pare de olhar tanto para o Kevin. Você está me fazendo temer pela sua vida aqui.

— Como assim?

— Andrew é muito possessivo quando se trata dele. Ele me deu um soco na primeira vez que disse que gostaria de deixar Kevin tão bêbado que ele ia desistir de ser hétero. — Nicky apontou para o rosto dele, presumivelmente onde Andrew o havia acertado. — Então, sim, vou mirar em alvos mais seguros até que o Andrew se canse dele. Isso quer dizer você, considerando que o Matt já tem alguém e eu não me odeio o suficiente para tentar alguma coisa com o Seth. Parabéns.

— Dá pra você ser um pouco menos esquisito? — perguntou Aaron.

— Que é? — retrucou. — Ele disse que não curte nada, então obviamente precisa de algum incentivo.

— Eu não preciso de incentivo algum — assegurou Neil. — Estou bem sozinho.

— Sério, como você não está cansado da sua mão a essa altura?

— Já chega desse papo — concluiu Neil. — Esse e qualquer outra versão dele no futuro. Olha, Nicky, não tenho problemas com a sua sexualidade, mas estou aqui para jogar. Tudo o que quero é que cada um faça o melhor possível na quadra.

A porta do estádio se abriu e Andrew enfim apareceu. Olhou para todos com olhos arregalados, parecendo surpreso por encontrá-los ali.

— Kevin quer saber por que vocês estão demorando. Se perderam?

— Nicky está planejando estuprar o Neil — denunciou Aaron. — O plano tem algumas falhas e ele precisa resolver isso primeiro, mas logo, logo, ele chega lá.

— Você é tão babaca — respondeu Nicky enquanto se dirigia para a porta.

— Nossa, Nicky — disse Andrew. — Começou cedo.

— E pode me culpar?

Nicky olhou de volta para Neil quando disse aquilo. Só tirou os olhos de Andrew por um segundo, mas foi o suficiente para que o outro avançasse nele. Andrew agarrou a camisa de Nicky com uma das mãos e o jogou com força contra a parede. Nicky grunhiu com o impacto, mas não fez nenhum movimento para empurrá-lo conforme Andrew se encostava nele. Neil olhou de Nicky para Aaron, que tinha uma expressão impassível, nada surpreso com a violência repentina. Voltou a olhar para Andrew e esperou para ver o que iria acontecer.

— Ei, Nicky — advertiu Andrew em um alemão sussurrado. — Não toca nele. Entendeu?

— Você sabe que eu nunca o machucaria. Se ele disser que sim...

— Eu disse que não.

— Meu Deus, como você é ganancioso — reclamou Nicky. — Você já tem o Kevin. Por que isso...

Ele ficou em silêncio, mas Neil levou alguns instantes para perceber o motivo. Andrew pressionava uma faca pequena na camisa de Nicky. De onde tinha tirado aquilo, Neil não saberia dizer, mas preferia não pensar que Andrew a levava para a quadra, por baixo do uniforme. Tinha que haver regras e regulamentos contra aquilo. A última coisa que Neil queria era que Andrew esfaqueasse alguém no meio de um jogo. As Raposas seriam banidas da liga na mesma hora.

— Relaxa, Nicky, relaxa — falou Andrew, como se acalmasse uma criança problemática. — Pra que essa cara? Vai ficar tudo bem.

Neil estava acostumado com a violência. Já tinha ouvido todas as ameaças existentes no planeta, mas nunca vindas de um homem que sorrisse tão abertamente quanto Andrew. Apatia, raiva, loucura, tédio; Neil conhecia e compreendia esses motivadores. Mas Andrew estava sorrindo como se não estivesse com a ponta de uma faca pronta para deslizar pelas costelas de Nicky com facilidade; e não era uma piada. Sabia que ele falava sério. Se Nicky sequer respirasse errado, Andrew cortaria seus pulmões em tiras, sem nem pensar duas vezes.

Neil se perguntou se o medicamento de Andrew permitiria que vivenciasse o luto ou se também riria no funeral de Nicky. Então, se perguntou se um Andrew sóbrio agiria de outra maneira. Seria aquela ação fruto da psicopatia de Andrew ou do efeito de seus medicamentos? Estaria ele chapado demais para entender o que fazia, ou o remédio apenas acrescentava um sorriso à sua violência já arraigada?

Neil olhou para Aaron, esperando que interferisse. Ele estava tenso, mas quieto enquanto olhava para a faca de Andrew. Neil deu mais um segundo a ele, mas não podia esperar para sempre. Não sabia o que poderia provocar Andrew e não queria descobrir.

— Ei — disse Neil, olhando para Andrew. — Já chega.

— Fica quieto — respondeu Nicky em inglês, um pouco mais alto que uma lufada de ar. — Fica quieto. Está tudo bem.

— Ei— repetiu Neil, ignorando-o, apesar de não saber o que dizer. Questionar a sanidade de Andrew ou aceitar a provocação acabaria com Nicky indo para o hospital. Tampouco fingiria aceitar Nicky dando em cima dele só para que Andrew se acalmasse. Neil precisava de uma distração, algo que fosse mais importante para Andrew do que Nicky. E só havia uma coisa que achava que poderia funcionar. Ou melhor, uma pessoa. — Vamos jogar ou não? — perguntou. — Kevin está esperando.

Andrew olhou para Neil como se não tivesse pensado nisso.

— Ah, verdade. Vamos logo ou ele nunca mais vai parar de falar disso.

Andrew soltou Nicky e se afastou. A faca desapareceu sob sua veste antes que ele chegasse à porta. Aaron apertou o ombro de Nicky ao sair. Nicky parecia abalado olhando para os gêmeos, mas quando percebeu que Neil o observava, se recompôs com um sorriso que Neil não achou ser genuíno.

— Pensando melhor, você não faz meu tipo, afinal — concluiu quando a porta se fechou atrás de seus primos. — Precisa beber mais água antes de ir para a quadra para a segunda parte?

— Ele não pode fazer isso — disse Neil, indicando a porta.

— Isso não foi nada — argumentou Nicky.

Neil agarrou o braço dele quando Nicky passou e o puxou, fazendo-o parar.

— Não deixe ele se safar com essas coisas.

Nicky considerou por um momento, seu sorriso se transformando em algo pequeno e cansado.

— Ah, Neil. Você vai dificultar tanto as coisas para você mesmo. Olha só — continuou Nicky, puxando Neil para fora e virando-o em direção à porta. — Andrew é um pouco maluco. Os limites dele não são os mesmos que os seus, então você pode ficar muito ofendido quando ele passar dos limites, mas nunca vai conseguir fazer com que ele entenda o que fez de errado. E também nunca vai fazer com que ele se importe. Portanto, fique longe do caminho dele.

— Ele é assim porque você não faz nada a respeito — acusou Neil. — Você está colocando todos nós em risco.

— Isso foi culpa minha. — Nicky abriu a porta e esperou que Neil passasse. — Eu disse algo que não deveria ter dito e recebi o que merecia.

Neil não estava convencido, mas não poderia exigir mais explicações para uma discussão que acontecera em alemão, então seguiu na frente até a área técnica. Neil olhou primeiro para Andrew, que corria para a meia quadra, e depois para Kevin, parado no símbolo da pata de raposa bem no centro da quadra. Aaron esperava por Nicky e Neil no portão, e os três entraram juntos na quadra.

Kevin mal esperou que eles parassem ao seu lado antes de dividi-los com um movimento dos dedos.

— Aaron está comigo. Nicky e Andrew ficam com o moleque. Equipes de dois jogadores, treino com um gol vazio.

— Eu não sou moleque — afirmou Neil. — Você é só um ano mais velho do que eu. — Dois, na verdade, mas não ia contar a eles que tanto seu aniversário quanto sua verdadeira idade eram uma mentira.

Kevin ignorou-o, mas Nicky falou:

— Andrew não deveria ficar com você e Aaron? Para o Neil poder praticar arremessos nele.

Kevin pareceu entediado com a sugestão.

— Se eu achasse que ele ia conseguir chegar até o gol, teria montado o time desse jeito.

— Valeu então, chefe — brincou Nicky, sorrindo para Neil. — Manda ver, moleque.

Eles estavam em cinco, mas se prepararam como se fossem duas equipes completas: Neil e Kevin espaçados na meia quadra, Nicky na área da defesa e Aaron na área do ataque. De seu lugar no gol do time da casa, Andrew armou a jogada e rebateu a bola até o outro lado da quadra. No segundo em que Neil ouviu o estalo da raquete de Andrew, começou a se mover, percorrendo a quadra antes que Aaron pudesse bloqueá-lo.

Kevin deveria ter feito o mesmo, movendo-se em direção a Nicky, mas ficou parado na meia quadra. Aaron fez o mesmo, deixando o rebote passar por ele. Neil não parou para pensar a respeito, pegando a bola no ar. Ficou com ela por apenas dois segundos até que Kevin surgisse sabe-se lá de onde. Kevin bateu a raquete dele com tanta força na de Neil que a bola saltou para um lado e a raquete de Neil voou para o outro. Neil xingou quando uma dor aguda se espalhou por seus braços.

— Continue contando — disse Kevin antes de ir atrás da bola.

Neil pegou a raquete e foi correndo em perseguição a ele, mas Kevin já estava com a vantagem. Nicky tentou marcá-lo, mas Kevin fez finta e marcou alguns segundos depois. Andrew, que deveria estar no gol, usava sua raquete enorme para se apoiar. Ele olhou por cima do ombro quando as linhas de fundo se iluminaram, ficando vermelhas, mas não esboçou nenhuma reação.

— Você podia ao menos se esforçar — acusou Kevin.

Andrew pensou a respeito, então disse:

— Podia, não podia? Quem sabe outro dia.

Nicky pegou a bola e a passou para Andrew, que a agarrou com sua luva de goleiro. Os quatro se prepararam para recomeçar, e Andrew deu mais um de seus saques cruéis. Desta vez, Kevin correu na direção de Nicky, deixando Neil por conta de Aaron. Neil correu na direção da bola com Aaron em seu encalço. Quando estava perto da bola o suficiente para que pudesse fazer uma falta, Aaron se jogou nele com toda a força. Neil cambaleou, perdendo o equilíbrio e batendo com a raquete no chão para evitar tropeçar nos próprios pés. Aaron pegou a bola e a jogou por cima da cabeça para Kevin. Andrew observou Kevin fazer o gol.

— O que Andrew está fazendo? — perguntou Neil.

— Nada — respondeu Aaron, como se fosse óbvio, e eles se prepararam para o próximo saque.

Aos vinte minutos de treino, Kevin jogou Neil contra a parede e o prendeu ali, a mão com a luva segurando seu peito enquanto exigia:

— Você sequer está se esforçando?

Neil o empurrou, mas Kevin já estava saindo, pronto para pegar a bola e marcar mais um gol.

A quadra parecia muito maior quando ele tinha apenas um companheiro de equipe com quem contar, e as regras que permitiam que dessem apenas dez passos quando em posse da bola faziam com que dependessem ainda mais das paredes da quadra. Neil não estava acostumado a jogar desse jeito. E também não gostava. A falta de familiaridade com o estilo de jogo só facilitava o domínio completo da quadra para Aaron e Kevin.

Cada rodada de treinamentos forçava Neil a se empenhar ainda mais e se tornar mais ágil, mas ele não estava em Millport. Sua experiência de infância e sua velocidade não eram suficientes para enfrentar atletas desse calibre. Neil sentiu-se frustrado, depois surpreso, então frustrado de novo, à medida que o treino continuava. Conseguiu fazer alguns gols enquanto praticava, mas parecia uma bobagem quando não havia goleiro para tentar defender.

Após quarenta minutos, Kevin os interrompeu abruptamente e sacudiu a raquete para os defensores.

— Caiam fora. Vocês dois, caiam fora agora.

— Graças a Deus — comemorou Nicky, correndo para o portão.

Kevin esperou até que Aaron fechasse a porta, então agarrou a grade frontal do capacete de Neil e o arrastou em direção ao gol de Andrew. Este, enfim parecendo interessado no que estava acontecendo, se endireitou. Kevin soltou o capacete quando Neil estava em cima da pata de raposa que marcava a linha de cobrança de falta.

— Bola — exigiu ele, e Andrew a jogou. Kevin a empurrou contra o peito de Neil, que a segurou. — Fique aqui e arremesse até que Andrew esteja cansado. Quem sabe assim você consegue marcar um gol.

— Opa! — zombou Andrew, rindo. — Isso não vai acabar bem.

Kevin se virou e saiu, batendo o portão com força. Neil pegou o balde com as bolas que estava próximo ao canto do time da casa, onde o haviam deixado durante o treino. Colocou o balde na área da defesa e voltou para a linha de cobrança de falta para dar seu primeiro arremesso.

Andrew não ergueu um único dedo para impedir Kevin de marcar, mas não tinha a mesma consideração por Neil. Mexeu sua enorme raquete e, em um movimento único, acertou a bola com tanta força que Neil a ouviu bater na parede da quadra atrás de si. Olhando por cima do ombro, Neil pegou mais uma bola do balde e tentou de novo.

Neil perdeu a noção do tempo depois disso. Movimentos e minutos se confundiam e se misturavam à exaustão. Ele continuou tentando mesmo após os braços começarem a latejar de dor, porque não sabia como parar. Por fim, a dor desapareceu, dando lugar a uma forte sensação de dormência. Sabia que Andrew já deveria estar cansado, uma vez que sua raquete era pesada e ele batia em todas as bolas como se quisesse jogá-las para fora do estádio, mas ainda assim não diminuía o ritmo.

Sabia que tinha ido longe demais quando perdeu o controle da raquete ao tentar arremessar. Andrew riu quando Neil caiu no chão e deslizou em direção ao gol. Jogou a bola na direção de Neil, que não tinha uma raquete para se defender. Por instinto, levantou os braços para defender o rosto, mas sentiu o golpe forte nos antebraços, ainda que estivesse usando o equipamento de proteção. Ele deu um passo para trás com o impacto, lançando um olhar irritado para Andrew.

— Anda — disse Andrew. — Tique-taque. Não vou ficar aqui para sempre esperando você.

Neil sabia que era uma péssima ideia, mas ainda assim pegou a raquete de volta. Seu braço doía só de fazer esse movimento e, quando tentou erguê-la alto o suficiente para dar outra raquetada, sentiu um forte espasmo no braço direito e perdeu a pegada. A raquete caiu na quadra, aos seus pés.

— Ah, não — disse Andrew. — Acho que Neil está com problemas.

Neil se agachou e pegou a raquete. Parecia que seus músculos estavam se desfazendo, contorcendo-se em volta do cotovelo e do pulso. Ainda assim, segurou a raquete e a ergueu. Andrew também levantou a raquete à sua frente e apoiou os braços nela, esperando e observando Neil tentar em vão arremessar mais uma vez. A raquete só chegou à altura de seus ombros antes de cair de novo. A bola rolou inofensivamente para longe.

— Dá pra ser ou tá difícil? — perguntou Andrew.

A derrota tinha um gosto amargo quando Neil se agachou ao lado da raquete.

— Pra mim chega.

Andrew saiu do gol para ir até ele, mas parou, colocando um pé na raquete de Neil, que tentou puxá-la, mas não tinha mais forças. Sua tentativa de afastar Andrew foi ainda pior, e a dor foi tanta que sua visão ficou turva.

— Sai de cima da minha raquete.

— Ou o quê? — desafiou Andrew, abrindo os braços em convite. — Quero ver você tentar, ao menos.

— Não me provoque.

— Palavras tão duras para alguém tão pequeno — provocou Andrew. — Você não é muito inteligente. Típico de um atleta.

— Hipócrita — respondeu Neil.

Andrew fez sinal de positivo com o polegar e passou por ele. Neil tentou se segurar antes de cair, mas a mão não aguentou o peso. Desabou de costas e não tentou se levantar. Estava cansado demais para se importar, então ficou deitado ali, ouvindo enquanto Andrew saía da quadra. O portão se fechou com um estrondo atrás dele. Neil virou a cabeça de lado e observou através das paredes eles indo embora.

Quando teve certeza de que todos já tinham ido, limpou meticulosamente a quadra. Seus braços latejavam enquanto tirava o uniforme, e se vestir de novo foi uma provação.

— Merda — sussurrou. Tinha ido longe demais hoje em sua determinação de acompanhar os companheiros de equipe. Se não conseguisse se controlar e dar um passo de cada vez, não conseguiria jogar quando agosto chegasse.

Ele correu de volta para a casa de Wymack, mantendo o passo mais lento do que o normal, e subiu as escadas até o sétimo andar. A porta do apartamento estava destrancada e Wymack esperava por ele no corredor segurando uma lata de grãos de café.

— Kevin ligou pra avisar que você não vai treinar amanhã e que eu deveria entretê-lo com filmagens de jogos anteriores. Ele disse que você quase estourou seus braços tentando marcar um gol em Andrew. Eu disse que você não seria tão burro. Qual de nós dois está certo?

— Posso ter me empolgado — confessou Neil.

Wymack jogou o café para ele. Por instinto, Neil tentou pegá-lo, mas não conseguiu segurar. A lata caiu a seus pés e a tampa se soltou, espalhando grãos por toda a parte. Wymack avançou contra Neil, vociferando:

— Seu idiota.

Se proteger de um homem mais velho e furioso era tão natural para Neil que não percebeu ter se retraído até Wymack congelar. O rosto de Wymack ficou quase perigosamente sem expressão e Neil baixou o olhar, tomando o cuidado de não desviá-lo por completo. Precisava ficar atento caso ele se movesse de novo. Esperou que o treinador dissesse alguma coisa. Depois de um silêncio incômodo e interminável, percebeu que Wymack não falaria antes dele.

— Cometi um erro hoje — admitiu Neil, baixinho. — Não vai acontecer de novo.

Wymack não respondeu. Ele também não se aproximou. Por fim, apontou para o chão à sua frente.

— Venha aqui. Não — disse ele quando Neil começou a recolher a bagunça a seus pés. — Pode deixar.

Neil passou por cima dos grãos do café e parou em frente a Wymack: ao alcance de seu braço, sem se aproximar demais. Aperfeiçoara esse truque quando era criança. Em um piscar de olhos, podia olhar para os braços de qualquer um e julgar a distância segura a se manter. Se a pessoa precisasse se mover para acertá-lo, ele teria tempo suficiente para se esquivar. De todo modo, o golpe não viria com força total.

— Olhe para mim — disse Wymack. — Agora mesmo.

Neil arrastou o olhar do peito de Wymack para seu rosto. A expressão dele ainda era vazia demais para que Neil se sentisse seguro, mas sabia que não deveria desviar o olhar de novo.

— Quero que entenda uma coisa — disse Wymack. — Sou um velho barulhento e rabugento. Gosto de gritar e jogar coisas. Mas não dou socos, a menos que algum valentão seja burro o suficiente para tentar bater em mim primeiro. Nunca, durante toda a minha vida, bati em alguém sem ser provocado antes, e com certeza não vou começar com você. Está me ouvindo?

Apesar de não acreditar nele, Neil respondeu:

— Sim, treinador.

— Estou falando sério — assegurou Wymack. — Não se atreva a ter mais medo de mim do que de Andrew.

Neil poderia ter dito que era a idade de Wymack que o tornava um problema, mas não achava que era o que ele gostaria de ouvir. Não havia solução para esse problema.

— Sim, treinador.

Wymack fez um gesto por cima do ombro e deu um passo para o lado.

— Eu já comi, mas ainda não guardei as sobras. Deixa que eu limpo essa bagunça. Vá se cuidar.

Neil comeu ao som do aspirador. Wymack estava no escritório quando terminou a refeição, e Neil se retirou cedo para o sofá. Queria pegar a mochila para vasculhar sua pasta, mas não quis se intrometer no espaço de Wymack, então ficou encarando o teto até, por fim, adormecer.

Neil precisou de duas semanas para decidir que jamais atingiria os padrões que Kevin desejava. Chegou até a ponto de ver o olhar frio de desaprovação de Kevin toda vez que piscava. Metade do tempo Neil não sabia o que estava fazendo de errado e na outra metade não conseguia mudar. Era o que corria mais rápido, mas todos eram melhores e mais fortes do que ele. Kevin sabia que ele era inexperiente, mas ainda assim não o perdoava por seus erros. Neil não queria pena, mas queria compreensão. Quando resolveu ceder e pedir conselhos para Nicky sobre como lidar com Kevin, Nicky se limitou a sorrir e dizer:

— Eu te avisei.

Isso não ajudou nada para a paciência já desgastada de Neil. Por sorte, entre sentir raiva de si mesmo e odiar a versão condescendente de treinamento de Kevin, ele não tinha tempo ou energia para sentir medo. Após duas semanas jogando com o grupo disfuncional, Kevin ainda não dava sinais de reconhecer o esforço de Neil. Só se importava com o quanto Neil carecia em quadra — e, pelo que Neil conseguia perceber, carecia cada vez mais a cada dia que passava. Duas semanas da rejeição desdenhosa de Kevin e dos comentários rudes acabaram com sua determinação de pegar leve. Não se importava de estourar os braços outra vez se isso significasse que Kevin pararia de pegar no pé dele como se fosse um aluno incompetente de pré-escola.

Cada movimento que fazia era pensando no Exy, da corrida matinal até as horas que passava na academia, dos treinos durante a tarde à corrida mais longa que fazia à noite, após o jantar. Ele corria ao redor do campus e subia e descia os degraus do estádio. Não importava o que fizesse, era lento demais e sentia tantas dores de noite que mal conseguia colocar o pijama. Quando sua terceira semana chegou, passava noites sem dormir, analisando os erros que cometera durante o dia.

Uma noite, irritado, jogou a coberta para o lado e saiu do apartamento. Estava escuro como breu, devia ser por volta das duas da manhã, e fazia um frio que o faria se arrepender de não ter trocado as calças do pijama. Fez um aquecimento rápido enquanto seguia na direção da Palmetto State. Havia poucos postes de iluminação no bairro de Wymack, mas quando Neil chegou à Perimeter Road, a rua sinuosa que circundava a Palmetto State, o caminho estava mais iluminado.

Neil sabia de cor o percurso até o estádio, mesmo no escuro. Como sempre, havia alguns carros estacionados, e Neil achou ter visto um segurança andando no estacionamento ao lado. Digitou o código para a entrada das Raposas e abriu a porta, esticando a mão para o interruptor de luz. Então congelou. As luzes já estavam acesas.

Só percebeu tarde demais que passara pelo carro dos primos. Estava tão acostumado a vê-lo ali quando se encontravam para os treinos que não tinha estranhado. Ele franziu a testa, imaginando se Wymack o ouvira sair e chamara os outros para que verificassem como estava, então fechou a porta e correu para o vestiário.

Procurou em todos os cômodos, mas não havia sinal de que alguém estivesse lá. Se alongou no saguão antes de empurrar a porta dos fundos. Ouviu o som de uma bola batendo na parede, mas com os assentos do estádio se erguendo de ambos os lados da entrada das Raposas, não conseguia ver os outros na quadra. Estava quase chegando à área técnica quando enfim avistou Kevin. Permanecia sozinho na área da defesa, com um balde de bolas, que jogava sistematicamente contra a parede, uma por uma. Neil olhou em silêncio, perguntando-se que exercício bizarro era aquele. Só depois de doze arremessos de Kevin que Neil percebeu que ele tentava rebater todas as bolas no mesmo lugar. Buscava aprimorar sua mira com a mão direita.

Ao ver Kevin treinando no meio da noite, feroz e sem descanso, Neil quase sentiu vontade de perdoá-lo. Kevin era mais exigente consigo mesmo do que com qualquer outro ao seu redor. Estabelecia padrões impossivelmente altos e usava toda a sua energia para tentar alcançá-los, e não entendia por que os outros não faziam o mesmo.

Neil estava observando Kevin, mas não demorou muito para perceber que alguém também o observava. Não precisou se virar para saber quem era; a intensidade do olhar do outro garoto fez com que seus nervos ficassem à flor da pele. Não olhou para ver onde Andrew estava, mas ergueu a voz o suficiente para que o escutasse.

— Você não vai jogar com ele?

— Não — respondeu Andrew, em algum lugar à esquerda de Neil.

Neil esperou, mas Andrew não deu mais detalhes.

— Acho que seria melhor para ele se você jogasse.

— E?

Neil se virou lentamente, percorrendo o olhar ao longo do banco vazio das Raposas e até os assentos atrás dele. Andrew estava sentado no primeiro lance de escadas, cerca de dez degraus acima. Inclinava-se para a frente, os braços cruzados sobre os joelhos, encarando Neil. A expressão vazia em seu rosto foi uma surpresa. Neil não o via sóbrio fazia semanas e já tinha se acostumado com a mania induzida pelos remédios. Neil quase o acusou de violar a liberdade condicional de novo antes de se lembrar que horas eram. Era provável que não tivesse se medicado para poder dormir.

Mais interessante do que o comportamento calmo de Andrew era a camiseta larga e a calça de moletom que usava. Vestira mangas compridas para buscar Neil no aeroporto e, desde então, só o tinha visto de uniforme. Agora, sem a enorme armadura e as luvas, Neil enfim podia ver os acessórios que eram a marca registrada de Andrew: faixas pretas que cobriam seus braços dos pulsos aos cotovelos. Pelo que Neil ouvira, eram uma brincadeira irônica para ajudar a distinguir um gêmeo do outro. Por que ele estava usando aquilo no meio da noite, Neil não sabia.

Mas não precisava perguntar. Andrew sabia para o que ele estava olhando. Enfiou dois dedos embaixo da faixa e tirou uma lâmina longa e fina. O metal brilhou sob as luzes do teto quando Andrew o empurrou de volta para baixo do pano escuro, alguns segundos depois.

— Essa é sua leve tentativa de suicídio ou tem mesmo um forro aí embaixo pra guardar isso? — perguntou Neil.

— Sim.

— Não foi essa que você usou para tentar machucar o Nicky. Quantas facas você carrega?

— O suficiente — respondeu Andrew.

— O que acontece se um árbitro te pegar com uma arma na quadra? — rebateu Neil. — Eu acho que isso é um pouco mais sério do que um cartão vermelho. Você provavelmente seria preso, e eles podem até suspender a nossa equipe inteira até acharem que podem confiar na gente de novo. E aí?

— O meu luto não teria fim — disse Andrew.

— Por que você odeia tanto esse jogo?

Andrew suspirou como se Neil estivesse sendo burro de propósito.

— Não me importo o suficiente com Exy para odiar. É um pouco menos chato do que viver, então por enquanto posso aguentar.

— Não consigo entender.

— Isso não é problema meu.

— Não é divertido? — perguntou Neil.

— Alguém me perguntou a mesma coisa há dois anos. Devo responder o mesmo que falei pra ele? Eu disse que não. Algo tão inútil quanto este jogo não tem como ser divertido.

— Inútil — repetiu Neil. — Mas você é talentoso, de verdade.

— Bajular não tem graça e não te leva a lugar algum.

— Estou apenas afirmando os fatos. Você se subestima. Poderia ir longe se fizesse um esforço.

O sorriso de Andrew era pequeno e frio.

— Você que vai longe. Kevin diz que você vai ser um campeão. Daqui a quatro anos, vai se tornar profissional. Em cinco, estará na seleção. Prometeu isso pro treinador. Prometeu isso pro conselho universitário. Discutiu com todo mundo até que concordassem em assinar com você.

— Ele... o quê? — Neil o fitou, o sangue latejando em seus ouvidos enquanto tentava entender as palavras de Andrew. Não podia ser verdade; Kevin não teria dito tais coisas a seu respeito. Até onde Neil sabia, Kevin mal suportava estar na mesma quadra que ele. Por que Andrew dizia coisas que obviamente eram mentira? Estaria tentando irritar Neil?

— Então Kevin finalmente conseguiu a aprovação para que te contratassem e você se entregou de corpo e alma. — continuou Andrew. — Curioso que um cara com tanto potencial, que se diverte tanto, que poderia "ir longe", não queira nada disso. Por que seria?

Se Andrew estava sendo honesto, então Kevin definitivamente mentira para todos eles, e Neil só podia pensar em um motivo pelo qual teria feito isso. Talvez, no fim das contas, Kevin se lembrasse dele e tenha dito tudo o que achou necessário para recrutar Neil. Mas se isso fosse verdade, o quanto Kevin sabia? Quanto tinha entendido ou se lembrava do que acontecera oito anos antes? Será que sabia o nome de Neil? Será que sabia o que aquele nome significava?

— É mentira — acusou Neil enfim, porque precisava que isso fosse verdade. — Kevin me odeia.

— Ou é você quem odeia ele — rebateu Andrew. — Não consigo decidir. A conta não está fechando.

— Eu não sou um problema de matemática.

— Mas mesmo assim eu vou te resolver.

Neil se virou sem dizer mais nada. Kevin estava recolhendo as bolas, após terminar o treino. Quando se dirigiu para a porta, Andrew se moveu atrás de Neil. Neil ouviu o farfalhar do tecido, enquanto Andrew se levantava, e os sapatos que batiam baixinho na escada conforme ele descia para a área técnica.

— Você é um enigma — disse Andrew.

— Obrigado.

— Não, quem agradece sou eu — devolveu Andrew passando por Neil sem olhar para trás. — Preciso de um brinquedo novo para brincar.

— Não sou um brinquedo.

— É o que veremos.

Kevin tirou o capacete assim que o portão da quadra se fechou atrás dele. Olhou além de Andrew, para Neil. Neil o encarou, procurando pela verdade em seu rosto, em busca de algum motivo por trás do que Andrew afirmara. Kevin não teria como ter ouvido a conversa deles da quadra, mas Neil ainda esperava que ele o chamasse pelo nome verdadeiro.

Em vez disso, Kevin disse:

— Por que você está aqui?

— Queria treinar mais.

— Como se isso fosse ajudar.

Era grosseiro, mas exatamente o que Neil precisava ouvir. Andrew tinha mentido para ele. Neil podia respirar mais aliviado enquanto observava Kevin colocar o balde de bolas a seus pés. Kevin apoiou a raquete e o capacete no banco reservado ao time da casa para tirar as luvas e os equipamentos de proteção. Andrew os pegou enquanto Kevin os tirava, enfiando as luvas debaixo do braço e enlaçando os dedos nas tiras dos protetores. Ele agarrou o capacete de Kevin pela grade da frente e observou Kevin pegar a raquete de novo.

— Andrew? — perguntou Kevin.

— Já estou pronto — respondeu Andrew, e foi para o vestiário.

Neil não os viu sair. Ele se sentou no banco e olhou para a quadra, ouvindo a porta fechar atrás deles. Estendeu a mão e pegou uma bola do balde, virando-a várias vezes.

— Seleção — sussurrou Neil, se sacudindo violentamente.

Apertou a bola até os dedos doerem, refazendo em sua mente cada um de seus passos. Ele fora para o Arizona, depois atravessara Nevada rumo à Califórnia. Se lembrou das praias de areia escura de Lost Coast, Califórnia, onde a mãe por fim desistiu de lutar. Ele nem tinha percebido a gravidade dos ferimentos dela depois do encontro com o pai dele em Seattle. Ela sangrou durante quase todo o percurso por Oregon, mas ele não achou que fosse algo sério. Não sabia que havia hemorragia interna, um dos rins e o fígado estourados, os intestinos tão machucados que não havia como se recuperarem.

Não sabia dizer quando ela descobrira, se já sabia que algo estava completamente errado em Portland, mas tinha medo demais para parar, ou se ela não tinha percebido que a morte estava chegando até cruzarem a fronteira da Califórnia, onde perdeu a consciência. Deveria ter ido para o hospital, mas recusou-se a seguir o caminho traiçoeiro da Lost Coast. Pararam a dois metros da maré e fez com que Neil repetisse todas as promessas que já havia arrancado dele: não olhar para trás, não diminuir a velocidade e não confiar em ninguém. Ser qualquer um menos ele mesmo, e nunca ser a mesma pessoa por muito tempo.

Quando Neil entendeu que aquilo era uma despedida, já era tarde demais.

Ela morreu arfando por mais uma lufada de ar, ofegando com algo que poderiam ser palavras ou o nome dele ou medo. Neil ainda podia sentir as unhas dela cravando em seus braços enquanto lutava para continuar ali, e a lembrança o deixou todo trêmulo. O abdômen dela parecia pedra quando ele a tocou, inchado e duro. Tentou puxá-la de seu assento apenas uma vez, mas o som do sangue seco rasgando o vinil como velcro acabou com ele.

Em vez disso, decidiu queimar o carro, despejando nos assentos cada galão da gasolina de emergência que compraram pelo caminho, para queimá-la até os ossos. Ele não chorou quando as chamas ficaram mais fortes, e não estremeceu ao puxar os ossos frios dela para fora. Encheu a mochila da mãe com tudo o que restava dela, carregou-a por três quilômetros pela praia e a enterrou o mais fundo que pôde. Quando voltou para a estrada, estava entorpecido pelo choque, que durou mais um dia até que ele caísse de joelhos na beira da estrada e vomitasse. De algum jeito, conseguiu chegar até São Francisco, mas só ficou um dia antes de partir para Millport. Vivia um passo, um quilômetro e um dia de cada vez, porque qualquer outra coisa seria demais para lidar em seu luto.

Neil olhou para a quadra à sua frente e engoliu em seco uma, duas vezes, suprimindo a náusea que subia pela garganta. Era por isso que o contrato de Wymack, as grandes ambições de Kevin e as palavras de Andrew, no fim das contas, não significavam nada. Não importava o que lhe ofereciam ou prometiam. Neil não era como eles. Ele não era nada nem ninguém, e sempre seria assim. A quadra não era para pessoas como ele. Aprenderia o que desse e aproveitaria enquanto pudesse, mas aquele era um sonho do qual uma hora teria que acordar. Querer algo mais do que isso apenas tornaria mais difícil ir embora.

Ele jogou a bola de volta no balde e subiu para o vestiário. Depois de se certificar de que Kevin e Andrew tinham realmente ido embora, vestiu o uniforme e foi para a quadra treinar. Ele treinou até se cansar, colocando cada pensamento que tinha nos movimentos que realizava para não pensar nas Raposas ou na seleção ou em seu passado. Quando, por fim, terminou e arrumou tudo, já havia amanhecido. Estava cansado demais para voltar para a casa de Wymack e sabia que, quando chegasse, o treinador estaria assistindo ao noticiário da manhã, então tomou banho, se vestiu e pegou no sono em um dos sofás das Raposas.

Acordou por volta do meio-dia e voltou para o apartamento. Usou suas chaves para abrir a porta do prédio, mas o apartamento de

Wymack estava mais uma vez destrancado. Neil pensou em comentar com o treinador sobre a sua falta de segurança, mas se esqueceu no mesmo instante. Mesmo com a porta aberta apenas alguns centímetros, podia ouvir vozes furiosas discutindo. Ele colocou uma orelha na abertura e prendeu a respiração, esforçando-se para entender as vozes.

— Droga, Kevin, eu disse pra sentar!

— Não vou! — revidou Kevin. Se Wymack já não tivesse dito seu nome, Neil nem teria reconhecido sua voz. Parecia distorcida pelo medo e o mais puro pânico. — Como você pôde permitir que ele fizesse isso?

— Eu não tenho voz nesse assunto, e você sabe disso. Ei!

Houve um baque forte quando os corpos bateram na parede, e Neil aproveitou para entrar devagar. Fechou a porta o mais silenciosamente que pôde, mas sua discrição não era necessária. Parecia que Wymack e Kevin estavam derrubando tudo o que Wymack possuía, e Neil estremeceu com o som agudo de vidro se partindo.

— Olha pra mim — ordenou Wymack. — Olha para mim, droga, e respira.

— Eu avisei pro Andrew que ele viria atrás de mim. Eu disse a ele!

— Não importa. Você assinou um contrato comigo.

— Ele poderia pagar pela minha bolsa de estudos em um piscar de olhos. Você sabe que ele pagaria. Ele pagaria pra você e me levaria pra casa e eu... Eu não posso voltar pra lá. Não posso, não posso, não vou... Eu tenho que ir embora. Tenho que ir embora. Deveria ir agora, antes que ele venha me buscar. Talvez ele me perdoe se eu voltar. Se eu fizer ele me caçar mais do que já tenho feito, ele vai me matar, com certeza.

— Cala a boca — rebateu Wymack. — Você não vai a lugar algum.

— Eu não posso dizer não a Riko!

— Então não diga nada — aconselhou Wymack. — Fique de boca fechada e deixe Andrew e eu falarmos. Sim, Andrew. Não me diga que você se esqueceu daquele psicopata. Tenho o número de Betsy na discagem rápida. Quer que eu ligue para o escritório dela para você falar com ele? Quer dizer a ele que está pensando em voltar?

A frase foi seguida de silêncio. Neil esperou, prendendo a respiração, até que Wymack falou novamente. Sua voz estava mais baixa, porém a preocupação tornava-a mais áspera do que reconfortante.

— Não vou deixar você voltar pra lá — prometeu Wymack. — Nada me obriga. Seu contrato diz que você pertence a mim. Ele pode nos enviar todo o dinheiro que quiser, mas você tem que assinar antes que isso signifique alguma coisa, e você não vai. Tá? Deixa que Andrew e eu cuidemos do filho da puta do Riko. Se preocupe em fazer com que seu jogo e seu time estejam na melhor forma. Você me prometeu que poderia nos fazer passar da quarta partida este ano.

— Aquilo foi antes — disse Kevin, infeliz. — Isto é agora.

— O CRE está nos dando até junho antes de divulgarem a notícia. Eles viram quantos problemas de segurança tivemos com a sua transferência, então estão esperando até que todos estejam aqui para que eu possa ficar de olho neles. Eu te contei porque você precisa saber, mas quero que esconda isso do Andrew até lá. Me diga que consegue se encontrar com o Andrew hoje sem surtar por completo.

— Andrew vai descobrir. Ele não é burro.

— Então você tem que mentir melhor — disse Wymack, com voz dura. — O CRE está procurando um motivo para tirar Andrew da equipe, e você sabe que eles não iriam devolvê-lo. E aí você vai fazer o quê?

Eles ficaram quietos por tanto tempo que Neil pensou que a conversa poderia ter chegado ao fim. Então Kevin disse:

— Me dá seu celular.

— Se acha que vou deixar você usar meu telefone pra ligar para ele, você...

— Jean — interrompeu Kevin. — Tenho que ligar para ele. Tenho que ouvir isso da boca de Jean.

Ao que tudo indicava esse acordo era aceitável, porque Wymack não discutiu mais. Neil olhou por cima do ombro, imaginando se deveria aproveitar o momento para ir embora. Ele não sabia o que estava acontecendo, mas devia ser horrível se fizera Kevin descer de seu pedestal de condescendência. Estava pensando se conseguiria sair sem fazer barulho quando Kevin falou. O tom sombrio de sua voz fez Neil parar, assim como o francês falado por Kevin.

— Me diga que não é verdade — disse Kevin. — Me diga que não é.

Neil não conseguiu ouvir a resposta, mas a batida forte do telefone se fechando de novo indicava que Kevin não recebera a resposta que queria. O sofá rangeu sob o peso do corpo de alguém e Neil o imaginou afundando na almofada em desespero.

— Espere aqui — disse Wymack, e, alguns segundos depois, saiu. Ele se sobressaltou ao ver Neil no final do corredor, mas não disse nada. Neil observou enquanto ele desaparecia na cozinha. Reconheceu o som do armário de bebidas de Wymack, o clique da fechadura e o tilintar suave das portas de vidro. Wymack voltou com um copo de vodca e o deixou com Kevin.

— Beba — disse ele, fora de vista. — Eu já volto.

Wymack voltou para o corredor. Neil apontou por cima do ombro para a porta em uma pergunta. Wymack o seguiu para fora do apartamento e fechou a porta. Neil olhou para o corredor em busca de possíveis bisbilhoteiros, mas as demais portas estavam fechadas.

— Eu não ia contar para ninguém até junho — comentou Wymack. — Quanto você ouviu?

— Kevin está tendo um colapso nervoso — resumiu Neil. — Não sei por quê.

— Edgar Allan fez um pedido de transferência ao CRE e foi aprovado esta manhã. Eles fazem parte do distrito sudeste a partir de 1º de junho.

Demorou um minuto para que as palavras de Wymack fizessem sentido. Quando por fim entendeu, Neil sentiu o estômago revirar. Já tinha sido difícil enfrentar Kevin no Arizona. Como Neil poderia arriscar a se encontrar com Riko também? Só porque Kevin não se lembrava de Neil, não significava que aconteceria o mesmo com Riko. Neil não queria descobrir, da maneira mais difícil, se Riko tinha a melhor memória entre os dois.

— Isso é impossível — afirmou Neil.

— Na verdade não. Eles são a única equipe Exy da NCAA na Virgínia Ocidental, então foi só uma questão de votar e conseguir algumas assinaturas.

— Isso é impossível — repetiu Neil. — Não podemos jogar contra os Corvos. Que comitê sensato coloca o melhor e o pior time para jogarem um contra o outro?

— Um que sabe que tem muito a ganhar com isso — respondeu Wymack. — A transferência de Kevin gerou muito burburinho, mas também despertou um interesse renovado por Exy. O CRE quer ir adiante e criar a conclusão natural: o reencontro de Kevin e Riko em quadra, mas desta vez como rivais, pela primeira vez na vida. Não importa quem vai ganhar. Eles sabem que podem obter muita publicidade e muito investimento com isso.

— Não posso jogar contra Riko — disse Neil. — Eu não estou preparado.

— Riko não é problema seu — respondeu Wymack. — Deixa isso com o Matt. Você precisa se concentrar em passar pelos defensores e goleiro.

— Você não pode protestar? — perguntou Neil. — Eles estão armando para jogarmos uma partida que todo mundo sabe que não podemos vencer.

— Eu poderia, mas não adiantaria nada — prosseguiu Wymack. — O CRE não volta atrás, principalmente quando isso significa rejeitar um Moriyama. Tem uma coisa que você precisa saber sobre os Moriyama, mas eu queria esperar para ter essa conversa. Queria que você se acomodasse um pouco mais por aqui, ou ao menos esperava que conhecesse melhor a equipe antes de soltar essa bomba. Agora que o CRE está forçando a minha mão, não tenho muitas opções.

"O que vou contar é um segredo não tão secreto. Ou seja, nós sabemos disso" gesticulou com um dedo em círculo, provavelmente se referindo às Raposas, "mas ninguém fora da nossa equipe sabe. Precisa continuar assim não importa o que aconteça, entendeu? Pessoas podem se machucar se isso vazar. Pessoas podem morrer."

Neil apontou para as portas dos apartamentos.

— E eles?

— Sou o único neste andar — comentou Wymack. — Eles construíram este complexo na mesma época em que começamos a construção da Toca das Raposas. Achamos que o nosso time seria importante e as pessoas gostariam de morar na área para ficar perto do estádio para os jogos. Então nosso desempenho não foi bom e os apartamentos não foram alugados. Os andares de baixo têm bastante gente, e os do meio são alugados durante a temporada de futebol, mas os dois últimos andares ficam sempre vazios. E não, você não pode invadir nenhum dos apartamentos, então nem se atreva a pensar nisso.

Neil deixou essa acusação passar sem comentários.

— Você está enrolando, treinador.

Wymack cruzou os braços e olhou para Neil.

— Você sabe por que Kevin veio para Palmetto State?

— Ele quebrou a mão — explicou Neil. — Não podia jogar, então se transferiu para cá como auxiliar técnico. Imaginei que estivesse vindo atrás de Andrew.

— Eu o trouxe aqui — explicou Wymack. — Ele apareceu no meu quarto de hotel no banquete de inverno com a mão sangrando e machucada. Não queria que ninguém avisasse os Corvos e se recusava a ser levado para o hospital, então Abby o enfaixou o melhor que pôde e eu o enfiei no ônibus para voltar para a Carolina do Sul com a gente.

— Isso não faz sentido — argumentou Neil. — Como ele foi da estação de esqui para o seu hotel?

— Ele não estava nas montanhas — respondeu Wymack.

— Mas ele quebrou a mão em um acidente de esqui — rebateu Neil.

— Porra nenhuma — protestou Wymack. — Não foi um acidente.

Neil olhou fixamente para ele, e Wymack deu um breve aceno com a cabeça antes de explicar.

— O CRE teve uma reunião de fim de ano alguns dias antes do banquete de inverno do distrito sudeste. Os conselheiros da NCAA criaram o maior burburinho sobre Riko e Kevin. Disseram que tinham algumas preocupações acerca da temporada. Achavam que Riko atrapalhava Kevin, que Kevin estava se contendo durante o jogo para não ofuscar Riko na quadra. Eles queriam saber se era obra do treinador Moriyama. Em resposta, Moriyama colocou Riko e Kevin um contra o outro.

"Riko venceu", prosseguiu Wymack, "mas não tenho tanta certeza de que ele ganhou jogando limpo. Se tivesse, talvez as coisas fossem diferentes. Assim que o treinador Moriyama os dispensou naquela noite, Riko quebrou a mão de Kevin."

Foi como levar um soco no estômago.

— O quê?

Wymack passou o polegar pelo dorso da mão, traçando o caminho do ferimento de Kevin.

— Kevin não fala de seu tempo em Evermore, mas eu podia perceber que não foi a primeira vez que Riko ou Moriyama colocaram a mão nele. Foi apenas a primeira vez que Kevin foi esperto o suficiente para fazer as malas e se mandar. Que bela família, né?

— Eu não acredito em família.

— Nem eu.

Ele falava sério. Neil tinha, enfim, entendido aquele olhar que Wymack lançou para ele em Millport, aquele entendimento perfeito que abaixou a guarda de Neil. Analisou o rosto do treinador, procurando a história por trás daquela exaustão. O que quer que tenha quebrado Wymack aconteceu há tanto tempo que já não lhe causava mais amargura, mas ele com certeza ainda estava ferrado, levando em conta o tempo que dedicava à Toca das Raposas.

— Por que ninguém mais sabe o que Riko fez? — perguntou Neil.

— Porque Riko é um Moriyama — disse Wymack, cansado. — É aqui que começa a confusão.

Ele pensou por um minuto, então ergueu os dedos indicadores.

— A família Moriyama está dividida ao meio: a família principal e a família secundária. A principal são os filhos primogênitos e a secundária, todos os outros. O treinador Moriyama, Tetsuji, comanda a família secundária e seu irmão mais velho, Kengo, controla a principal. Kengo tem dois filhos, Ichirou e Riko. Como Ichirou nasceu primeiro, ele ficou com Kengo na família principal. Riko nasceu depois, então Tetsuji se tornou seu tutor legal e Riko passou a ser parte da família secundária. Está entendendo?

— Acho que sim.

— As famílias estão separadas — prosseguiu Wymack. — Kengo e a família principal estão em Nova York, e ele é o CEO de uma empresa de comércio exterior. Um dia, Ichirou herdará o negócio. Tetsuji e Riko recebem uma comissão dos lucros, mas são considerados sem importância e não têm voz nas negociações. Foi por isso que Tetsuji teve a liberdade de estudar no Japão e desenvolver o Exy. Desde que não prejudique a reputação da família, é livre para fazer o que quiser, e o que ele quer é criar o time mais temido e poderoso do país. Isso é de conhecimento público.

Neil olhou para a porta atrás de Wymack, pensando no surto de Kevin.

— E a verdade?

— O verdadeiro negócio da família Moriyama é assassinato.

Neil lançou um rápido olhar para ele. Wymack levantou a mão para evitar qualquer pergunta, sua expressão sombria.

— Os Moriyama fazem parte da yakuza, mas imigraram. Você sabe o que é a yakuza? É a máfia japonesa. O pai de Kengo trouxe o grupo para a América algumas décadas atrás e abriu uma loja no norte. Não sei nem quero saber no que se envolveram. Eu também não faço ideia do quanto Kevin está a par, uma vez que sua ligação é com Riko e a família secundária, mas Kevin sabe que a família principal usa os jogos dos Corvos como disfarce para grandes reuniões. Tantas pessoas entram e saem de Edgar Allan que é uma maneira conveniente de trazer seus contatos distantes. Eles têm salas VIP nos andares superiores onde fazem negócios.

— Eles são uma gangue — disse Neil lentamente.

Wymack assentiu, observando-o com cuidado e esperando para ver como Neil reagiria. Neil mal prestou atenção. Estava pensando na última vez que viu Kevin e Riko juntos. Ele se lembrava de ter treinado e discutido os movimentos dos pés com eles. O treino parou de repente quando foram chamados para ir lá em cima. Se Neil fechasse os olhos naquele instante, conseguiria se lembrar de cada detalhe da sala para onde foram, desde as janelas coloridas do chão ao teto, até a pesada mesa de conferência que ocupava grande parte do recinto. O chão era acarpetado, mas alguém colocara uma lona sobre ele para que o sangue pudesse escorrer.

Neil enfim sabia onde esteve e o porquê. Ele nunca entendeu como passaram de treinos de Exy para assassinatos ou por que Kevin e Riko também estavam lá. Mas se os Moriyama eram uma gangue, fazia sentido. O pai de Neil trabalhava em Baltimore e controlava os portos do leste com mão de ferro. A fronteira ocidental de seu território terminava na Virgínia Ocidental. Assim, ele era vizinho de Tetsuji Moriyama, e isso teria chamado a atenção de Kengo para ele. O pai de Neil e o pai de Riko eram parceiros de negócios; e por isso Neil podia praticar no estádio de Edgar Allan.

Wymack interpretou seu longo silêncio como medo.

— Estou contando isso porque todo mundo aqui já conhece a história de Kevin, mas não se preocupe com a yakuza. Como eu disse, Kengo e Ichirou ficam quase sempre em Nova York e não dão a mínima para o que Tetsuji e Riko fazem. Isso só é relevante para explicar por que Tetsuji e Riko são violentos e podres. Eles têm muito poder por trás do nome e uma visão bastante distorcida de seu lugar no mundo. E por acaso temos algo que os pertence.

— Kevin — concluiu Neil.

— Esperava que tivessem desistido dele — admitiu Wymack. — Todo mundo disse que Kevin nunca mais jogaria. Edgar Allan teve que liberar Kevin do seu contrato universitário por causa da gravidade dos ferimentos e Tetsuji não discutiu quando contratei Kevin como auxiliar técnico. Achei que estavam prontos para deixá-lo ir. Mas Tetsuji não aceitou ser tutor de Kevin porque estava sendo bondoso. Ele o criou para ser uma estrela. Investiu muito tempo e dinheiro no desenvolvimento de Kevin na quadra. Tetsuji vê Kevin como uma propriedade bastante valiosa. Acredita que qualquer lucro que ele obtenha é, na verdade, dos Moriyama.

— Mas Kevin é deficiente.

— Ele ainda tem nome — assegurou Wymack.

A cabeça de Neil estava girando enquanto ele tentava compreender tudo.

— Ele quer que Kevin seja transferido de volta?

— Se quisesse isso, já teria dito — respondeu Wymack.

— Kevin não voltaria — argumentou Neil, incrédulo. — Não depois do que Riko fez.

Wymack lançou um olhar de pena para ele.

— Tetsuji nunca adotou Kevin legalmente. Sabe por quê? Os Moriyama não acreditam em pessoas de fora da família ou semelhantes a eles. Tetsuji acolheu Kevin e cuidou de seu treinamento, mas ele também deu Kevin para Riko, literalmente. Kevin não é um humano para eles. É um projeto. Ele é um animal de estimação, e é o nome de Riko que está na sua coleira. O fato de ele ter fugido é um milagre. Se Tetsuji ligasse amanhã e dissesse para ele voltar para casa, Kevin iria. Ele sabe o que Tetsuji faria caso se recusasse. Teria medo demais para dizer não.

Neil achou que ia passar mal. Não queria mais informações; já tinha ouvido demais. Queria correr até que tudo começasse a fazer sentido em sua cabeça, ou pelo menos até que o frio na espinha se acalmasse.

— Então por que se dar ao trabalho de mudar de distrito?

— Os Moriyama estão prontos para lucrar com seu investimento — explicou Wymack. — Ninguém espera de verdade que Kevin volte a jogar, mas ele assinou com a gente. Ele é de uma arrogância admirável e, este ano, ainda é visto como uma estrela. Se não conseguir se manter no ritmo e ter um bom desempenho, os fãs e críticos vão se esquecer dele. Tetsuji acha que ele vai se esgotar, então tem que aproveitar o momento agora.

"Nossas equipes vão fazer uma fortuna nesta temporada. As pessoas vão ficar em cima da gente a cada passo do caminho e apostar em nossos jogos. Vão ter comerciais na televisão e produtos personalizados e todo tipo de golpe publicitário. Tetsuji está colocando Riko e Kevin um contra o outro sabendo como isso vai acabar. Ele vai colocar tudo na mesa e deixar que seus Corvos nos destruam na quadra. Garantir uma bela vitória, estabelecer Riko como um jogador superior para sempre e rebaixar Kevin para a posição de 'um dia já foi grande'."

Neil engoliu em seco.

— E se o treinador Moriyama dissesse a ele para parar de jogar?

Wymack ficou quieto por um minuto interminável, então disse:

— Kevin só teve forças para sair porque Riko destruiu sua mão. Foi a gota de água da injustiça. Por causa disso, eu gostaria de pensar que Kevin desafiaria Tetsuji, mas o mais provável é que a gente nunca mais visse uma raquete na mão dele. Mas no dia em que Kevin parar de jogar para sempre, ele morre. Ele não tem mais nada além disso. Não foi criado para ter mais nada. Você entende? Não podemos perder para os Corvos este ano. Kevin não vai sobreviver.

— Não temos como ganhar deles — retrucou Neil. — Somos o pior time do país.

— Então está na hora de pararmos de ser os piores — constatou Wymack. — É hora de voar.

— Você não pode estar falando sério — respondeu Neil.

— Se você não acreditasse que seria possível, por que veio pra cá? Não teria assinado o contrato se já tivesse desistido de si mesmo. — Wymack deu meia-volta. — Preciso ter certeza de que Kevin não está cortando os pulsos lá dentro. É melhor que ele não veja você agora. Posso ligar pra Abby vir buscar você se quiser sair com os outros, mas preciso que mantenha isso em segredo, sem contar para nenhum companheiro de equipe, até junho. Preciso de tempo para descobrir como vamos lidar com esta temporada.

— Não vou falar nada — assegurou Neil, dando alguns passos para trás. — E não se preocupe comigo. Vou dar uma corrida ou algo do tipo.

— Kevin deve sair daqui às quatro — disse Wymack. — É quando Andrew termina com Betsy, então Nicky vai passar aqui e depois vão pro escritório dela.

Neil assentiu e saiu, descendo as escadas de volta ao térreo.

Achava que seria péssimo se Kevin se lembrasse do menino com o pai assassino, mas isso era pior. Era Kevin talvez se lembrando daquele menino quando também pertencia a uma família igualmente péssima. Neil não se lembrava dos Moriyama, mas eles com certeza se lembrariam dele se tivessem feito negócios com seu pai. O Açougueiro de Baltimore não era um homem fácil de se esquecer. Nem sua esposa, que roubou cinco milhões de dólares na noite em que fugiu com o único filho do casal. O Açougueiro virou as pessoas do avesso durante anos à procura dos dois. Todos os seus contatos teriam ouvido falar daquilo.

Em algum lugar, o CRE estava trabalhando para finalizar um cronograma que colocaria os Moriyama no futuro próximo de Neil, que iria embora antes que ocorresse o jogo. Não tinha escolha. Jogaria até a partida contra os Corvos e depois fugiria. Se tivesse sorte, a partida seria no final da temporada de outono e, assim, o ataque das Raposas não ficaria tão prejudicado se ele fosse embora.

Era burrice e suicídio ficar tanto tempo. Neil sabia que deveria ir agora, antes de conhecer seus companheiros de equipe ou de o CRE divulgar seu nome ou de ele pisar em uma quadra com Kevin Day ao seu lado. Parecia um risco aceitável antes, já que nenhum dos capangas do pai gostava de esportes. A chance de um deles vê-lo na TV durante uma partida era pífia, desde que Kevin não o descobrisse e o entregasse. Agora que ele sabia quem eram os Moriyama e que estariam de olho nele, não fazia sentido ficar.

Neil crescera se perguntando por que Kevin e Riko estavam naquela sala oito anos atrás e como superaram aquilo. Ele se perguntava por que a sorte e as circunstâncias deles eram tão diferentes para que pudessem se tornar estrelas internacionais enquanto a vida de Neil saiu do controle de maneira tão acelerada. Ele os odiou e venerou durante toda a vida, com ciúmes de seus sucessos e desesperado para que eles se destacassem. Agora parecia que estivera errado o tempo todo; Kevin também não havia escapado.

Não importava o que fizessem ou quem se tornavam, talvez nunca escapassem.

Neil empurrou a porta da escada com tanta força que ela bateu contra a parede e ele começou a correr antes mesmo de atravessar o saguão. Atingiu a velocidade máxima antes de chegar à rua, indo tão rápido que quase caiu, mas ainda assim não conseguiu fugir de seus pensamentos.

CAPÍTULO CINCO

Os treinos das Raposas estavam marcados para começar na segunda--feira, 10 de junho, mas todos tinham que se mudar para o campus no dia anterior, para que tivessem tempo de se acomodar nos dormitórios dos atletas. Neil encontrou a estimativa do horário de chegada deles em uma lista pendurada na geladeira de Wymack. A primeira pessoa estava prevista para chegar até duas da tarde e a última, por volta das cinco. Estava ansioso para que todo o time por fim se reunisse. Uma vez que todos estivessem lá, Kevin teria uma equipe inteira para poder gritar e teria que deixá-lo em paz.

Até aquele momento, Kevin fora bem-sucedido na missão de se manter calmo na frente de Andrew. Neil atribuía isso aos anos que passara sorrindo para a imprensa e fingindo que as coisas estavam bem enquanto vivia com um grupo de gângsteres abusivos. Mas todo esse estresse precisava ser descontado em algum lugar, e Neil era o alvo mais fácil. As duas semanas entre a votação do CRE e o início oficial dos treinos de verão foram tão difíceis de tolerar que quase começara a odiar Exy e Kevin, que passara de alguém impossível de agradar a uma pessoa simplesmente horrível de se ter por perto. Na maioria das vezes, os primos deixavam Kevin fazer o que quisesse com Neil e fingiam que não havia nada de errado com aquilo.

Neil era muito melhor em causar brigas do que em vencê-las, mas valeria a pena perder se pudesse dar um soco em Kevin uma única vez. Entretanto, começar uma briga seria se perder no personagem "Neil" que ele inventara. Por mais que odiasse parecer uma presa fácil, não tinha escolha. Não podia permitir que Kevin ou Andrew vissem quem ele era de verdade. Então, cerrava os dentes e se esforçava ao máximo para manter a calma.

Precisava apenas sobreviver mais algumas horas antes que os outros chegassem. Ele e a mochila pegaram uma carona com Wymack até o estádio, onde o treinador buscou uma caixa com as chaves dos dormitórios para o time. Neil pegou sua chave e a papelada que ditava os comportamentos apropriados na residência estudantil. Analisou um pouco antes de assinar nas linhas pontilhadas. Wymack trocou os papéis por um catálogo escolar. Neil perdera o período de matrícula antecipada dos alunos porque demorara para assinar, então teria que se matricular com o restante dos calouros em agosto. Não estava com pressa; ainda não sabia qual graduação escolher.

Levou o catálogo para a área de descanso das Raposas e se acomodou em uma das poltronas para analisar. Sabia que devia fazer uma escolha aleatória, já que não estaria ali até o final do semestre, mas era interessante ver quantas opções havia em Palmetto. Flertou com a ideia de estudar algo absurdo, mas era prático demais para se comprometer a isso. Se queria estudar algo que considerasse útil, só havia uma escolha óbvia.

Línguas estrangeiras eram a chave para a liberdade sem a qual não podia viver. Neil era fluente em alemão. Falava muito bem francês, graças aos oito meses na França e os dez meses em Montreal. O domínio de ambas as línguas estava começando a diminuir pela falta de uso, embora ele assistisse e lesse notícias estrangeiras on-line para não perder o ritmo por completo. Neil poderia pedir ajuda aos primos com o alemão, mas não queria que soubessem que entendia suas conversas particulares.

Não sabia ao certo qual era o nível de francês de Kevin, mas sabia que não queria passar mais tempo do que o necessário com ele.

Ele examinou a seção de línguas modernas, refletindo. Havia cinco línguas disponíveis para a graduação e outras três listadas como escolhas secundárias. A escolha mais inteligente era o espanhol. Nunca fora muito bom no idioma, e o pouco que sabia já havia desaparecido fazia muito tempo, inibido pelo alemão e o francês que vieram a seguir. Se pudesse retomá-lo, abriria um mundo de oportunidades no hemisfério sul.

Levou uma hora para examinar a lista de cursos obrigatórios, consultando os horários das aulas e imaginando um horário ideal. Sempre que achava que tinha definido algumas das aulas, encontrava algum dilema e precisava analisar tudo de novo. O problema era o tempo que Neil precisaria deixar disponível para os treinos. Quando o ano letivo começava, as Raposas treinavam por duas horas durante a manhã e por cinco horas à tarde. Neil também precisava encaixar cinco horas semanais de tutoria que a Palmetto exigia de todos os seus atletas. Teve que fazer seis rascunhos diferentes até montar um cronograma que funcionasse.

Verificou o relógio, viu que ainda tinha meia hora disponível e cogitou dar uma corrida. Tinha acabado de se levantar quando Abby entrou.

Neil já tinha visto Abby algumas vezes durante o verão, sobretudo quando Wymack estava com preguiça demais para cozinhar e queria que ela o fizesse. Neil nunca procurava a companhia dela por conta própria, já que vê-la significava ver o grupo de Andrew. Não entendia como ela suportava viver sob o mesmo teto que eles.

— Ei, Neil — disse Abby. — Chegou cedo pra reunião.

— O treinador não me deixa entrar na Torre das Raposas até o Matt chegar.

Ela deu uma olhada na hora.

— Ele vai chegar em breve. Já que tá com tempo livre, podemos fazer logo o seu exame físico.

— Exame físico?

— Só um check-up: peso, altura, essas coisas. Temos que fazer hoje em vez de amanhã porque também é preciso tirar sangue. Não posso deixar você jogar até que tenha feito. Quando foi a última vez que foi ao médico?

— Muito tempo atrás.

— Não gosta de médicos?

— Médicos não gostam de mim. É mesmo necessário?

— Você não vai jogar até que eu autorize, então sim — confirmou Abby, abrindo a porta do consultório a ponto de escancará-la. Acendeu a luz ao entrar, parecendo ignorar o fato de que Neil não se movera. Levou alguns minutos até que viesse procurar por ele. — Se puder ser ainda hoje, agradeço. Tenho que examinar muitos de vocês.

Neil se levantou da cadeira, pegou a mochila e entrou no escritório. Deixou seus pertences no chão perto de seus pés e se sentou na cama. A primeira parte do exame foi tão fácil quanto Abby disse que seria. Ele se pesou e permitiu que ela fizesse uma série de testes, desde reflexos até pressão sanguínea. Ela colheu dois frascos de sangue de seu braço esquerdo, rotulando e trancando na gaveta. Então acenou para ele e disse:

— Tire a camisa.

Neil a encarou.

— Por quê?

— Não consigo ver buracos de seringa através do algodão, Neil.

— Eu não uso drogas.

— Que bom pra você — retrucou Abby. —- Continue assim. Agora tire a camisa.

Neil olhou acima da cabeça dela, para a porta fechada, e não disse nada. Abby o observava igualmente em silêncio. Após cinco minutos, ela foi a primeira a desistir.

— Quero que isso seja o mais simples possível, mas não posso ajudar se você não me ajudar. Me diga por que não quer tirar a camisa.

Neil procurou uma forma delicada de dizer. O melhor que conseguiu foi:

— Não estou bem.

Ela colocou um dedo no queixo dele, virando a cabeça para que olhasse em sua direção.

— Neil, eu trabalho para as Raposas. Nenhum de vocês está bem. Eu já devo ter visto coisa bem pior do que o que você está tentando esconder de mim.

Neil sorriu sem vontade.

— Espero que não.

— Confie em mim — disse Abby. — Não vou te julgar. Estou aqui pra ajudar, lembra? Sou sua enfermeira agora. A porta está trancada. O que acontecer aqui fica aqui.

— Você não vai contar para o treinador?

— Não é da conta dele — assegurou Abby, gesticulando entre os dois com a mão livre. — Eu só informo para ele quando acho que vai afetar o desempenho de um atleta em quadra ou se você estiver agindo contra a lei e eu precisar de uma intervenção.

Neil a encarou, perguntando-se se poderia acreditar nela e ciente de que não tinha escolha. Sua pele já estava se arrepiando em antecipação à reação dela.

— Você não pode fazer perguntas sobre elas — afirmou, por fim. — Não vou falar com você a respeito disso. Tá?

— Tá — concordou Abby com facilidade. — Mas saiba que quando você quiser falar, estou aqui, e Betsy também.

Neil não contaria nada para aquela psiquiatra, mas concordou. Abby abaixou a mão, e Neil tirou a camisa por cima da cabeça antes que faltasse coragem.

Abby achou que estava pronta. Neil sabia que ela não estaria, e estava certo. Sua boca se abriu em uma respiração silenciosa e o rosto dela ficou impassível. Não foi rápida o suficiente para esconder seu tremor, e Neil viu seus ombros ficarem rígidos de tensão. Ele a observava, vendo seu olhar se demorar nas marcas brutais de uma infância hedionda.

Começava na base de sua garganta, uma cicatriz circular que seguia a curva da clavícula. Uma ruga com bordas irregulares estava a um dedo de distância, cortesia da bala que o atingira bem na ponta do colete à prova de balas. Uma mancha disforme de pele pálida ia do ombro esquerdo até o umbigo, marcando o local que se rasgou no asfalto quando Neil pulou de um carro em movimento. Cicatrizes desbotadas se cruzavam aqui e ali, marcas duma vida em fuga, causadas por acidentes bobos, fugas desesperadas ou conflitos com delinquentes. Ao longo de seu abdômen havia linhas maiores que se sobrepunham, cortesias dos confrontos com os capangas do pai durante a fuga. Não era à toa que o pai era chamado de O Açougueiro; a arma preferida dele era uma machadinha. Todos os homens dele eram versados em lutas com facas, e mais de um já tentara espetar Neil como um porco.

E ali, no ombro direito, estava o contorno perfeito de um ferro quente. Neil não se lembrava o que dissera para irritar o pai tanto assim. Provavelmente ocorrera após uma das batidas policiais. Nem a polícia nem os federais tinham algo de concreto para incriminar o pai, mas apareciam sempre que podiam, na esperança de encontrar alguma coisa. O trabalho de Neil era ficar quieto e imóvel até que fossem embora. Neil supôs que se contorcera um pouco demais, porque assim que os oficiais foram embora, o pai arrancou o ferro da mão da mãe e o usou para bater em Neil. Ele ainda se lembrava da aparência da pele descascando junto com o metal quente.

Neil revirou as mãos na camisa e ergueu os braços nus, mostrando-os para ela.

— Eu tenho marcas de seringa?

— Neil — disse Abby, suavemente.

— Tenho ou não tenho?

A boca de Abby se estreitou em uma linha dura quando ela se forçou a redirecionar sua atenção de volta para o físico dele. No instante em que lhe deu permissão para vestir a camisa de novo, Neil a puxou pela cabeça. Abby preencheu o restante dos formulários em silêncio.

— Acabamos — avisou Abby. — Neil...

— Não. — Neil agarrou a mochila e fugiu do consultório o mais rápido que pôde.

Parte dele esperava que ela o seguisse, mas Abby continuou em seu escritório e o deixou em paz. Neil revirou o catálogo, tentando se acalmar. A vontade de fumar um cigarro era tanta que seus dedos chegavam a latejar. Queria alguma coisa que o fizesse sentir menos sozinho. Empurrou o catálogo para o lado de novo e verificou o próprio corpo para se certificar de que estava coberto pela camisa. Todas as suas camisas eram pelo menos um tamanho maior, já que roupas largas escondiam melhor as cicatrizes, mas Neil ainda se sentia em carne viva e exposto.

Enfiou o catálogo na mochila, pendurou a alça no ombro e saiu pelo corredor com a intenção de passar o resto da tarde na área técnica esperando. Quando chegou ao saguão, uma porta se abriu atrás dele. Neil hesitou na saída e olhou para trás quando alguém entrou na sala do outro lado do corredor.

O recém-chegado parecia surpreendentemente alto em comparação às Raposas que Neil havia suportado até agora neste verão. Nicky tinha quase 1,80 metro e Kevin era dois ou quatro centímetros mais alto, mas este garoto parecia ter mais de dois metros. Neil acreditava que parte da ilusão se devia aos cabelos pretos, arrumados com gel e espetados ao redor da cabeça.

Também foi o penteado que impediu Neil de reconhecê-lo de imediato, já que o garoto não exibia um visual tão ousado no ano anterior. Quando enfim conseguiu associar o rosto à pessoa, o estranho já havia cruzado o corredor até ele e estendido a mão. Neil aceitou o cumprimento e fez de tudo para manter o olhar no rosto de Matthew Boyd. Era difícil; as mangas curtas de Matt não se esforçavam nada para esconder as já apagadas, mas ainda óbvias marcas de seringa em ambos os braços. Não era de se espantar que Abby fosse tão intransigente com aquela parte do check-up.

— Matt Boyd — anunciou, dando um aperto de mão firme. — Estou no terceiro ano, e sou o defensor titular das Raposas. Você deve ser o Neil.

Neil foi salvo do incômodo de responder. Wymack ouviu a chegada de Matt e saiu do escritório para arremessar um chaveiro na cabeça dele. O chocalhar chamou a atenção de Matt e ele se virou a tempo de ser acertado na bochecha. Agarrou as chaves enquanto caíam e fez uma careta para o treinador.

— Caramba, treinador, que bom ver você. Quando abrimos mão do "olá"?

— Poderia dizer a mesma coisa pra você, passando pela minha porta aberta assim, sem falar nada — rebateu Wymack.

— Você parecia ocupado.

— Estou sempre ocupado. Isso nunca impediu nenhum de vocês de virem me pentelhar.

Matt deu de ombros e olhou em volta.

— Onde estão os monstros?

— Provavelmente derrubando a Torre das Raposas enquanto conversamos. Você conheceu o Neil?

— Estava tentando. — Matt lançou um olhar de cumplicidade para Neil. — Não acredito que você aguentou o treinador todo esse tempo. Como conseguiu sobreviver?

— Não fiquei muito por perto — respondeu Neil.

— Neil tem treinado com Kevin e Andrew todos os dias — comentou Wymack.

— Meu Deus — disse Matt com emoção. — Você é péssimo, treinador.

— Ele sabe disso — disse Abby, saindo do consultório e apoiando o ombro no batente. — Bem-vindo de volta, Matt. Como foi a viagem?

— Bem tranquila, mas bebi tanto café que acho que não vou pregar o olho por uma semana. — Matt olhou para Neil de novo. — Já está instalado aqui?

— O treinador não me deixou mudar até que você chegasse — respondeu Neil.

— E você o fez ficar esperando — acusou Wymack. — Leve ele e caia fora daqui.

— Vamos — sugeriu Matt. — Vou com você até a casa do treinador pra pegarmos as suas coisas.

— Isso é tudo que tenho — explicou Neil.

Matt olhou para a mochila dele, depois analisou o ambiente procurando por malas imaginárias. Lançou um olhar questionador para Wymack, que balançou a cabeça e, por fim, se virou para Neil.

— Tá de sacanagem, né? Você devia ver o tanto de coisa que enfiei no meu caminhão, fora tudo que não trouxe comigo. E vai me dizer que vai passar o ano inteiro só com essa mochila? Essa coisa tem algum poder mágico e desconhecido de expansão ou alguma merda do tipo?

— Você vai com ele para fazer compras essa semana — disse Wymack. — No seu tempo livre, não no meu. Estou cansado dele usando sempre as mesmas roupas todos os dias. Só me avisa quando for e te dou o cartão para passar as compras nele.

Neil ficou um pouco ofendido.

— Eu tenho dinheiro.

— Que bom pra você — rebateu Wymack. — Pensei que vocês dois estivessem de saída.

— Não senti saudades suas — disse Matt, mas não havia irritação em sua voz. — Vamos, Neil.

A caminhonete de Matt estava estacionada duas vagas depois dos carros de Wymack e Abby, uma coisa azul monstruosa que parecia capaz de abrir um buraco no estádio sem precisar diminuir a velocidade. Matt não estava brincando sobre a quantidade de coisas que tinha: a caçamba da caminhonete estava cheia de móveis e apenas uma dúzia de cordas esticadas impediam que qualquer coisa caísse. Os bancos traseiros da cabine estendida também estavam cheios de malas e caixotes. Matt tirou uma mochila do banco do passageiro e jogou-a para trás com o resto das coisas para que Neil pudesse sentar. A caminhonete ganhou vida com um rugido silencioso que Neil sentiu mais do que ouviu, e o rádio ligou meio segundo depois. Matt o desligou e fechou a porta.

— Não somos todos ruins, só pra você saber — informou Matt enquanto saía do estacionamento. — Dan detestou que sua primeira impressão da gente seria aquele bando de inúteis. Ela tinha certeza de que você ia meter o pé antes de conhecer o resto do pessoal. Até pensou em vir mais cedo para o campus para te deixar mais tranquilo, mas o treinador disse que não precisava. Que, mais cedo ou mais tarde, você teria que lidar com eles.

— Eles são interessantes — declarou Neil.

— Interessantes — repetiu Matt. — É a descrição mais inofensiva que já ouvi deles. Mas falando sério. Se eles encherem demais o seu saco, me avisa. Eu acabo com o Kevin por você.

— Obrigado, mas posso lidar com eles por conta própria.

— Eu também achava que podia lidar com eles. — Matt passou a mão pelo cabelo, fazendo os fios espetados se espalharem. — Andrew deixou bem evidente que ninguém iria lidar com ele. Se mudar de ideia, sabe onde me encontrar. Minha oferta é válida durante toda a graduação.

Neil não precisaria da ajuda de Matt, mas ainda assim disse:

— Obrigado.

Matt apontou pela janela, para fora do carro.

— Lá está.

A maioria dos prédios, escritórios e dormitórios da Palmetto State ficava dentro do grande circuito conhecido como Perimeter Road. A Torre das Raposas era uma das poucas exceções, mas somente porque uma colina irregular forçava a Perimeter a margear a área verde do campus perto da torre do relógio. A colina poderia ter sido um bom lugar para que os estudantes fizessem um piquenique entre as aulas, mas alguém teve a ideia de construir o dormitório dos atletas em seu topo. O edifício de quatro andares se destacava e tinha um laboratório de computadores e estacionamento próprios.

O estacionamento ficava nos fundos, e o carro de Andrew era o único parado ali. Matt ignorou todas as vagas demarcadas e parou próximo ao meio-fio. Foi necessário que os dois trabalhassem juntos para descarregar a caminhonete, colocando tudo na calçada, e enquanto Matt estacionava, Neil esperou próximo às coisas. Levar tudo para dentro e subir até o terceiro andar foi um pesadelo, ainda mais porque vários móveis não cabiam no elevador. A escada era estreita demais para facilitar o acesso, e o corrimão atrapalhava quando tentavam virar as esquinas nos patamares. Foi ainda mais complicado pela grande diferença de altura entre eles e pelo fato de Neil estar com sua mochila. Ele não queria deixá-la nem no quarto nem na caminhonete de Matt, então a carregara consigo para cima e para baixo durante todas as viagens.

Dividiam o quarto 321. A cozinha ficava do lado, logo à direita da porta de entrada, e o cômodo principal era uma espaçosa sala de estar. Três escrivaninhas vazias estavam alinhadas nas paredes, esperando para serem soterradas por trabalhos escolares e livros. Um corredor curto terminava no banheiro e se ramificava no quarto. Uma beliche estava encostada na parede e havia uma terceira cama que se erguia na altura do peito para acomodar prateleiras e gavetas embaixo. Só havia um guarda-roupa, mas divisórias de cabides estavam penduradas no poste vazio.

Conseguiram fazer tudo se encaixar por tentativa e erro. Enfim, empurraram todas as escrivaninhas para a parede perto da janela, tão perto uma da outra que quase se tocavam, para que Matt pudesse colocar seu sofá encostado na longa parede e uma mesinha no meio da sala de estar. Ele havia retirado as prateleiras de seu centro de entretenimento para transportá-lo, mas a maioria dos parafusos ainda estava no lugar. Demorou apenas alguns minutos para montá-lo de novo, e Matt logo o mobiliou com televisão e video game. Neil o deixou sozinho para que organizasse seus filmes e voltou para o quarto.

Não havia lençol no colchão, o que significava que Neil precisaria comprar roupa de cama. Não dormia em uma cama de verdade desde que fora embora de Seattle. Arrombara carros para poder dormir no banco de trás na Califórnia, dormira no ônibus a caminho de Nevada e apagara no banco do passageiro enquanto pegava carona com caminhoneiros até o Arizona. A casa em Millport não tinha móveis, então dormia no chão, usando as camisas como travesseiro. O sofá de Wymack era o lugar mais confortável que dormira nesse ano, mas agora tinha uma cama.

Dormir sozinho seria desorientador. Se acostumara a dormir na cama da mãe que, paranoica, não queria que ele ficasse longe. Dormiam de costas um para o outro, cuidando um do outro, as armas debaixo dos travesseiros formando calombos desconfortáveis, mas que ofereciam segurança.

— Vou buscar Dan e Renee no aeroporto — anunciou Matt da porta. — Quer vir comigo?

— Preciso dar uma passada na loja — respondeu Neil. — Você tem preferência de cama pra dormir?

— Sou alto demais pra ficar na cama de cima — considerou Matt, — e Seth tem uns horários bem aleatórios, então, a não ser que você tenha problemas com altura, é melhor ficar na parte de cima. Volto em mais ou menos uma hora, e você pode pegar uma carona com a gente até a quadra quando as meninas estiverem acomodadas. Dan não vai acreditar que você está bem até te ver com os próprios olhos.

— Já vou ter voltado a essa hora — assegurou Neil, e então Matt saiu.

Neil esperou a porta se fechar atrás de Matt antes de tirar a mochila do ombro. Deu voltas pelo dormitório de novo, desta vez com uma sensação de aperto no estômago. Seu armário ficava do outro lado do campus, e o armário trancado de Wymack ficava ainda mais longe. O único lugar quase seguro em todo o quarto era sua cômoda, e isso porque as gavetas fechavam completamente. Nada tinha fechadura, exceto a porta da frente.

Poderia levar a mochila com ele, já que eram apenas três quilômetros até a loja, mas precisava comprar tantas coisas que sabia que não teria como carregar tudo de volta. Em vez disso, repassou mentalmente os horários, somando a viagem de Matt até o aeroporto, a espera pela retirada da bagagem das meninas na esteira e a jornada de volta. Mesmo que Matt demorasse apenas uma hora, ele e Neil deveriam estar de volta no dormitório mais ou menos ao mesmo tempo. A fechadura da suíte teria que ser suficiente por enquanto. Neil poderia procurar uma solução melhor na loja.

Tirou a carteira do bolso da mochila, enfiando tudo na última gaveta da cômoda. Quase não cabia, mas ao menos a gaveta fechava. Pressionou os dedos na madeira por um segundo, procurando coragem para se afastar, e verificou três vezes a fechadura ao sair.

O quarto ao lado era o das meninas, e o dos primos ficava depois dele. Nicky estava apoiado no batente da porta. Ele sorriu ao ver Neil.

— E aí, sumido — disse Nicky. — O que achou do Matt?

— Ele parece legal — comentou Neil, sem diminuir o ritmo ao passar por ele.

— Ele é legal — concordou Nicky, rindo.

Neil desceu as escadas, verificou a hora no relógio e foi correndo até a loja. O ar-condicionado parecia o paraíso em sua pele quente enquanto andava pelos corredores, pegando o que precisava sem se demorar muito para analisar cada detalhe. Após pegar todos os itens necessários, de lençóis à tintura para o cabelo e mantimentos, voltou para comprar uma bolsa carteiro. A mochila tinha o tamanho perfeito para guardar tudo o que possuía, o que significava que não havia espaço para livros escolares e blocos de notas. Verificou a seção de ferragens, mas não encontrou nenhuma fechadura que pudesse instalar no quarto, então voltou para a seção de escritório e materiais escolares.

No final do corredor havia cofres à prova de fogo: pequenos demais para que pudesse colocar a mochila, definitivamente pequenos demais para que suas roupas coubessem, mas grandes o suficiente para guardar o que mais precisava esconder. Neil levou um dos cofres para o caixa e colocou tudo na esteira. O cofre tornou sua viagem de volta ao dormitório um pouco desconfortável, já que era pesado demais para caber em uma sacola sem rasgá-la.

Ele sabia que tinha feito um bom tempo, mas o avião das meninas devia ter pousado antes do previsto, porque a caminhonete de Matt estava no estacionamento quando Neil voltou. Colocou a mão no capô ao passar pelo carro, mas não sabia dizer se o calor era por causa do sol ou do motor. Abriu caminho pelos corredores e correu escada acima com o coração martelando no peito.

A porta de Nicky estava fechada, mas a das meninas estava parcialmente aberta. Neil ouviu vozes ao passar, mas não ficou ali para cumprimentar ninguém. Correu para o quarto. Só conseguiu respirar tranquilo quando testou a maçaneta e viu a porta ainda trancada.

Colocou as sacolas no chão do quarto para separar suas coisas novas. Os lençóis foram colocados na cama de cima ainda na embalagem e ele empilhou os poucos mantimentos em cima da cômoda. Arrancou o forro de papelão do pequeno cofre, deu uma olhada nas instruções e avisos e empurrou tudo para o lado para pegar a mochila. Teve trabalho para abrir a gaveta, já que a mochila mal cabia ali, mas por fim conseguiu puxá-la, jogando-a à sua frente. Abriu o zíper de uma vez só, tirou a aba do caminho e congelou.

À primeira vista, tudo parecia intacto. Todos seus pertences ainda estavam lá, na mesma ordem em que deixara, dobrados mas amassados por terem sido colocados de qualquer jeito para caber. Mas Neil, que herdara a paranoia da mãe, arrumava as roupas de uma maneira muito específica. Mesmo um ladrão cauteloso não se atentaria a esse detalhe, já que Neil dobrava tudo do mesmo jeito. O código de Neil estava nas etiquetas. Ele sempre dobrava as etiquetas das camisas duas vezes na camada superior.

Alguém revistara as coisas de Neil e colocara tudo de volta — na mesma ordem, as mesmas camadas, as mesmas dobras perfeitas —, mas as etiquetas foram todas achatadas por uma mão muito cuidadosa.

Neil arrancou as roupas da mala, jogando-as no chão e procurando freneticamente pela pasta escondida embaixo de tudo. Olhou de cabo a rabo o que em muito se assemelhava ao diário de um perseguidor. Porta-documentos de plástico estavam cheios de recortes de jornais, fotografias e qualquer outra coisa que ele pudesse encontrar sobre

Kevin e Riko. Os recortes foram colados em folhas de papel, que Neil colocava viradas de costas uma para a outra dentro do plástico para criar um bolso interno oculto. Naqueles bolsos estavam os seus pertences mais importantes.

A maioria dos recibos escondia dinheiro: certificados de quantias de cinco dígitos que ele poderia sacar quando precisasse, números detalhando onde ele e a mãe esconderam dinheiro durante a fuga e pilhas de notas com elásticos. Uma lista de contatos de emergência, codificada em uma inocente canção de ninar, estava no final. Somente um dos contatos morava nos Estados Unidos. A mãe se casara com uma família criminosa americana, mas fora criada em uma família criminosa britânica. Seu irmão, Stuart Hatford, deu a lista para ela quando a irmã fugiu do marido. Ela, por sua vez, dera a lista para Neil ao morrer.

O número de Stuart estava na página seguinte, oculto em uma folha preenchida de cima a baixo com números aleatórios. Neil só conseguiu achar usando seu nome de batismo. O número de fileiras que devia contar, de cima para baixo, era a quantidade de letras em seu primeiro nome, e depois, de baixo para cima, a quantidade de letras em seu último sobrenome. Neil nunca ligara e esperava nunca precisar. Não fazia sentido fugir de uma família assassina só para cair nos braços de outra.

O último recibo em sua pasta continha uma receita falsificada de um optometrista. Neil não precisava de prescrição médica, mas não podia comprar lentes de contato coloridas sem a medida do diâmetro e curvatura de seus olhos. Enfiado junto ao recibo estava uma caixa de lentes de contato castanhas.

Neil repassou rapidamente o dinheiro, fazendo contas mentais. Havia a quantia exata ali, mas isso não fazia com que se sentisse melhor. Se alguém tinha mexido nas coisas dele e encontrado a pasta, e então encontrado o que havia escondido, como ele poderia se explicar? Neil carregava 250 mil dólares em dinheiro e recibos.

Seu estômago doeu de fúria só de pensar que alguém tinha deliberadamente ido até ali mexer na mochila dele. A coisa mais inteligente a se fazer era fingir que não tinha percebido nada de diferente e esperar que o ladrão viesse até ele. Era o que a mãe dele faria. Infelizmente, Neil herdara o temperamento do pai, e aquilo era a gota de água.

Poderia ter sido Matt, mas Neil duvidava. Não que confiasse em Matt; Neil não confiava em ninguém, sobretudo em um garoto que acabara de conhecer. Era o tempo que livrava a barra de Matt, porque não havia como ele ter ido até o aeroporto e voltado, ajudado as meninas a subir com as coisas e, ainda assim, encontrado tempo para tirar as coisas de Neil do lugar e colocá-las de volta. Assim, havia outro suspeito óbvio.

Neil enfiou um dedo na lombada da pasta e tirou as duas agulhas finas que sobraram do conjunto de chaves-mestra da mãe. Segurando-as na boca para não perdê-las, configurou a trava do cofre. Enfiou a pasta lá dentro, fechando com força e colocando uma segunda fechadura na maçaneta do cofre. Puxou forte algumas vezes para se certificar de que tudo estava bem trancado e enfiou o cofre embaixo da pilha de roupas. Cuspiu as agulhas na mão e saiu do quarto, diminuindo a velocidade apenas por tempo o suficiente para trancar a porta atrás de si.

Neil verificou a porta de Andrew e não se surpreendeu ao encontrá-la trancada. Ele se agachou e começou a trabalhar, mas não levou muito tempo. Era uma fechadura barata e mais fácil de se manusear do que aquela em seu antigo dormitório. Ao que tudo indicava, quem quer que tenha construído o lugar não tinha contado com pessoas como Neil e Andrew. Neil ficou de pé, enfiou as agulhas no bolso e empurrou a porta do quarto para abri-la.

O grupo de Andrew estava reunido na sala de estar. Aaron e Nicky estavam afundados em pufes macios enquanto jogavam video game, Kevin lia uma revista em uma das escrivaninhas e Andrew estava sentado na escrivaninha próxima à janela para poder fumar. Todos congelaram quando a porta se abriu, olhando para Neil.

Andrew foi o primeiro a reagir. Jogou o cigarro pela janela e sorriu.

— Tente de novo, Neil. Entrou no quarto errado.

Aaron pausou o jogo e olhou para Nicky.

— A gente trancou a porta — disse em alemão, mais uma afirmação do que uma pergunta.

— Pelo que me lembro, sim — respondeu Nicky. Mudou para o inglês para ser amigável com Neil. — Ei, parece que Matt está de volta. Você já conheceu Dan e Renee?

O tom de falsidade nas palavras de Nicky, aliado ao sorriso em seu rosto, fizeram com que Neil ficasse ainda mais furioso. Se os primos iam continuar usando o alemão pensando que poderiam agir pelas costas de todos, Neil manteria seu conhecimento da língua em segredo até o último instante. Isso não significava que não pudesse revidar, então mudou para o francês e concentrou sua raiva em Kevin.

— Não mexa nas minhas coisas — disse irritado. Gostaria de sentir satisfação com as expressões de choque causados pelo idioma e seu tom irritado, mas não sentiu nada. — Da próxima vez que um de vocês for se meter onde não deve, juro que vou fazer com que se arrependam.

Demorou muito tempo até que alguém respondesse. Nicky estava ocupado demais olhando boquiaberto para Neil para dizer qualquer coisa, e Aaron encarava Kevin esperando por uma tradução. A surpresa de Andrew deu lugar ao que alguém que não o conhecesse poderia considerar como divertimento, e ele se inclinou na escrivaninha.

— Uau, mais um dos muitos talentos de Neil. Quantos talentos alguém pode ter?

Neil o ignorou, ainda olhando para Kevin.

— Me diga que você entendeu.

— Eu entendi — respondeu Kevin em francês. — Mas não ligo.

— Comece a ligar. Deixei você mandar em mim por duas semanas porque sei o quanto você está assustado por causa da mudança do distrito, mas já deu pra mim. Andrew vai descobrir na reunião de hoje. Você devia se preparar para lidar com essa explosão em vez de ficar me perturbando.

— Se preocupe com a sua própria incompetência. Eu me preocupo com Andrew.

— É melhor que seja — retrucou Neil. — Coloque uma coleira no seu monstrinho de estimação ou eu mesmo faço isso.

— Uma criancinha assustada que nem você?

— Vai se foder, aleijado.

Do outro lado da sala, o rosto de Kevin ficou branco.

— Do que você me chamou?

— Eu te chamei de peso morto que um dia já foi alguém — continuou Neil.

Kevin se levantou da cadeira tão rápido que a derrubou. Neil saiu do quarto, fechando a porta entre eles. Tinha dado apenas dois passos em direção ao seu quarto quando Kevin abriu a porta de novo.

Em um instante, já estava com as mãos no pescoço de Neil, jogando-o contra a parede oposta. Neil enfiou os dedos nos pulsos de Kevin, tentando afrouxar o aperto para que pudesse respirar. Tentou acertá-lo com uma joelhada, mas Kevin o esmagou na parede com o próprio corpo.

— Do que você me chamou, caralho? — exigiu Kevin de novo.

Neil não teve fôlego para responder. Não importava; a voz raivosa de Kevin e a forte batida do corpo de Neil nas paredes de concreto do dormitório foram suficientes para encher o corredor de Raposas. Andrew foi o primeiro a parecer na porta dos primos, mas foi Matt que partiu na direção deles. Ele envolveu o pescoço de Kevin com um dos braços, puxando sua cabeça para trás em um ângulo perigoso.

— Larga ele agora, Day — ordenou Matt, ríspido.

— Ei, ei, ei, calma aí — disse Nicky por cima do ombro de Andrew. — Não precisa disso, Matt.

Kevin tirou uma das mãos do pescoço de Neil e deu uma cotovelada nas costelas de Matt, que grunhiu e apertou com mais força, obrigando Kevin a soltar Neil se ainda tivesse intenção de respirar em breve. Matt o puxou para longe de Neil, mas Kevin se libertou dois passos depois e resolveu atacá-lo. Matt desviou com um golpe e socou Kevin forte o suficiente para que o garoto caísse com tudo.

A expressão no rosto de Matt dizia que estava apenas começando, mas Andrew se colocou entre os dois antes que Matt pudesse ir atrás de Kevin novamente. Andrew sorria e sua postura era descontraída, mas Matt sabia que não deveria tentar a sorte contra o psicopata baixinho. Deu um passo para trás, desistindo silenciosamente da luta, e lançou um olhar preocupado para Neil. Kevin se levantou atrás de Andrew e olhou para Neil que, recusando-se a olhar para qualquer pessoa, fingiu que a parede do fundo era a coisa mais interessante que vira em anos.

As garotas escolheram aquele momento para intervir. Uma delas se aproximou de Matt, com a expressão tensa de raiva. Ela lançou um olhar sombrio entre o grupo de Andrew e Neil e disse:

— O que vocês acham que estão fazendo? É nosso primeiro dia de volta. Por que já estão brigando?

— Tecnicamente, nós nunca fomos embora — disse Andrew. — E Neil já está aqui há algumas semanas, então é o seu primeiro dia de volta, não o nosso. — Ele se inclinou para o lado, olhando para a colega de quarto dela. — Oi, Renee. Já estava na hora!

A primeira garota não deu chance para Renee responder.

— Explique agora mesmo, Andrew.

— Você está me olhando como se a culpa fosse minha. — Andrew apontou um dedo para ela. — Olha melhor, pode ser? Neil estava no nosso quarto, o que significa que ele trouxe a briga até a gente. Dan, você é tão parcial, isso é cruel e nada profissional.

Danielle Wilds se virou para Neil. A capitã das Raposas era mais alta do que ele, mas não por muito. Os cabelos castanhos eram muito curtos e estavam desgrenhados por causa da confusão. Ela olhou Neil da cabeça aos pés, os olhos castanhos estreitados.

— Qual é o problema?

— Não tem problema nenhum — disse Neil. Quando Dan mexeu a mão apontando para ele e para Kevin, Neil deu de ombros. — Só uma pequena desavença. Nada importante.

— Estamos nos dando muito bem — assegurou Andrew. — Neil até concordou em pegar carona com a gente até o estádio.

— Ah, concordou é? — perguntou Dan, parecendo cética.

Todos olharam para Neil. O fato de que aquilo era quase suicídio não importava mais, não quando o grupo de Andrew tinha mexido nas suas coisas. Neil precisava lidar urgentemente com aquela intromissão.

— Sim — disse Neil. — Imaginei que a caminhonete de Matt estaria lotada, então aceitei a oferta deles.

Dan parecia pronta para argumentar, mas Matt fez com que se calasse, tocando no braço dela. Dan lançou um olhar desconfiado para Andrew, então balançou a cabeça.

— Não sei quem começou isso, mas a briga acaba agora mesmo.

— Sempre otimista — disse Andrew, e fez a continência com dois dedos para Neil. — Nos vemos em breve. Não vá fugir, hein?

— Nem sonharia em fazer isso — Neil mentiu.

Andrew sumiu para dentro do quarto, seguido por Aaron e Nicky. Kevin foi o último a se mexer. Ele lançou um olhar frio para Neil e bateu a porta atrás de si. Neil ficou olhando para eles e se perguntando como conseguiria sobreviver àquela viagem de carro.

CAPÍTULO SEIS

Neil deixou a realidade para trás quando entrou no quarto de Dan. Passar um mês com o grupo maluco de Andrew e um Wymack volátil prejudicara quase irreparavelmente sua imagem das Raposas. Agora ele estava tomando um copo de chá gelado doce e comendo biscoitos que Renée trouxera de casa. Perguntaram apenas uma única vez sobre a briga, e quando Neil ignorou o assunto, não o pressionaram. As garotas estavam conversando sobre os projetos de caridade que queriam que as Raposas participassem naquele outono.

Dan estava sentada, encostada no ombro de Matt, os dedos entrelaçados com os dele, e balançava a cabeça enquanto Renee contava nos dedos as ideias que tinham. Parecia bastante amigável agora que Andrew não estava por perto, mas Neil já havia notado sua força. A mãe teria dito que ela era feita de material mais resistente. Neil pensou que, para ser a capitã de um time tão desorganizado como aquele, não tinha como ser de outro jeito.

Renee, a colega de quarto de Dan, era um verdadeiro mistério. A goleira sênior das Raposas tinha cabelo branco platinado cortado na altura do queixo. Os cinco centímetros inferiores de seu cabelo eram tingidos em cores de tom pastel alternadas. Era interessante o suficiente para justificar uma segunda olhada, mas bastante surpreendente quando combinado com a pouca maquiagem, as roupas conservadoras e o delicado colar de cruz de prata. Nicky a chamou de a queridinha da equipe. Neil entendia o porquê ao ouvi-la falar. Ele não fazia ideia de como ela se encaixava no time de desequilibrados em recuperação das Raposas.

Às cinco, Wymack ligou para avisar que Seth e Allison estavam à caminho do campus, vindos do aeroporto. Estavam colocando os copos na pia quando Nicky apareceu, procurando por Neil.

— Estou cronometrando vocês — avisou Dan, mostrando o relógio para Nicky. — Sei quanto tempo leva para chegar na quadra, ainda mais do jeito que você dirige. Leve ele direto pra lá, escutou?

Nicky balançou a mão para ela.

— Tenha um pouco de fé no cara aqui, Dan.

— Esse é o trabalho da Renee, não meu. O meu é me certificar de que vamos começar o ano com dez corpos capazes de jogar.

— Não é como se a gente fosse matar ele.

— Kevin já tentou — ressaltou Matt.

— Ah, um tapinha não dói. — Nicky fez um sinal para Neil. — Vamos logo? Esse povo me faz sentir que não sou bem-vindo.

Não esperou pela resposta, sumindo no corredor. Quando Neil saiu do quarto das meninas, viu que ele corria escadas abaixo. Teve que se apressar para alcançá-lo. Nicky esperou até que estivessem nos andares inferiores. Arqueou as sobrancelhas para Neil em uma surpresa exagerada.

— Então você fala francês.

— Sim — confirmou Neil.

Nicky esperou para ver se ele diria mais alguma coisa.

— Por que francês?

— A família da minha mãe é francesa. — Essa mentira provavelmente faria a mãe britânica se revirar no seu túmulo de areia. — Ela não me deu muita escolha de idiomas para estudar na escola. Como Kevin aprendeu?

— Você não sabe? — perguntou Nicky. — Você sabia que ele ia te entender.

— Eu o ouvi falar em francês certa vez — comentou Neil.

— Foi Jean quem ensinou — contou Nicky. — Jean Moreau? Ele é defensor dos Corvos, vindo de Marselha. Os dois eram bem próximos, e ele ensinou francês para o Kevin na encolha. Ei, talvez você possa me ensinar algumas cantadas boas. Kevin se recusa a me ajudar.

— Tenho certeza que nunca aprendi as coisas que você quer dizer.

— Que desperdício — reclamou Nicky.

Andrew estava apoiado no carro esperando por eles. Kevin já se instalara no carona, e Aaron permanecia sozinho no banco traseiro. Andrew estava entre Neil e a porta, então Neil tinha que parar em frente a ele. Nicky continuou dando a volta no carro até o banco do motorista, deixando-o à mercê da compaixão inexistente de Andrew.

— Você esperou pela gente — disse ele, fingindo surpresa. — Um mentiroso que de vez em quando resolve ser honesto. Esperto. Faz as pessoas ficarem sempre em dúvida. Muito eficiente. Eu saberia. Também faço a mesma coisa, sabe como é. Pode entrar. Eu te sigo.

Neil entrou, sentando-se no banco traseiro. Andrew veio logo depois, prendendo Neil entre ele e o irmão. Nicky já havia dado a partida no carro. Assim que Andrew fechou a porta, Nicky saiu de lá como se quisesse levar o asfalto junto. Neil automaticamente pegou o cinto de segurança, mas um dos irmãos estava sentado nele.

Andrew se espalhou no banco, apoiando-se nele.

— Depois de tudo que fizemos por você, precisava começar uma briga com a gente. Que vergonha, Neil.

— Você começou essa briga um mês atrás — disse Neil. — Se quiser que isso pare, é só me deixar em paz.

— Eu gosto de brigar. Só é um problema quando o treinador e Abby e os outros intrometidos começam a pegar no nosso pé. Tenha consideração.

— Tenha consideração você e não mexa nas minhas coisas.

— Como você sabe que foi a gente, de todo modo? Pode ter sido o Matt. Inocente até que provem o contrário não existe em uma quadra de Exy.

— Não ouvi você negar ainda.

— Você não acreditaria, de qualquer jeito.

— Eu não acredito em nada do que você diz.

— Acredite nisso, Neil: você não pode colocar uma coleira em mim. Não ache que você consegue, tá? E não seja burro o suficiente para dizer pra outras pessoas que consegue. Não é seguro. Você vai me fazer ter vontade de quebrar sua cara.

— Você? — perguntou Neil. — Você não consegue.

O sorriso de Andrew ficou ainda maior.

— Ahhh, isso me parece um desafio. Ah, mãe, será que posso?

— Sua mãe está morta. Não acho que ela se importe com o que você faz.

— Tenho certeza que ela nunca se importou — retrucou Andrew. — Bem, ela deve ter se ofendido com a parte da morte, mas eu achei bem divertido. Mas você está certo. — Ele bateu a palma da mão na têmpora como se tivesse acabado de se lembrar de algo óbvio. — Eu faço o que eu quero. Considere este seu convite oficial, seu desgraçado suicida. Vou levar você pra Colúmbia com a gente nesta sexta-feira.

Ele se afastou de Neil e levantou cinco dedos, sorrindo para Neil através deles.

— Você tem cinco dias para conhecer os outros. Cinco dias de treinos e todas as bobagens ridículas do treinador. Então é a nossa vez na sexta-feira. Pode nos conhecer fora da quadra.

— Vamos te levar pra jantar fora — disse Nicky por cima do ombro. — Nós morávamos em Colúmbia, então sabemos os melhores lugares para ir lá. Melhor ainda, temos um lugar para dormir de graça, então não precisamos nos preocupar em voltar bêbados ou exaustos. Vai ser do caralho.

— Eu não bebo nem danço — disse Neil.

— Não tem problema — retrucou Andrew. — Kevin não dança mais e eu nunca dancei. Você pode beber refrigerante e conversar com a gente enquanto os outros fazem papel de idiota. Não podemos chegar até o fim do ano com este pequeno desentendimento entre nós, então vamos tirar uma noite de folga e consertar isso.

"Consertar" era uma escolha estranha de palavra. Neil sabia que um deles teria que ceder para que eles se dessem bem, e tinha certeza de que Andrew também entendia isso. Era óbvio que Andrew esperava que ele fosse o primeiro a ceder.

Neil sabia que deveria. Já passara da hora de ceder. Mas queria provar que Andrew estava errado, independente do quanto a ideia fosse estúpida.

— Se eu for, prometa que não vai mais mexer nas minhas coisas. Nunca mais.

— Tão possessivo — disse Andrew.

— Óbvio que sou — disse Neil. — Tudo que tenho cabe em uma mochila.

Andrew pensou a respeito, então respondeu com um sorriso enorme.

— Tá. Uma noite com a gente e eu não invado mais seu quarto. Essa sexta vai ser muito divertida.

Neil duvidava muito daquilo.

Eles chegaram ao estádio um minuto antes de seus companheiros de equipe mais certinhos e esperaram na calçada pela chegada da caminhonete de Matt. Assim que os veteranos estacionaram e saíram, Andrew apontou para Neil.

— Olha só, chegou inteiro.

— Alguma parte do seu corpo está sangrando? — perguntou Matt.

— Nenhuma parte vital.

Renee interveio antes que os amigos pudessem reagir.

— Por que não esperamos Seth e Allison lá dentro? Ainda falta um tempo e está meio quente aqui fora.

— Talvez eles sofram um acidente e não consigam chegar — disse Nicky, esperançoso.

— Sério, Nicky — protestou Renee —, meio inapropriado, não acha?

Suas palavras foram gentis e havia um leve sorriso em seu rosto, mas ainda assim, Neil sentiu a repreensão. Era mais sutil, mas de alguma forma mais letal do que os olhares irritados que Matt e Dan lançavam para Nicky, talvez porque a decepção que mostrava com a atitude de Nicky fosse tão doce. Nicky desviou do olhar dela, dando de ombros, desconfortável.

— Vamos — disse Dan, liderando o caminho até o vestiário.

Wymack e Abby estavam empoleirados no centro de entretenimento do saguão quando eles entraram. O aborrecimento de Dan desapareceu, dando lugar ao entusiasmo genuíno enquanto cumprimentava a dupla. O grupo de Andrew foi direto para um dos sofás enquanto Matt esperava as meninas no outro. Neil escolheu uma poltrona onde pudesse ficar de olho em todos. Depois dos cumprimentos amigáveis de Renee, ela se retirou para o sofá de Matt. Deixaram um espaço entre eles para que Dan pudesse se sentar. A capitã do time ficou com Wymack por mais algum tempo, conversando animadamente sobre as ligas principais do Exy de verão.

Demorou quase vinte minutos para as duas últimas Raposas chegarem, e Neil sentiu a tensão na sala aumentar quando a porta se abriu. Observou as reações de seus companheiros de equipe e dividiu mentalmente o time em quatro grupos: os três de Dan, os quatro de Andrew, os recém-chegados e ele.

Seth Gordon foi o primeiro a entrar, trazendo consigo seus problemas de atitude. Não parecia feliz em rever nenhuma daquelas pessoas após ficar longe por apenas um mês, e praticamente resmungou como forma de cumprimento. Demorou-se por um segundo olhando para Neil com a expressão carrancuda, parecendo furioso, mas foi só isso. Se jogou em uma das cadeiras, com os membros compridos e ostentando ódio puro, olhando para a porta enquanto esperava a companheira chegar.

Allison Reynolds estava logo atrás dele. Ela parou na porta e olhou para a sala, parecendo irritada com a grosseria do colega de time. Neil já tinha visto fotos de Allison quando pesquisava as Raposas, mas ainda assim era preciso olhar mais uma vez. Os Reynolds eram bilionários graças aos seus resorts de luxo mundialmente conhecidos. Allison se tornou uma princesa de conto de fadas moderna e uma celebridade devido à sua associação com os clientes da família. Reza a lenda que perdera o direito à herança quando escolheu jogar Exy e estudar em universidades públicas em vez de se juntar ao negócio da família, mas Allison ainda parecia uma estrela das passarelas. Todos os outros usavam jeans amassados após a mudança. Allison parecia pronta para uma sessão de fotos com cachos platinados, saltos agulha e um vestido apertado.

— Bom ver vocês dois, também — disse Wymack, seco.

Allison o ignorou e cumprimentou Abby.

— Você sobreviveu ao verão.

— Pela graça de Deus — respondeu Abby. — Mas não fica mais fácil, disso tenho certeza.

Allison analisou o ambiente, os lábios se curvando um pouco em escárnio quando viu o grupo de Andrew. Seu olhar parou em Neil e ela o avaliou por alguns instantes, com expressão calculista.

— Vou sentar perto de você — declarou.

E então, cruzou a sala para se instalar no braço da poltrona. Não tinha muito espaço para ela ali; teve que se apoiar nele para poder se equilibrar. Colocou um dos braços em volta do ombro de Neil para não deslizar e cruzou as pernas na altura do joelho. O movimento fez com que seu vestido subisse ainda mais, mostrando boa parte de suas pernas torneadas e bronzeadas pelo sol.

Neil viu isso acontecer de sua visão periférica, mas manteve o olhar no rosto de Allison. Sua pele ardeu ao pensar nas porradas que a mãe lhe dera. Viver fugindo significava não ter tempo para amigos ou relacionamentos, mas isso não impedia que Neil prestasse atenção nas garotas conforme crescia. A mãe, sempre atenta, percebeu os olhares demorados e a distração crescente do filho. Com medo de que revelasse seus segredos por causa de uma paixão infantil, ela o espancava como se pudesse matar seus hormônios com as próprias mãos. Alguns anos dessa violência e Neil finalmente entendeu o recado: era perigoso demais se relacionar com garotas. Allison era linda, mas proibida.

— Eu posso sair se você quiser sentar aqui — sugeriu Neil.

— Não, tá tranquilo assim. — Ela sorriu, mas tinha certo ar de presunção, provavelmente porque Seth olhava para eles como se pudesse matá-los apenas com sua força de vontade. Allison olhou para Wymack e estalou os dedos em um gesto impaciente. — Isso vai ser rápido, não é? O voo foi longo e estou exausta.

— São vocês que estão atrasando tudo — respondeu Wymack, e apontou um dedo para Neil. — Primeira pauta: Neil Josten, nosso novo atacante reserva. Tem alguma coisa pra dizer? — Quando Neil balançou a cabeça, Wymack apontou para Allison e Seth com o polegar. — Você já conhece todos os outros. Esses dois são os últimos: Seth Gordon, atacante titular, e Allison Reynolds, nossa pivô. Perguntas, comentários, preocupações? Alguém?

Seth apontou para Neil e disse, irritado:

— Eu tenho uma porra de uma preocupação...

Neil imaginou que Wymack já tivesse ouvido essa discussão antes, porque falou por cima de Seth como se não o tivesse ouvido.

— Ótimo, então. Vamos seguir em frente. Abby?

Abby desceu do móvel em que estava sentada e distribuiu maços de papéis grampeados.

— A mesma chatice de sempre nesses formulários. Assinem no lugar indicado e me devolvam amanhã, logo cedo. Vocês não vão poder treinar até que eu tenha tudo isso arquivado.

— Os treinos de verão começam 8h30. Aproveitem para dormir enquanto podem, porque quando o semestre começar, os treinos serão às 6h. Nos encontramos na academia. Vou repetir, nos encontramos na academia. Se alguém se atrasar porque se enganou e veio para cá, vai levar uma sapatada na cara. Vocês ficaram só um mês fora daqui. Tenho certeza de que sabem como tudo funciona.

— Sim, treinador — respondeu o time em uníssono.

— Os exames físicos serão feitos hoje, antes de irem embora. Andrew, você primeiro. Seth vai logo depois. O resto pode fazer uni-duni-tê ou coisa do tipo. Vocês decidem. Nem pensem em ir embora antes de passarem pela Abby — disse, lançando um olhar irritado para o grupo de Andrew. Andrew e Nicky fizeram cara de inocente, sabendo que não enganavam ninguém.

Abby se posicionou atrás de Kevin. Wymack hesitou antes de pegar os papéis empilhados ao lado dele, virados para baixo.

— A última coisa que precisamos resolver hoje é a nossa programação.

— Já? — perguntou Matt. — Ainda estamos em junho.

— Ainda não temos as datas, mas o CRE realizou algumas mudanças que vão fazer essa primavera parecer fichinha. Eles notificaram os treinadores no nosso distrito um por um para tentar amenizar os danos. A coisa pode ficar bem feia.

— Como pode ser pior do que aquela merda que tivemos que aguentar ano passado? — perguntou Seth.

Matt contou nos dedos.

— As invasões, ameaças por telefone, a fúria da imprensa, vandalismo...

— Meu favorito foi quando alguém falou para a polícia que tínhamos um laboratório de metanfetamina no dormitório — lembrou Dan, ácida. — Batidas policiais são uma delícia.

— Mas eu achei as ameaças de morte bem criativas — comentou Nicky. — Talvez dessa vez eles decidam ir até o fim e matem um de nós. Vamos votar. Eu escolho o Seth.

— Vai se foder, sua bicha — disse Seth.

— Não gosto dessa palavra — respondeu Andrew. — Pode parar de usar.

— Ia dizer "vai se foder, sua aberração", mas aí ninguém ia saber com qual de vocês eu estava falando.

— É só não falar com a gente — concluiu Aaron. — Você nunca tem nada de útil pra dizer.

— Já chega — protestou Wymack. — Não temos tempo para essas briguinhas esse ano. Tem uma nova escola no nosso distrito.

Neil olhou para Kevin, bastante pálido e tenso. Com quatro garotos dividindo o mesmo sofá, o grupo de Andrew estava todo apertado, ele e Kevin sentados no meio. Mesmo sob o efeito dos medicamentos, Andrew não tinha como não ter notado a tensão de Kevin, mas devido ao efeito dos remédios em suas veias, parecia ter achado engraçado. Ele sorriu para Kevin, mas o sorriso sumiu de seu rosto assim que Wymack falou.

— Edgar Allan está vindo para o sul.

O choque fez o time ficar calado, mas não por muito tempo.

— Nem ferrando — disse Dan, ríspida. — Isso não tem graça, treinador.

Seth aparentemente não achava a mesma coisa, porque começou a rir. Aaron, Nicky e Matt falavam um mais alto do que o outro, exigindo explicações. Allison emitiu um som agudo de descrença que fez com que as orelhas de Neil zumbissem. Renee, assim como Neil, observava Andrew e Kevin sem dizer nada.

Wymack tentou explicar a lógica do CRE, mas continuava prestando atenção em Andrew. Não demorou muito para que o time percebesse o motivo de sua distração. O tumulto foi diminuindo aos poucos. O sorriso de Andrew também retornava gradualmente. Dessa vez, mostrando todos os dentes. As drogas de Andrew podiam o deixar em estado de mania, mas não menos perigoso. Neil sabia o que aquele sorriso significava e se preparou para a violência.

— Ei, Kevin — disse Andrew. — Você ouviu? Tem alguém sentindo sua falta.

— O CRE não deveria ter aprovado isso — comentou Kevin, tão baixinho que Neil quase não conseguiu ouvir.

— Você disse que ele viria atrás de você.

— Eu não sabia que seria desse jeito.

— Mentiroso — rebateu Andrew, e Kevin estremeceu.

Andrew se virou para se sentar de lado no sofá e poder olhar melhor para Kevin. Estava com as costas apoiadas em Nicky, que, perturbado, se inclinou para longe do primo. Os nós de seus dedos estavam brancos por segurar o braço do sofá com força demais. Andrew não percebeu ou não se importava com o desconforto dele. Só tinha olhos para Kevin. Kevin parecia enjoado, mas não em pânico após essa notícia bombástica. Andrew não teve dificuldades em interpretar essa pseudoforça.

— Você já sabia disso — concluiu Andrew. — Há quanto tempo? Um dia, dois dias, três, quatro, cinco?

— O treinador me contou quando foi aprovado, em maio.

— Maio. Um dia de maio. *One day in may*. Mayday, código de socorro. Curioso, Kevin Day. Quando você ia me contar isso?

— Eu disse a ele para não contar — interveio Wymack.

— Você escolheu o treinador em vez de mim? — perguntou Andrew e riu. — Ahhhh, vejam só. Favoritismo, decepção, traição, tudo tão familiar. Depois de tudo que fiz por você.

— Andrew, para com isso — avisou Abby.

— Me ajude — disse Kevin, quase em um sussurro.

Andrew estalou a língua e inclinou a cabeça para o lado.

— Ajudar você? Ajudar um cara que mentiu pra mim durante um mês? Como?

— Eu quero ficar — disse Kevin. — Vou te pedir de novo: não deixe ele me levar embora.

— Seria você a dizer sim — argumentou Andrew. — Talvez tenha se esquecido.

— Por favor.

— Sabe o quanto eu odeio essas duas palavras.

Kevin olhou para suas mãos apertadas em seu colo, observando a cicatriz que percorria as costas da mão. Neil só tinha visto de relance, porque não queria que Kevin o pegasse observando. Eram linhas irregulares ao longo dos ossos finos de sua mão. Mas Riko quebrara sua mão, não fora um golpe limpo. Andrew deu um suspiro exagerado e estendeu a mão, impedindo Kevin de continuar olhando para a cicatriz.

— Olha pra mim — ordenou Andrew.

Kevin ergueu dois olhos apavorados para ele. Neil não entendia como Andrew conseguia sorrir diante de um olhar tão vazio, mesmo com os remédios. Neil sentia o desespero de Kevin do outro lado da sala, e era uma sensação tão familiar que tinha vontade de vomitar.

— Vai ficar tudo bem — garantiu Andrew. — Eu prometi, não prometi? Você não acredita em mim?

Levou certo tempo, mas enfim Kevin pareceu relaxar. Seu olhar ganhou mais vida enquanto absorvia cada pedacinho da força que Andrew lhe passava. Era incrível ver o quanto sua confiança em Andrew era inabalável. Neil não saberia dizer por que Kevin acreditava que um baixinho psicótico conseguiria protegê-lo de uma família tão fodida quanto os Moriyama. Apesar de pensar que deveria ficar impressionado com isso, tudo o que conseguia sentir era ressentimento. Engoliu em seco, reprimindo a agitação em seu estômago, e parou de olhar para os dois.

Wymack os observou por mais um minuto, então assentiu.

— O anúncio oficial do CRE vai acontecer mais pro fim do mês. Eles concordaram em esperar até que todos vocês estivessem aqui, porque assim fica mais fácil de protegê-los. Isso não significa que não precisam tomar cuidado. Chuck, que se chama Charles Whittier e é o presidente da nossa universidade, Neil, deu novas ordens para que os repórteres não possam entrar no campus sem escolta policial durante todo o verão. Vocês vão ver o dobro de policiais do campus por aí, e preciso que salvem os números deles nos celulares, por via das dúvidas. Entendido?

Neil não tinha um celular, mas se juntou ao coro em resposta:

— Sim, treinador.

Todos ficaram quietos, e Neil não conseguiu aguentar mais.

— Mais alguma coisa, treinador, ou terminamos por aqui?

— Isso é um grande problema — comentou Dan. — Muda absolutamente tudo. Você não entende.

— Neil descobriu no mesmo dia que Kevin — contou Wymack. — Eu já conversei com ele, então ele entende muito bem. E não, não tenho mais nada para dizer. Abby, eles são todos seus. Pode fazer o que quiser.

Neil se levantou e se dirigiu para a porta sem olhar para trás. Dan tentou chamá-lo para fazer o exame físico, mas Abby a silenciou.

Renee o alcançou já do lado de fora.

— Infelizmente essa notícia significa que Andrew não pode mais te dar carona de volta ao dormitório — disse ela. — Kevin precisa dele agora e isso elimina qualquer acordo que vocês tivessem. Mas se não se importar de esperar um pouco, pode pegar uma carona com a gente. Tem bastante espaço na caminhonete do Matt.

Neil pensou em dizer não, mas tudo o que conseguiu dizer foi:

— Por que o Kevin confia no Andrew?

Renee sorriu.

— Porque ele sabe que pode.

— Com tanta coisa em jogo — insistiu Neil, como se ela não compreendesse tão bem quanto ele o que estava acontecendo. E podia ser que de fato não compreendesse. Talvez ela não soubesse o que Kevin estava arriscando e o que enfrentaria se Andrew fracassasse. Talvez ela não fosse como eles. Era alguém normal, ou tão normal quanto uma Raposa poderia ser. Gangues e vinganças familiares eram coisas de filme. Neil odiava que ela não entendesse, mas odiava ainda mais o fato de ele conseguir. — Com tanta coisa em jogo, ele acha mesmo que Andrew é o suficiente?

Renee estendeu a mão para ele.

— Neil — disse ela, com tanta gentileza que o fez se perguntar se ela sequer prestara atenção no que dissera. — Neil, por favor espere pela gente.

— Não — disse Neil, dando um passo para trás. — Sei o caminho de volta. Obrigado.

Ele enrolou a papelada que tinha em mãos e saiu em um trote lento. Renee não tentou chamá-lo de novo, mas Neil sentiu seu olhar na parte de trás da cabeça. Assim que chegou do outro lado do estacionamento, acelerou, começando a correr pra valer.

A corrida não foi o suficiente para acalmar a ansiedade crescente que corroía seu estômago. Quando chegou ao dormitório, estava ainda mais irritado do que quando saíra do estádio. Tentou se distrair guardando seus pertences, mas acabou andando de um lado para o outro com a mochila vazia nas mãos. Já estava na quinta volta quando não conseguiu mais se conter. Ajoelhou-se no chão e abriu as gavetas da cômoda, tirando com pressa suas poucas roupas para poder chegar ao cofre. Digitou o código e abriu o cadeado de combinação, ansioso para ver a pasta. Examinou-a de ponta a ponta, verificando e contando tudo de novo.

Não deveria ter se mudado para lá. Não deveria ter escolhido ficar após saber da mudança do distrito e descobrir quem eram os Moriyama. A última gota deveria ter sido quando Andrew remexera nas suas coisas, apesar de ainda não ter dito nada a respeito do que vira na pasta de Neil. Quem sabe Andrew não fosse esperto o suficiente para entender os recibos, ou pode ser que tenha deixado a pasta de lado quando percebeu que era, basicamente, um altar para Kevin e Riko. Mas Neil não podia apenas supor que Andrew não tinha encontrado o dinheiro. Até onde sabia, Andrew estava esperando para jogar tudo na cara dele mais tarde.

O pânico era como um aviso para que fosse embora naquele instante, mas Neil não conseguia se mexer. Uma voz mais baixa que seu medo o impedia de se levantar de novo. Neil ainda se lembrava do colapso de Kevin na casa de Wymack no mês anterior. O medo que Kevin sentia o dilacerava porque Neil conhecia aquela sensação. Todos os dias, quando acordava, precisava reaprender a respirar. Todas as manhãs, passava dois minutos calculando as chances de ser capturado, pesando os prós de ficar onde estava e procurando se acalmar.

Será que Kevin fazia a mesma coisa? O olhar petrificado de Kevin para Andrew hoje era o mesmo que Neil via refletido no espelho. Quando parava de atuar, quando parava de se preocupar com quem o estava observando, quando se desprendia das mentiras que o mantinham vivo, aquela era a única expressão que era capaz de fazer.

Neil colocou todos os pertences de volta no cofre e procurou pelos cigarros que comprara mais cedo na loja. Foi até a janela, abriu os dois cadeados que a mantinham fechada, e abriu o vidro o máximo que conseguia. Uma tela o impedia de colocar o corpo para fora, mas se apoiou nela com tanta intensidade que a fez ranger. Ele acendeu o cigarro e o observou queimar. O cheiro acre da fumaça e fogo fez seus nervos se acalmarem, mas o luto que se seguiu, tão familiar e silencioso, tornava tudo pior.

Apesar de Kevin e ele serem muito parecidos, a diferença fundamental entre ambos fazia Neil se sentir a galáxias de distância de tudo aquilo. Kevin podia contar com Andrew, e Neil não tinha ninguém com quem compartilhar sua falta de esperança e solidão. Quer fosse embora hoje, amanhã ou na semana que vem, Neil iria sozinho. Dois, cinco, dez anos a partir de hoje, se Neil estivesse vivo, estaria sozinho. Podia ser qualquer pessoa em qualquer lugar do mundo, mas estaria sozinho até o dia em que morresse. Nunca confiaria em alguém o suficiente para permitir que se aproximasse.

E era por isso que Neil não podia ir embora.

Ainda que cada célula de seu corpo gritasse que deveria fugir, Neil não podia fazê-lo, não depois de ver a ceninha entre Kevin e Andrew naquele dia. Talvez ele fosse patético, ou talvez estivesse com inveja demais para ir embora. Talvez Neil só precisasse entender.

Por que Kevin sempre tinha mais? Kevin vivera com uma família horrível, mas tinha uma casa e uma reputação e fãs. Ele crescera sob os holofotes enquanto Neil fora deixado sozinho em uma dúzia de países ao redor do mundo, para cuidar de si próprio. Kevin perdera a mão, mas ganhara a liberdade. Era teimoso e habilidoso o suficiente para continuar de onde havia parado, mesmo que isso significasse aprender a jogar com a outra mão. Tinha um treinador e um colega de time dispostos a desafiar os Moriyama por causa dele. Por quê? Por que Kevin merecia tudo isso?

Por que ele merecia Neil? Por que Neil deveria ficar e se preocupar com ele, quando sua própria vida corria risco? Considerando o modo como Kevin o tratara durante todo o verão, Neil deveria estar feliz. Era o momento perfeito para ir embora. A equipe iria pensar que ele era um garoto assustado que não conseguia lidar com a verdade sobre os Moriyama e a imprensa estaria muito ocupada seguindo Kevin e Riko para se preocupar com mais uma Raposa fracassada. Neil deveria mandar uma mensagem de agradecimento anônima para Riko e cruzar a fronteira com o México.

Mas não poderia fazer isso. Ainda não.

Ele sacudiu o cigarro no parapeito da janela para que as cinzas caíssem e com o dedo espalhou a mancha escura pela tinta branca. Olhou para as nuvens, procurando nelas o rosto furioso da mãe.

— Um de nós tem que continuar vivo, mãe.

Não seria Neil. Era óbvio que ele era burro demais para sobreviver sem a mãe, considerando que se metia em encrencas como aquela. Mas talvez Kevin conseguisse. Talvez superasse tudo isso de algum jeito, munido de seu talento, da obsessão psicótica de Andrew e da proteção feroz de Wymack. Talvez ele conseguisse chegar ao fim da temporada se mantendo na escalação das Raposas e ficaria a salvo. Se recuperaria e estaria livre. Neil não podia ir embora até saber que Kevin ficaria bem. Não queria ter que descobrir estando do outro lado do mundo.

Ele respirou lenta e profundamente, tentando inalar o máximo de fumaça que pôde, e observou o cigarro queimar até o filtro. Acendeu mais dois cigarros antes que seus colegas de quarto aparecessem. Neil apagou o terceiro quando ouviu a porta da frente se abrir. Jogou as cinzas do parapeito da janela no carpete, esmagando-as com o sapato e enfiando a bituca na mochila para mais tarde. Então, organizou de qualquer jeito seus pertences até que parecessem arrumados. Com o cofre devidamente trancado, saiu para cumprimentar seus companheiros de equipe. Se sentiu distante ao vê-los entrar. Talvez já estivesse morrendo, sua alma estúpida desaparecendo de seu corpo baixo em preparação para um fim brutal.

Seth surgiu primeiro, arremessando as malas para o lado. Estava no meio de um discurso exaltado e precisava das mãos livres para gesticular furiosamente. Matt vinha logo atrás, com uma expressão paciente e uma terceira mala nas mãos. Matt empurrou a porta para que fechasse e passou a mala para Seth, que a jogou junto com as outras.

Neil não sabia ao certo com quem Seth estava mais irritado: Abby, Allison ou o grupo de Andrew. Seu discurso alternava de um para o outro sem uma lógica definida. Parou apenas quando não tinha mais palavrões para dizer. Por fim, jogou as mãos para o ar em um descontentamento profundo, virando-se para Neil.

— E para piorar tudo, tenho a porra de um amador como reserva!

— Kevin o aprovou — disse Matt.

— Como se isso fosse fazer eu me sentir melhor. — Seth olhou para Neil.

Neil o encarou de volta, nem um pouco impressionado com a irritação do outro. Sua apatia só serviu para deixar Seth ainda mais irritado.

— Nós já éramos uma piada; agora viramos um vexame. Quando os outros descobrirem isso, vamos ganhar os jogos só porque estarão ocupados demais rindo para nos levar a sério. Esse era para ser o nosso ano. Confiei nele para escolher o reserva porque ele disse que ia conseguir fazer a gente passar a fase de mata-mata do campeonato. Mas isso é repulsivo.

— Ao menos dê uma chance ao Neil — sugeriu Matt.

— Day está ferrando com a gente — reclamou Seth. — Não é certo.

— Você está com a atitude errada — rebateu Matt, apontando para ele. — Kevin nunca ia recrutar alguém que fizesse a gente passar vergonha, já fazemos isso muito bem por conta própria. Se você quer que a gente ganhe esse ano, então é melhor agir como tal. Precisamos de uma linha de ataque coesa. Já que você e Kevin são uma causa perdida, você vai ter que se virar com Neil.

— Ele é baixo, não joga bem e parece que tem problemas de comportamento.

— O treinador disse que ele tem potencial. — Matt olhou para Neil. — Andrew disse que você é rápido.

Neil franziu a testa.

— Quando ele falou isso?

— Quando você acha que foi, sabichão? — perguntou Seth. — Falamos pra caralho de você depois que você meteu o pé.

— Dan perguntou o que eles achavam de você — comentou Matt, antes que Neil pudesse reagir. — Nicky disse que você precisa passar mais tempo com a gente. Aaron disse que você precisa ser mais agressivo. Kevin não disse nada, o que seria estranho em circunstâncias normais, já que Kevin não costuma economizar nas palavras, mas imagino que ele esteja distraído. Mas Andrew acha que você pode correr mais rápido do que qualquer pessoa do time. O treinador disse que você correu um quilômetro em quatro minutos no Arizona. É verdade? Você é meio baixinho pra correr tão rápido.

— Eu gosto de correr — resumiu Neil.

— Que se foda a corrida — resmungou Seth. — Aprenda a fazer gols. Dizem por aí que você não conseguiu fazer um único gol no Andrew.

— Não — admitiu Neil. — Ainda não.

— Quando conseguir, então pode falar comigo — disse Seth. — Até lá, fica fora do meu caminho e tenta não me atrasar demais no jogo.

— Bem-vindo à Toca das Raposas — acrescentou Matt, seco, enquanto Seth agarrava a mala e entrava rapidamente no quarto. — Ei, vamos jantar no centro hoje. É melhor nos divertirmos antes que isso tudo exploda na nossa cara, e não quero estar aqui quando Andrew estiver entre uma dose e outra. Vocês dois podem ficar sem se matar enquanto eu vou falar com as meninas?

— Provavelmente — disse Neil.

Ele e Seth conseguiram conviver até Matt voltar, mas apenas porque ignoraram a presença um do outro. Seth estava ocupado arrumando suas coisas e Neil ficou feliz em se manter fora de seu caminho. Quando Seth terminou o que estava fazendo no quarto e foi para a sala, Neil arrumou a bagunça que havia feito antes. Matt colocou o computador em uma das escrivaninhas e se distraiu na internet até a hora de se encontrarem com os outros.

O "centro" nada mais era do que uma longa rua de lojas que se ramificava do campus a uma curta distância da Torre das Raposas. A maioria das lojas vendia equipamentos do campus, mas havia duas livrarias e meia dúzia de pubs. Com tão poucos alunos, mais parecia uma cidade fantasma. Metade dos lugares por onde passaram tinham placas informando que reabririam mais perto do outono. O restante permanecera aberto na esperança de atrair os alunos dos cursos de verão e os atletas que começariam a chegar nas semanas seguintes.

Eles acabaram em um lugar que era uma mistura de bar e pizzaria. O sofá em formato de L ao canto era perfeito para Neil, pois poderia se sentar num ângulo para observar seus companheiros de equipe. Esperava a mesma balbúrdia que presenciara na casa de Wymack em sua primeira noite na Carolina do Sul, sobretudo após presenciar a tensão que Seth e Allison acrescentavam ao time, mas ficou agradavelmente surpreso. Quaisquer que fossem suas diferenças, os veteranos tiveram anos para se acostumar, e todos passaram boa parte do jantar conversando. Até Seth e Allison tentavam se enturmar, civilidade essa que Neil atribuía à cerveja.

Ele ficou quieto e, grande parte do tempo, permitiram que ficasse. Já passara algum tempo conversando com o grupo de Dan depois da briga com Kevin, e Seth e Allison simplesmente não se davam ao trabalho de conhecê-lo melhor. As únicas vezes que alguém lhe perguntava alguma coisa no jantar eram quando Dan ou Matt queriam sua opinião sobre qualquer que fosse o assunto em questão.

Estavam no meio do jantar quando Dan e Matt saíram. Neil os viu sair, mas para além de Allison dar uma cutucada em Renee, ninguém falou nada a respeito. Assim como ninguém mencionou a mudança no distrito, apesar de ser provável que todos estivessem pensando nisso. Tinham praticamente o restaurante inteiro só para eles, mas a falta de outras conversas significava que suas vozes se propagavam com maior facilidade.

Dan e Matt voltaram depois de algum tempo, as roupas um pouco mais amarrotadas. Dan pegou a conta com o barman no caminho de volta para a mesa. Seth fez um brinde com Matt, erguendo o copo com o que restava de sua cerveja, mas olhava para Allison enquanto o fazia.

Dan e Matt foram na frente no retorno ao dormitório de mãos dadas. Renee caminhava atrás deles com Seth e Allison. Neil estava contente em caminhar mais para trás. Quando voltaram para o andar, Nicky esperava por eles no corredor.

— Ei, Renee — disse Nicky. — Se importa de ligar para o celular do Andrew?

— Ele perdeu o celular? — perguntou Renee, pegando o dela dentro da bolsa pequena.

— Eu perdi — respondeu Nicky. — E, hum, o cara que o estava carregando. Ele não está atendendo as minhas ligações.

— Meu Deus, Nicky — reclamou Matt. — O treinador falou pra você ficar de olho nele hoje.

— Eu sei o que ele disse. — Nicky fez cara feia para Matt. — Tente você fazer isso qualquer dia desses.

— Cadê o Kevin? — Dan exigiu.

— Não saiu do quarto desde que voltamos — disse Nicky. — Aaron está de olho nele.

Renee ergueu a mão para pedir que se calassem. Todos ficaram em silêncio no mesmo instante para observá-la. Ela estava com o telefone no ouvido, mas não dizia nada, provavelmente ouvindo enquanto tocava do outro lado. Neil percebeu que alguém devia ter atendido pelo sorriso de Renee, mas não fazia ideia de como Renee podia sorrir com tanto afeto quando falava com alguém como Andrew.

— Te acordei? — perguntou em vez de dizer oi. — Queria falar com você hoje, mas Nicky disse que você vazou. Ah? Tá certo, então. Tento de novo amanhã. Almoço, talvez? Tá bom. Boa noite.

Ela desligou a ligação e guardou o celular.

— Ele está na casa do treinador. Talvez o treinador quisesse se certificar de que ele iria tomar o medicamento esta noite. — Renee deu um aperto encorajador no ombro de Nicky. — Ele está seguro. Kevin está seguro. Descanse um pouco. Não podemos fazer mais nada esta noite, a não ser trancar as portas e rezar.

— Obrigado — respondeu Nicky, voltando para o próprio quarto.

Eles se separaram, cada um entrando em seu dormitório para se preparar para dormir. Neil subiu pela escada de madeira até a beliche de cima e se deitou. O pequeno prazer de ter uma cama de verdade não durou muito. Depois que as luzes foram apagadas e seus colegas de quarto pararam de se mexer, só restaram para Neil a escuridão e seus pensamentos. Ficou acordado durante muito tempo pensando em Kevin e, quando conseguiu dormir, sonhou que o pai esperava por ele na Toca das Raposas.

CAPÍTULO SETE

Em seu terceiro dia na quadra, Neil não sabia dizer como as Raposas conseguiram se classificar para o campeonato na primavera passada. A suposição que fizera de que a equipe se dividia em quatro grupos diferentes era parcialmente correta, mas os limites pareciam flexíveis.

Quando Allison e Seth brigavam, Allison se aproximava das meninas, enquanto Seth recorria a Matt. Parecia que não havia meio-termo para Allison e Seth: ou trocavam os insultos mais baixos possíveis, ou se pegavam no vestiário, sem se importar com quem estava por perto. Neil não sabia o que causava as mudanças de emoções tão constantes e abruptas. E esperava nunca entender.

A primeira semana de treinos durante o verão foi consumida por brigas internas, conforme a hierarquia do time voltava a se ajustar. Quando estava na posição de capitã, Dan os comandava com a mesma ferocidade que Neil havia presenciado no dia em que a conhecera. Não hesitava em arrastá-los para que se posicionassem e as Raposas permitiam que ela tomasse todas as decisões. Até mesmo Andrew a obedecia, apesar de Neil acreditar que ele só o fazia por achar a suposta valentia dela bastante divertida.

O conhecimento de Kevin sobre o esporte era maior do que o de qualquer um deles e, devido ao seu papel de auxiliar técnico, tinha certo ar de autoridade, mas seu jeito frio era desestimulante e a maneira como abordava os atletas tornava impossível que não respondessem atravessado ao ouvi-lo. Fora o causador de grande parte das discussões da semana que, em sua maioria, ocorreram entre Seth e ele.

Os dois se detestavam, e em segundo lugar vinha o desprezo que Seth e Nicky nutriam um pelo outro. Uma simples palavra errada era o suficiente para fazer com que as discussões evoluíssem para agressões físicas. O auge do conflito ocorreu em uma quarta-feira à tarde, quando Andrew saiu mais cedo do treino para sua sessão de terapia semanal. No instante em que ele saiu, Seth partiu para cima de Kevin.

Matt era a força bruta que os fazia andar na linha quando as palavras de Dan não eram o suficiente. Devido à lesão de Kevin e à apatia de Andrew, Matt era o melhor jogador que as Raposas tinham. Neil era da opinião de que Matt deveria ser o capitão, pelo espírito de solidariedade que poderia agregar à equipe. Independente do que acontecera entre ele e Andrew no ano passado, parecia se dar bem com os primos, o que se traduzia em uma linha de defesa bastante sólida para as Raposas. A relação entre Matt e Kevin era mais complicada de se entender. Por ser habilidoso e comprometido, Kevin estava sempre disposto a trabalhar com ele e ouvir o que tinha a dizer, mas com frequência passavam da compreensão perfeita para o antagonismo total. Lembrava um pouco o que acontecia entre Allison e Seth, mas sem as nuances sexuais angustiantes.

Renee era a segunda no comando, e estava sempre no olho do furacão. Tinha sempre conselhos amigáveis para oferecer, incentivava os colegas de time por seus esforços e, de vez em quando, agia como mediadora. Não se envolvia nas discussões dos outros, seja para tomar partido ou para pregar a paz, e ninguém nunca contestava uma palavra do que dizia. Até Andrew parecia gostar dela. Diversas vezes durante a semana, Neil os vira conversando lado a lado. Era óbvio que mais ninguém aprovava essa estranha amizade, mas nenhum dos goleiros dava a mínima com os olhares descontentes. Neil não sabia o que pensar a respeito disso. E tinha menos certeza ainda do que achava de Renee, então a evitava sempre que podia.

A hierarquia das demais Raposas variava de forma constante. A posição de Seth era a que mais mudava. Era o único do time que estava no quinto ano, já que todos os outros que haviam começado com ele já tinham desistido ou sido reprovados àquela altura; isso, no entanto, não fazia diferença em quadra, já que preferia sempre se isolar. Seu humor variava tanto que Neil tinha certeza de que ele usava alguma coisa. Não saberia dizer por que Abby e Wymack não colocavam um fim naquilo. A influência de Allison era fruto de seu tempo de equipe e da atitude agressiva dentro de quadra, mas ela abominava os primos e não gostava de trabalhar com eles.

Aaron jogava melhor do que Nicky, mas mantinha-se sempre a uma distância calculada de todo o drama. Nicky se dedicava de corpo e alma, mas adorava ser dramático e gostava ainda mais de começar brigas com Allison e Seth. Era difícil compreender a posição de Andrew. Era habilidoso e tinha grande influência sobre Kevin, o que o tornava útil, mas seu esforço era tão nulo quanto Wymack permitia que fosse.

Neil ainda não conquistara um lugar nessa hierarquia. Seus companheiros de equipe demonstravam tão pouca consideração por ele que Neil mal tinha a duvidosa honra de se colocar no último lugar. Não se surpreendia, visto que era inexperiente e havia acabado de chegar a essa confusão, mas isso não tornava a situação mais fácil. Dan era a que mais se esforçava para incluí-lo, tirando algum tempo para ver se tudo ia bem quando estava perto dele na quadra, mas parecia sempre sobrecarregada, lidando com o resto do time. Allison não levava Neil a sério, Matt ficava longe demais para ser de algum auxílio e Neil não queria lidar com Renee. Os primos se mantinham distante essa semana. E, assim, só sobravam Seth e Kevin.

Os dois eram obrigados a lidar com Neil já que jogavam na mesma linha, mas Neil preferia que o ignorassem. Nada do que fazia estava certo para eles. Independente do quanto se esforçasse, acabavam com ele e o deixavam de lado, achando que era um inútil. Neil odiava o modo como agiam, mas estava determinado a não voltar a perder a paciência na frente da equipe. Por sorte, os atacantes tinham tanta disposição para brigar entre si quanto com ele, então era bom assistir Seth e Kevin duelarem com socos e raquetes.

Wymack quase nunca interferia nas brigas. Deixava que caíssem na porrada e depois os punia com exercícios aeróbicos intensos e treinos excruciantes. Ao que tudo indicava, já decidira há muito tempo que a equipe só seguia em frente quando se testavam constantemente para estabelecer sua própria hierarquia. No começo, Neil achara uma loucura, mas conforme a semana avançava, percebeu que o time estava enfim criando os limites e estabelecendo as alianças entre si.

Quando a sexta-feira chegou, Neil já estava desesperado pelo fim de semana. O estresse de se preocupar com Kevin e Riko, a irritação e exasperação com o comportamento dos companheiros de equipe em quadra o desgastavam, bem como a intransigência sem fim de Kevin e Seth. Não conseguia mais lidar com isso, mas também não tinha como fugir. Passava o dia inteiro treinando com as Raposas e depois voltava para o dormitório, onde também os via todas as noites. A mera presença deles era o suficiente para sufocar Neil. Precisava de um pouco de espaço para não surtar.

Neil havia se esquecido dos planos de Andrew. Quando saiu do banho após o treino da sexta-feira, tinha a esperança de todos já terem ido embora. Dividia a caçamba da caminhonete de Matt com Allison, Seth e Renee na ida aos treinos, mas sempre voltava correndo sozinho para o dormitório depois. Em poucos dias, os outros perceberam que Neil gostava de ir embora depois deles, e ninguém perguntou o porquê. Não tentaram fazê-lo mudar de ideia e pararam de esperar por ele após o segundo dia. Talvez fosse uma característica das Raposas saber quando havia limites que não deveriam ser ultrapassados e perguntas que não deveriam ser feitas. Neil não tinha certeza, no entanto apreciava.

Mas na sexta-feira foi diferente. Neil arrastava o uniforme sujo para o vestiário quando viu que Nicky o esperava em um dos bancos, com uma sacola de presente preta.

— Conseguiu sobreviver à primeira semana — parabenizou Nicky. — Se divertiu?

— Vai ser assim o verão inteiro?

— Praticamente — respondeu Nicky. — Pelo menos nunca fica chato, né?

Neil jogou o uniforme em um dos cestos de roupa suja, verificou o armário para se certificar de que estava fechado e, ao se virar, encontrou Nicky parado logo atrás dele. Ergueu a mão para que saísse de seu espaço pessoal. Já esperando por essa reação, Nicky empurrou a sacola preta na mão aberta de Neil.

— Isto é pra você — explicou Nicky. — Andrew disse que você não tem roupa adequada pra onde vamos. Me disse qual era seu tamanho e escolhi o que comprar. Pode confiar, é do caralho.

Neil o olhava espantado.

— O quê?

— Não vai me dizer que se esqueceu da nossa festa, né? Toma.

Nicky prendeu as alças da sacola nos dedos de Neil, que o observou, tentando sem sucesso se lembrar da última vez que ganhara um presente. Era perturbador que o primeiro viesse de Andrew.

Interpretando o desconforto dele como suspeita, Nicky riu.

— Não é pegadinha. O presente é mais pra gente do que pra você, na verdade. Não podemos ser vistos em público com você vestido que nem um mendigo. Sem querer ofender. — Ele esperou alguns instantes, percebendo enfim que alguma coisa não estava certa. — Neil?

— Obrigado — disse Neil, mas até ele percebeu a dúvida em seu tom.

Nicky o analisava. Neil retribuía o olhar, se recusando a revelar ainda mais. Por fim, Nicky puxou o cabelo de Neil.

— Chegamos às nove pra te buscar, tá? Seria melhor você tirar um cochilo até lá. Vamos ficar fora a noite toda. Temos todos os contatos certos pra fazer a festa durar até de manhã.

Com um sorriso enorme no rosto, Nicky puxou outra mecha do cabelo de Neil.

— E por falar nisso, tira essas coisas hoje. As lentes de contato, quero dizer.

Neil sentiu o estômago se revirar.

— Cala a boca.

Nicky olhou dramaticamente à sua volta, como se procurasse por alguém escutando à espreita.

— Sério, não é como se fosse um segredo. Qualquer um que olhe pra você consegue ver esse círculo em volta dos olhos, o que quer dizer que isso são lentes. Só não achei que fossem lentes coloridas, até que Andrew me disse. E sério? Castanho? Como pode ser tão sem graça?

— Eu gosto de castanho.

— Andrew não gosta — disse Nicky. — Tire as lentes.

— Não.

— Por favor — disse Nicky. — Ninguém vai te ver, só a gente. E nós sabemos que não é de verdade. Não use as lentes.

— Ou o quê? — perguntou Neil.

O silêncio de Nicky foi resposta o suficiente. Neil estava pronto para ignorar aquele alerta, mas pensou melhor. Tinha certeza de que conseguiria encarar Andrew, mas ele não seria o único a ser enfrentado. Ia com o grupo inteiro para o outro lado da cidade. Nicky estava sendo sincero e tentando ajudá-lo a sobreviver àquela noite. Neil não superestimava aquela consideração. Sabia de que lado Nicky ficaria se as coisas fugissem do controle.

— Nove — avisou Nicky de novo quando Neil não respondeu, e foi embora.

Neil esperou alguns minutos. Quando teve certeza de que os primos já tinham ido embora, correu pelo campus até chegar à biblioteca, onde passou algumas horas vasculhando as notícias no laboratório de informática. Na volta para casa, comprou uma coisinha rápida para jantar em uma das três lojas de conveniência da universidade.

Não havia ninguém no dormitório. Lembrava-se vagamente de Matt mencionar algo sobre ir ao cinema com Dan. Neil não sabia onde Seth estava, mas, por sorte, ainda não tinha voltado quando começou a se arrumar. Apesar de estar sozinho, checou a fechadura do dormitório antes de amontoar as roupas. A porta do quarto não trancava, o que o incomodava, mas a do banheiro, sim. Ele se trancou lá e começou a se arrumar.

Quando terminou de se vestir, ficou um minuto inteiro avaliando seu reflexo. Não sabia o que pensar do resultado. Uma coisa sempre permanecia a mesma, independente de quantas vezes ele e a mãe trocassem de identidade e idioma: vestiam roupas simples, que os permitissem passar despercebidos na multidão. Neil usava camisetas desbotadas, calças jeans comuns e tênis gastos, de cores geralmente neutras que ficavam ainda mais apagadas após as lavagens.

Aquelas roupas eram o exato oposto: todas as peças eram pretas. A calça cargo era leve e curta para deixar à mostra o pesado coturno. A camisa era de manga comprida, ajustada ao corpo e estilizada de modo a parecer que fora rasgada em certas partes. Os rasgos deixavam entrever uma camada interna cinza-escuro que escondia a pele de Neil, mas ainda assim, ele passou a mão por cima do tecido dezenas de vezes para se certificar de que não havia buracos expostos. Tinha certeza de que conseguia sentir as cicatrizes sob o tecido fino.

Só restava uma coisa a ser mudada. O estômago de Neil se revirou, revelando o nervosismo ao tirar as lentes. Piscou algumas vezes para que os olhos se acostumassem e jogou as lentes de contato marrons na privada, dando descarga. Quase perdeu o fôlego ao olhar rapidamente no espelho. Fazia mais de um ano que não via seus olhos verdadeiros, já que nunca saía da cama sem antes colocar as lentes. Seus olhos eram de um azul frio que ficava ainda mais claro em contraste com o cabelo e as roupas escuras. Não suportava encará-los por mais tempo; eram iguais aos do pai.

Neil recolheu as roupas e saiu do banheiro. Quando se virou na direção do quarto para deixar as coisas, vislumbrou o grupo de Andrew na sala. Ele arrombara a fechadura do dormitório mais uma vez. Perguntou-se o tamanho do estrago que o salto grosso do coturno faria no rosto de Andrew e gostou do resultado que surgiu em sua mente.

Colocou as roupas na gaveta de baixo da cômoda, que decidira usar em vez do cesto, e ao se virar, deu de cara com Andrew na porta do quarto. Estava encostado no batente, os braços cruzados, observando-o. Neil aproveitou a oportunidade para analisá-lo, e a primeira coisa que notou foi a impassividade em seu rosto. Andrew estava sóbrio hoje. Perguntava-se se Andrew compreendia direito as condições de sua liberdade condicional ou se simplesmente não se importava.

Não podia sair do quarto com ele ali, então se aproximou o máximo que conseguiu e esperou que o outro se movesse. Foi o que Andrew fez, mas somente para estender uma mão em sua direção. Neil ficou tenso ao sentir os dedos dele apoiados em sua nuca, mas percebeu que Andrew só queria puxar sua cabeça para baixo. Ele focou nas maçãs do rosto de Andrew para que seus olhares não se cruzassem e permitiu que o outro analisasse seus olhos.

— Mais uma vez sendo honesto sem que ninguém esperasse — comentou Andrew. — Algum motivo em particular?

— Nicky pediu com educação. Você podia tentar fazer o mesmo.

— Já falamos disso antes. Eu não peço nada. — Andrew lançou outro olhar demorado e profundo para Neil e o soltou. — Vamos.

Nicky se animou quando os dois entraram na sala, mas sua expressão de felicidade vacilou assim que olhou para Neil.

— Caramba, Neil, você tá bem gato. Posso dizer isso ou é contra as regras? É que... nossa. Aaron, não me deixa ficar bêbado demais hoje.

Andrew parou perto o suficiente de Nicky para conseguir tirar um maço de cigarros do bolso. Acendeu um, sem se importar com o fato de que havia detectores de fumaça nos dormitórios, e aproximou o isqueiro do rosto de Nicky.

— Não me obrigue a te matar — ameaçou Andrew.

Nicky ergueu as mãos em legítima defesa.

— Eu sei.

— Sabe mesmo?

— Juro que sim — disse Nicky, baixinho.

Andrew afastou o isqueiro e saiu da sala. Kevin e Aaron o seguiram. Nicky lançou um último olhar de apreciação para Neil e saiu para o corredor. Esperou enquanto Neil trancava a porta. Então, seguiram os outros até o carro, em silêncio.

Neil acabou se sentando no mesmo lugar que ficara na última vez, preso entre Aaron e Andrew no banco traseiro. Esperava ter problemas, mas os irmãos se apoiaram em suas respectivas janelas e já tinham adormecido poucos minutos após deixar o campus. Não tinha como Neil dormir na companhia deles, então ele passou a hora seguinte se perguntando tudo o que poderia dar errado naquela noite. Era uma lista bastante extensa.

Quando os faróis do carro começaram a iluminar as primeiras placas que indicavam saídas para Colúmbia, Nicky gesticulou para Neil por cima do ombro.

— Tem como você acordar o Andrew? De preferência sem encostar nele.

— O quê? — murmurou Aaron, sonolento, despertando ao ouvir a voz de Nicky.

— Não lembro qual foi a saída que decidimos que seria um atalho. Você lembra?

A resposta de Aaron foi se aproximar de Neil e empurrar o ombro de Andrew. A reação dele foi imediata e violenta. Aaron tirou a mão do caminho a tempo, mas Neil não tinha para onde fugir. A cotovelada de Andrew em seu diafragma foi forte o suficiente para fazê-lo curvar o corpo, se apoiando nos joelhos. Sem nenhuma compaixão, Aaron estalou os dedos por cima da cabeça de Neil para chamar a atenção de Andrew.

— Saída — explicou.

Andrew se apoiou nas costas curvadas de Neil para enfiar o corpo entre os bancos da frente. Esperou até que passassem pela próxima placa e disse:

— Ainda não. É a saída que tem a Waffle House.

— Estamos na Carolina do Sul — declarou Nicky. — Todas as saídas levam para a Waffle House. Ainda respirando, Neil?

— Sim — disse Neil com uma voz rouca. — Acho que sim.

Andrew se sentou de volta no lugar, soltando-o. Neil conseguiu se endireitar no banco, mas teve que pressionar a mão na camisa. Parecia que o cotovelo do outro abrira um buraco que atravessara seu corpo. Olhou para Aaron, que deu de ombros perante a acusação silenciosa, e então para Andrew. O garoto não retribuiu o olhar, distraído com as próprias mãos. Estava com as mãos erguidas na frente do rosto, mas Neil só percebeu para o que olhava quando um carro passou na direção oposta. Ao projetar a luz do farol sobre eles, Neil conseguiu ver que os dedos de Andrew tremiam.

— Nicky — disse Andrew.

Nicky olhou para trás. Não conseguia ver os tremores na escuridão, mas percebeu para onde Andrew olhava. Cruzou todas as faixas em direção à saída.

— Estamos quase chegando.

— Pare o carro.

— Estamos na alça de acesso.

— Agora.

Nicky não contestou de novo. Parou o carro no acostamento quase inexistente, com uma freada tão brusca que Neil achou que o veículo derraparia. Outro carro buzinou ao passar por eles. Andrew abriu a porta com violência, inclinou o corpo para fora o máximo que conseguiu e tentou vomitar na grama que ladeava a estrada.

Neil estava perto o bastante para sentir como o corpo inteiro de Andrew tremia devido ao esforço. Parecia que estava rasgando o esôfago em pedacinhos.

— Onde estão seus biscoitos? — indagou Nicky enquanto Andrew, ofegante, tentava respirar.

— Ele comeu hoje cedo — respondeu Kevin.

— Todos? — perguntou Nicky, horrorizado. — Meu Deus, Andrew.

— Cala a boca — disse Andrew, cuspindo algumas vezes. Tateou sem olhar para se segurar no encosto de cabeça do banco de Kevin. Conseguiu na terceira tentativa e deu um impulso para se ajeitar no banco. — Só faz a gente chegar lá.

Nicky acelerou, mas quando adentraram os arredores de Colúmbia, o trânsito noturno fez com que diminuíssem a velocidade. O primeiro destino era um restaurante chamado Sweetie's. Já era tarde demais para jantar, mas ainda assim o estacionamento estava lotado. Nicky os deixou na porta e circulou em busca de uma vaga. Quatro grupos esperavam por mesas antes deles. Andrew foi até o bufê de saladas e pegou dois pacotes de biscoitos de água e sal de uma tigela. Kevin observou enquanto Andrew acabava com os dois pacotes metodicamente. Andrew respondeu com um olhar ameaçador.

Quando Nicky se juntou a eles, Andrew já havia terminado seu lanche. Alguns minutos depois, foram, enfim, acomodados em uma mesa nos fundos, com sofás. Antes que o recepcionista saísse, Andrew colocou os pacotes vazios de biscoito no avental do homem. O recepcionista nem pestanejou frente à tamanha grosseria, mas os deixou ali com seus cardápios. A garçonete estava logo atrás dele, e Nicky devolveu os cardápios sem sequer abri-los.

— Estamos aqui por causa do sorvete — declarou Nicky.

— Sem problemas — disse ela. — Vou buscar pra vocês.

Assim que ela saiu, o sorriso de Nicky se desfez, dando lugar a um olhar preocupado para Andrew, que estava com o rosto apoiado em uma das mãos. A outra mão estava na mesa em frente a ele, e tremia com ainda mais intensidade. Um calafrio percorreu o corpo de Andrew, que respirou fundo por entre os dentes cerrados.

Kevin puxou um frasco de pílulas do bolso e colocou em cima da mesa, entre os dois.

— Toma logo.

Andrew ficou perfeitamente imóvel enquanto encarava o frasco.

— Vai se foder.

Neil enfim entendeu.

— Você está em abstinência.

Andrew o ignorou.

— Guarda essa merda antes que eu enfie na sua goela.

Kevin franziu a testa, mas obedeceu.

Não demorou muito para o sorvete chegar. A garçonete entregou as taças e colocou uma pilha de guardanapos no meio da mesa. Assim que ela saiu, Andrew espalhou os guardanapos com uma mão inquieta. Embaixo de todos eles havia uma pilha de pacotes contendo um pó amarelo pálido.

— Estamos em público — disse Aaron.

Andrew o ignorou, rasgando dois dos saquinhos e despejando o conteúdo em sua boca.

Nicky cutucou Neil.

— Experimenta o sorvete. Você vai amar.

Neil obedientemente provou um pouco da porção que lhe fora servida, sem, no entanto, deixar que Nicky ou a comida desviassem sua atenção de Andrew. Andrew pegou os pacotes restantes e os escondeu em um de seus bolsos. O movimento foi um erro, a julgar pelo olhar tenso em seu rosto. Andrew pressionou a lateral da mão na boca e engoliu com tanta força que Neil conseguiu ouvir do outro lado da mesa.

Levou mais um minuto para que Andrew relaxasse o suficiente para começar a comer. O que quer que tivesse tomado devia ter diminuído a abstinência, porque sua expressão já estava calma quando por fim terminou o sorvete. Quando a conta chegou, Andrew a empurrou na direção de Aaron, que colocou um pequeno maço de notas de vinte como pagamento. Quando saíram, Neil olhou para trás, observando primeiro as pessoas pegando pacotes de bolachas na mesa de saladas e em seguida a garçonete guardando o dinheiro que deixaram para ela.

Era uma curta distância de carro do restaurante até o verdadeiro destino da noite. Eden's Twilight era uma casa noturna de dois andares que ficava a poucos quarteirões da estrada principal. Uma fila de pessoas esperava para entrar, e as roupas que usavam faziam os trajes de Neil parecerem sem graça. A maioria dos homens vestia couro, metade das mulheres exibiam espartilhos e boa parte das pessoas de gêneros diferentes estavam trajando fivelas e correntes.

Os primos não se deixaram dissuadir pela fila nem pelo estilo das pessoas. Nicky estacionou perto da calçada para que pudessem saltar. Os dois seguranças na entrada se animaram ao vê-los chegar, e Aaron os cumprimentou com uma complicada combinação de socos e apertos de mãos que Neil não se esforçou para entender. Um dos seguranças tirou uma etiqueta laranja do bolso traseiro e a entregou para Aaron que, por sua vez, a trouxe até Nicky, que a prendeu no espelho retrovisor e foi procurar um lugar para estacionar o carro.

Andrew saudou os seguranças e se encaminhou para a entrada da boate, ignorando por completo a fila. Kevin o seguiu, e Aaron gesticulou para que Neil fosse à sua frente.

A segunda porta abria diretamente para um turbilhão. Os quatro estavam parados sob um dossel que circundava a pista de dança, com várias mesas. Escadas levavam à pista lotada. Outro lance de escadas levava ao segundo andar, que mais parecia um mezanino. O DJ tinha uma plataforma própria, posicionada entre os dois andares. Caixas de som maiores do que Neil estavam alinhadas nas paredes, fazendo-o sentir as batidas da música reverberarem em seus ossos.

Neil parou de observar para não ficar para trás e seguiu Kevin pelo salão. Demoraram um pouco até encontrarem uma mesa. Estava cheia de copos, mas não havia ninguém nos bancos e, por isso, resolveram sentar ali. Andrew retirou todos os copos enquanto Aaron procurava mais duas cadeiras. Assim que estavam instalados, Andrew agarrou Neil pela gola da camisa e o puxou em direção ao bar.

Havia três pessoas trabalhando, mas Andrew parecia interessado em apenas uma, e disposto a esperar até que o homem os atendesse. Quando este, enfim, conseguiu chegar até eles, abriu um sorriso simpático para Andrew.

— Já de volta, Andrew? Quem é a nova vítima?

— Ninguém importante — declarou Andrew. — Quero o de sempre pra todos nós.

O homem assentiu e olhou para Neil.

— E pra você?

— Eu não bebo — respondeu Neil.

— Refrigerante então — disse o homem, afastando-se para preparar o pedido. Voltou com uma bandeja cheia de bebidas. Andrew a pegou com tanta facilidade que Neil se perguntou se ele já teria trabalhado ali antes. Quando o barman deslizou o copo de refrigerante para Neil, Andrew abriu passagem através da multidão, usando a mão livre para tirar os bêbados do caminho. Nicky já havia se juntado aos outros e esperava por eles. Se afastou para que Andrew pudesse colocar a bandeja na mesa.

— Saúde! — gritou Nicky, e todos beberam.

Neil tomou o refrigerante mais rápido do que pretendia. Os outros bebiam com uma velocidade desconcertante, e Nicky dava cotoveladas nele para que os acompanhasse. Sentia-se desidratado por causa do refrigerante, e a cafeína subiu para a cabeça mais rápido do que esperava. Tinha parado de tomar refrigerante quando fez o teste para se juntar aos Dingos de Millport no ano anterior e já perdera o hábito. Quando se levantou para ajudar Andrew a pegar a segunda rodada de bebidas, cogitou mudar para água, mas antes que pudesse pedir, o barman lhe entregou um copo com refrigerante.

Os pacotes que Andrew colocara no bolso no Sweetie's reapareceram assim que voltaram para a mesa. Andrew sacudiu um deles para Neil em um convite provocador. Quando Neil se limitou a olhar para ele, Andrew sorriu e entregou o pacote para os outros. Até Kevin pegou um, o que, por algum motivo, foi decepcionante para Neil.

— Pó de biscoito — disse Nicky enquanto abria o pacote. — Já ouviu falar? Tem gostinho de açúcar e de sal e dá uma ondinha. Não quer mesmo?

— Usar drogas é ridículo.

— Ai! — disse Andrew com um sorriso frio. — Quanto preconceito.

— Não vou pedir desculpas por achar que vocês estão sendo babacas.

— E você é o fiscal da moral e dos bons costumes? — perguntou Andrew. — Tá querendo encher o meu saco porque se acha o certinho cheio de moral?

— Ter moral é coisa de quem não sabe nada da vida.

— Relaxa, relaxa — interveio Nicky enquanto distribuía shots na mesa. O barman colocara um pouco de refrigerante em um dos copos de shot para Neil, e Nicky o colocou em frente a ele. — Esse pó não faz mal pra ninguém. Só torna a noite mais interessante. Você acha que Kevin arriscaria o futuro dele por causa de uma festa?

— Que futuro? — perguntou Neil.

Kevin lançou a ele um olhar irritado, mas Nicky se intrometeu antes que pudesse falar.

— Bebe com a gente se não quer usar o pó de biscoito — propôs Nicky, segurando o pacote aberto em uma das mãos e o shot na outra. — No três, você vira.

Era inútil discutir quando o bom senso dos quatro havia ficado na porta da boate, então Neil ergueu o copo em silêncio. Nicky contou e Neil virou o conteúdo. Assim que a bebida bateu em sua garganta, percebeu que cometera um erro grave.

Refrigerantes eram doces, mas aquele shot era doce até demais, e o gosto que deixou na língua de Neil não era nada parecido com açúcar. Ele ficou em pé, mas Andrew o agarrou pelos cabelos, fazendo com que se sentasse de novo. Um movimento cruel fez com que sua cabeça fosse forçada para trás em um ângulo perigoso, e Andrew bateu a mão de Neil na mesa, prendendo-a ali. Neil ergueu a outra mão para tentar se livrar do aperto, mas Nicky agarrou-o pelo pulso.

— Só percebeu agora? — perguntou Andrew. — Você é um idiota.

— V-você... — cuspiu Neil.

— Achou que estaria a salvo porque pediu sua própria bebida? Roland sabe o que fazer quando trago pessoas novas aqui.

Neil se retorceu para tentar livrar a mão, mas Andrew puxou seus cabelos em um aviso velado. O calor dominou o pescoço de Neil e a dor o fez sibilar e ficar imóvel. Andrew se levantou e se inclinou na direção dele, apoiando seu peso enquanto analisava atentamente os olhos de Neil.

— Quase lá — disse. — Só mais um minuto e vai bater pra valer. Enquanto isso, por que não se divertir um pouco? A noite ainda é uma criança.

Neil não percebeu quando Aaron se levantou, mas o gêmeo já esperava atrás dele quando Andrew o soltou. Neil tentou alcançar Andrew para acabar com ele, mas Aaron agarrou a parte traseira da cadeira e puxou com força para que tombasse. O mundo girava em uma velocidade doentia mesmo depois de Neil atingir o chão. Quando Aaron tentou levantá-lo, Neil se esforçou para acertá-lo, mas falhou. Neil podia sentir as drogas corroendo seu sistema. O coração mais acelerado do que a batida da música, sacudindo-o de dentro para fora.

Aaron precisou da ajuda de Nicky para conseguir levantá-lo. Juntos, o levaram para longe da mesa. Neil tropeçou mais de uma vez, incapaz de sentir o chão embaixo de seus pés. Tentou se livrar do aperto, mas não conseguiu. Quando enfim chegaram nas escadas que levavam à pista de dança, Aaron o soltou sem avisar. Neil desceu as escadas aos tropeços, contando apenas com Nicky para amortecer a queda. Nicky o abraçou pela cintura e o arrastou para o meio da multidão que dançava.

Silhuetas e luzes se mexiam à sua volta, completamente fora de foco, fazendo com que ele se sentisse enjoado. Arranhou Nicky com tanta força na tentativa de se libertar que o fez sangrar. Nicky não o soltou até que chegassem no meio da pista. Puxou Neil contra seu corpo e apoiou os dedos em seu queixo para forçar sua cabeça para trás.

O beijo de Nicky era mais agressivo do que Neil esperava, e havia mais do que só língua. Para além da queimação da vodca, Nicky também compartilhou com ele o doce sabor do pó de biscoito. Neil não queria engolir, mas a queimação era tão intensa que não teve outra opção.

— É assim que é o jogo — declarou Nicky com a boca encostada na dele. — Pare de resistir se quiser sobreviver.

— Vai se foder. — rosnou Neil.

— Boa sorte, Neil.

Nicky o soltou e desapareceu entre a multidão que dançava, rápido demais para que Neil pudesse segui-lo. Sem ter onde se apoiar, ele caiu. Não conseguia sentir as pernas. Tentou se levantar com dificuldade, e só o conseguiu porque alguns desconhecidos o ajudaram quando estava agachado. Neil aproveitou o impulso para se afastar, mas não sabia para que lado deveria ir. Não conseguia enxergar a saída através do mar de gente, sobretudo com as luzes que piscavam com tanta intensidade à sua volta.

Sentiu a mão de alguém em suas costas, empurrando-o. O empurrão fez com que passasse pela multidão, dando de cara com a parede dos fundos. Andrew apoiou o ombro na parede escura, mantendo-se fora do alcance dele. Neil queria rasgar a garganta dele, mas precisava de todas as suas forças apenas para conseguir se manter em pé. Se contentou em canalizar o ódio que sentia em um olhar furioso.

— Quanta ingratidão — ironizou Andrew. — Essas bebidas custaram muito caro.

— Eu odeio você.

— Pegue uma senha e se junte à fila com o resto da equipe. Não vou perder o sono por conta disso.

— Não durma. Eu vou te matar.

— Será que vai? — perguntou Andrew. — Vai fazer sozinho ou pagar pra que alguém faça o trabalho sujo? Com certeza você tem bastante dinheiro pra contratar um assassino de aluguel de verdade. É de se questionar o que um zé-ninguém que nem você tá fazendo com tanta grana.

— Encontrei na calçada.

— É mesmo — provocou Andrew com a voz arrastada. — É por isso que você não gasta, ou por que prefere andar por aí parecendo um mendigo? O time está dividido, sabe? A maioria acha que você é um pobretão que nem a Dan. Renee é mais esperta que isso. Eu também. Acho que você é um pouco parecido com a gente. — Andrew se inclinou na direção dele, dizendo cada sílaba pausadamente. — Fugitivo.

Se estivesse sóbrio, Neil reagiria melhor ao ouvir aquela palavra. Mas com o pó de biscoito em seu organismo e a música alta deixando sua pele arrepiada, não conseguiu esconder o estremecimento.

— Cuida da sua vida.

— Hoje é a Noite de Cuidar da Vida do Neil — disse Andrew. — Você não percebeu? Me conta um pouco da verdade ou não vou deixar você ficar.

— O time não é seu. Não é você quem decide.

— Não me incite a provar que você está errado. E se eu chamar a polícia e pedir pra checarem sua identidade? Será que vão achar alguma coisa interessante?

— Essa ameaça é papo-furado — desafiou Neil. — A polícia jamais faria um favor pra alguém que nem você.

— Conheço um policial que faria — rebateu Andrew. — Se eu ligar pra ele hoje e disser que você é um cara problemático, ele vai fazer disso uma prioridade. Você apagou todos seus rastros?

— Cala a boca — disse Neil. — Por que não me deixa em paz?

— Porque eu não confio no jeito que você olha pra ele — afirmou Andrew. — Edgar Allan tá no nosso distrito e você na minha equipe. Você, um merdinha do Arizona que conseguiu chamar a atenção do Kevin. Você, que só sabe mentir, tem uma mochila cheia de dinheiro e morre de tesão pelo Kevin e Riko. Deu pra entender?

Neil entendia, mas estava tão perplexo quanto furioso.

— Não sou um espião. Tá falando sério?

— Então prove — disse Andrew. — Tira um tempinho para pensar a respeito. Pense no quanto você quer testar minha paciência agora. Já volto.

Andrew afastou-se da parede e desapareceu na multidão. Neil o observou enquanto se afastava, então se apoiou na parede e foi se agachando. Não sabia qual era o caminho até a saída, mas se ao menos pudesse encontrar a escada para sair da pista de dança, então poderia descobrir o resto. Sua sobrevivência dependia de sair daquela boate enquanto ainda era capaz de raciocinar.

Finalmente conseguiu ver as escadas atrás das silhuetas. Se mexeu naquela direção, mas Nicky, que descia as escadas, o parou. Agarrou-o pelos ombros e o empurrou de volta para o meio da multidão, ignorando o quanto Neil se debatia para tentar se libertar. O beijo agora tinha um gosto ainda pior, e Neil sentiu o corpo todo ficar dormente.

O resto da noite não passou de uma explosão de cores e luzes.

CAPÍTULO OITO

Ao acordar, Neil estava em uma cama que não reconhecia em um quarto também desconhecido. A sensação de desorientação era bastante familiar após ter se mudado tantas vezes e, por isso, não entrou em pânico de imediato. Seu corpo estava acostumado com o peso de ser abraçado ao dormir, mas era confuso de algum modo. Havia algo de errado, e sua mente nada lúcida não estava pronta para digerir. Piscou forte, a dor de cabeça triturando seu crânio. Sentia-se exausto, mas por mais que se esforçasse, não conseguia entender o porquê.

Tentou se mover, mas a dor na coluna era tão forte que voltou a ficar inerte na cama. Em resposta ao seu movimento, sentiu que o apertavam com mais força.

— Mãe? — disse, a palavra soando arrastada e quase ininteligível.

A pessoa que o segurava entendeu ainda assim, a julgar pelo tom de diversão em sua resposta:

— Não exatamente.

Neil conhecia aquela voz. Os acontecimentos da noite anterior voltaram à sua mente de repente, luzes estroboscópicas e música e corpos e Andrew falando em seu ouvido. Sentou depressa na cama, mas não conseguiu se mover mais. A dor era tão lancinante que logo se afundou no colchão de novo. Nicky o agarrou pelo cabelo e empurrou sua cabeça para um dos lados da cama. Havia uma lata de lixo ali, o que Neil notou vagamente antes de começar a vomitar. Nicky murmurou palavras reconfortantes que Neil não conseguia de fato ouvir.

Assim que voltou a respirar, virou-se e empurrou Nicky o mais forte que conseguiu. Estava nauseado e fraco demais para empurrá-lo até o outro lado da cama, mas os coturnos que ainda estavam em seus pés deixariam marcas nos braços e no peito de Nicky.

— Ei, ei — disse Nicky, tentando desviar dele. — Tá tudo bem. Ai! Se acalma, pode ser?

— Não toca em mim, caralho — alertou Neil, furioso.

Nicky se afastou dele, preferindo sentar-se ao pé da cama. Neil se levantou com dificuldade, usando a cabeceira e a mesinha ao lado como suporte. O esforço para se levantar era tão grande que, quando por fim conseguiu, precisou parar por alguns instantes para recuperar o fôlego.

— Ele tá acordado? — perguntou alguém próximo à porta.

Neil agarrou o despertador e o arremessou no recém-chegado, que conseguiu desviar bem na hora. O aparelho se espatifou no batente na porta. Aaron esperou até que caísse no chão antes de voltar a entrar no quarto. Neil fez menção de procurar por outra arma, mas mover-se com tanta rapidez fez seu estômago se revirar. Agarrou a lata de lixo mais uma vez e se engasgou tanto que quase perdeu o equilíbrio.

— Cadê o Andrew? — perguntou Nicky, levantando-se da cama e parando do lado de Neil.

— Ele e Kevin foram comprar um brunch pra gente.

— Acho que o Neil não vai conseguir comer nada.

— Ele pode ver a gente comer.

Nicky colocou a mão com cuidado no ombro de Neil.

— Vamos. Vou pegar um pouco de água pra você.

Neil se afastou, mas suas pernas se recusavam a sustentar o peso do corpo. Tentou se levantar sozinho duas vezes, sem sucesso. Nicky, que o observava, se aproximou e colocou um braço ao redor de seu corpo para que se equilibrasse.

— Relaxa. Só vou te ajudar a ir até a cozinha, tá? Sem gracinhas, juro.

— Como se eu fosse confiar em você.

— Como se você tivesse escolha — comentou Aaron, saindo do quarto antes deles.

Nicky ajudou Neil a caminhar pelo corredor até a cozinha, sentando-o à mesa com um copo de água. Apesar da queimação em sua garganta, Neil se recusou a beber. Se limitou a encarar Nicky com raiva. Este, por sua vez, olhou para Aaron em busca de ajuda. Aaron retribuía o olhar, a xícara de café em mãos, sem se importar e sem ajudar. Nicky suspirou e se virou para Neil outra vez.

— Posso dar uma olhadinha na sua cabeça, ou vai me morder se eu tocar em você?

— O que eu falei ontem à noite? — perguntou Neil.

— Nada pra mim, a não ser por uma ameaça de morte extremamente criativa. — A boca de Nicky ameaçou formar um sorriso, mas ele se conteve, consciente de que Neil talvez tentasse socá-lo se o fizesse. — Não sei dizer como foi sua conversa com Andrew, mas não acabou bem. Ouvi dizer que você pagou cem pratas pra um ajudante de garçom te apagar. Que jeito bizarro de acabar com a nossa noite.

Neil não se lembrava disso, e sentiu um frio na espinha ao perceber seus lapsos de memória.

— Beba isso — sugeriu Nicky. — Você precisa beber toda a água do mundo hoje. Pó de biscoito te desidrata que é uma beleza.

A resposta de Neil foi derramar a água no chão.

— Quanta maturidade — disse Aaron.

Neil jogou o copo nele. Aaron o rebateu e o copo se estilhaçou no chão.

Nicky suspirou.

— Depois não diga que não avisei. Pode ir tomar banho primeiro, tá? Andrew já vai ter chegado quando você terminar, e então você pode perguntar sobre ontem à noite.

Nicky o guiou até o banheiro. Começou a dizer alguma coisa, mas Neil bateu a porta na cara dele, trancando-a. Aproveitou a privacidade para extravasar, dando-se trinta segundos inteiros para ter um silencioso acesso de raiva por ter sido tão burro na noite anterior. Então, se recompôs e enterrou a raiva lá no fundo. Ficar desse jeito não faria nenhum bem, e não apagaria o que quer que possa — ou não — ter acontecido.

Neil analisou atentamente a cabeça no espelho e encontrou um galo de tamanho considerável perto da orelha esquerda. O apalpou com dedos cuidadosos, então bebeu água da pia com as mãos. Quando o zumbido em sua cabeça diminuiu um pouco e a garganta já não queimava com tanta intensidade, explorou o banheiro. Roupas novas estavam empilhadas na tampa da privada. Havia muitos produtos à disposição no chuveiro, e uma toalha nova estava pendurada em um gancho atrás da porta. Entre o espelho e o chuveiro havia uma janela de vidro fosco para bloquear o mundo lá fora.

Naquele instante, tudo que mais importava era a janela. Nicky queria que ele esperasse por Andrew, mas Neil não conseguiria ficar por tanto tempo. Não iria, de forma alguma, entrar no carro com eles para a longa viagem de volta até Palmetto. Teria todas as respostas e explicações que queria, mas não as obteria em um território desconhecido, onde todos estavam contra ele.

Tinha um par extra de lentes de contatos em sua carteira, no lugar reservado para guardar moedas. Neil abriu a embalagem e colocou as lentes, então trocou de roupa, deixando de lado as que usara na boate e vestindo o jeans e camiseta. A roupa caía quase perfeitamente em seu corpo. Ficou ainda mais irritado ao se lembrar da maneira como eles haviam descoberto o tamanho que usava. Neil enfiou as roupas da noite anterior na privada, afundando-as o máximo que conseguiu na água, e fechou a tampa. Abriu a cortina do chuveiro e ligou a água o mais forte possível, fechando novamente a cortina. O som da água era quase alto o suficiente para abafar o som das janelas que Neil abria. Precisou se espremer bastante para sair, já que a janela não era grande o bastante para que seu corpo passasse de uma vez só, mas o desespero era um precioso lubrificante.

Ainda sentia enjoo por causa das drogas, o que o impedia de se mover tão rápido quanto gostaria, mas já viajara em condições ainda piores e se recusava a desistir. Atravessou o saguão sem saber ao certo para onde ia, vasculhando a carteira para contar com quanto dinheiro restava. Tinha o costume de carregar algumas centenas de dólares aonde ia, tendo em vista o pior dos cenários possíveis: não ter sua pasta por perto. Tinha mais do que o suficiente para voltar para a universidade.

Seguiu por ruas cada vez mais longas até chegar à estrada principal. Só precisou percorrer alguns poucos quarteirões até encontrar um táxi, que o levou ao posto de gasolina mais próximo. Bem no canto do estacionamento havia um orelhão caindo aos pedaços. Neil colocou duas moedas e tentou se lembrar do número de Matt, discando-o. Matt atendeu após alguns toques, murmurando de forma incoerente.

Neil checou as horas. Eram quase dez da manhã.

— Matt, é o Neil. Acordei você?

— Não, eu tô acordado já — respondeu Matt, mas Neil percebeu que bocejava. — Por onde você andou? Não te ouvi voltar ontem à noite.

— Estou em Colúmbia com o Andrew.

— Você... como é que é? — Matt passou de ainda adormecido a completamente desperto em um instante. A preocupação em sua voz fez Neil se sentir ainda pior. — Meu Deus, Neil, por que você fez isso? Ele te...? — Matt desistiu da pergunta e fez outra em seu lugar: — Você tá bem?

— Tô bem — mentiu Neil.

Achou que tinha sido convincente, mas Matt podia nem estar ouvido de verdade, porque disse:

— Vou acabar com ele, caralho. — Uma garota dizia algo ao fundo, a voz abafada demais para que Neil conseguisse entender. Matt deve ter afastado o celular da orelha para responder, porque sua voz estava mais baixa quando disse: — Ele está em Colúmbia.

— Meu Deus. — A voz de Dan, alta e furiosa.

Matt estava de volta na linha em um instante.

— Sério, está tudo bem mesmo?

— Tô bem — repetiu Neil. — Mas preciso de um favor. Acho que Andrew vai tentar mexer nas minhas coisas hoje para procurar por algo. Se eu não estiver aí, tem como você impedir que ele entre no quarto? Fico te devendo essa.

— Você não me deve nada — assegurou Matt. — Eu disse que podia contar comigo, não disse?

— Obrigado — disse Neil. — Vamos voltar em breve, acho.

— Se cuida, viu? — recomendou Matt. — Nos vemos daqui a algumas horas.

Neil desligou e entrou na loja de conveniências. Comprou garrafas de água e um mapa, repassando mentalmente a conversa diversas vezes enquanto perambulava pelos corredores. A reação de Matt ao saber o paradeiro de Neil dizia muita coisa. Matt já passara por isso; sabia o tipo de coisa que Andrew fazia em Colúmbia. Era a isso que Matt se referia quando disse que Andrew o colocara em seu lugar no ano anterior. Era por isso que Andrew e Abby haviam discutido no dia em que Neil chegara. Ao que parece, coube à psiquiatra da equipe a função de cuidar de Matt após Andrew ter feito o que queria com ele. Das duas, uma: ou Andrew tinha prestado atenção no aviso de Abby e decidido pegar mais leve com Neil, ou Neil conseguira evitar o pior ao arranjar alguém que o apagasse.

Por último, Neil pegou um bloco de notas e uma caneta e pagou pelas compras. O caixa emprestou uma lista telefônica para que ele pudesse procurar o número de uma companhia de táxi. O carro chegou cinco minutos depois e levou Neil à estação de caminhões mais próxima, na Interestadual-20.

Uma dúzia de caminhões de semirreboque estava parada no enorme estacionamento, a maioria deles reunidos ao redor das bombas de combustível. Sentindo-se relativamente seguro, Neil sentou-se na calçada para abrir o mapa. Encontrou três formas diferentes de percorrer as estradas principais e chegar até a região noroeste do estado; então, guardou o mapa em um lugar seguro. Engoliu em seco para abafar o enjoo que sentia e, sorrindo, se aproximou do caminhoneiro mais próximo.

— Bom dia. Sou estudante de sociologia e estou trabalhando no meu projeto de verão. Posso perguntar em que direção você vai?

Precisou de quatro tentativas até que Neil encontrasse um motorista que estivesse indo para o norte. O caminhão iria pela estrada 77, que não era a primeira escolha de Neil, mas ao menos cruzaria com a I-85 perto de Charlotte, na Carolina do Norte. Era nessa rodovia interestadual que Neil precisava chegar se quisesse voltar para Palmetto. Encontrar carona era só metade da questão. A outra era convencer o motorista a levar um estranho junto.

Ele abriu seu sorriso mais educado ao motorista.

— Você se importaria em me dar uma carona até Charlotte? Posso pagar cinquenta dólares pela viagem e por responder algumas perguntas sobre como é fazer esse tipo de trabalho.

— Não gosto de dar caronas — declarou o motorista.

Neil aceitou a resposta sem discutir e seguiu em frente. Nenhum dos outros cinco motoristas iam na direção que ele precisava, então esperou em um canto enquanto os doze caminhões eram pouco a pouco substituídos por outros. Quando só havia novos caminhoneiros ali, tentou de novo. Desta vez, teve sorte na terceira tentativa. Não apenas a mulher se dispunha a levá-lo, mas iria para o noroeste pela I-26. Era o caminho mais rápido até a 85. Neil só precisou esperar que enchesse o tanque e, então, partiriam.

Neil já tinha viajado desse jeito antes, do Novo México até Phoenix. Foi fácil relembrar a entrevista que inventara na época. Anotava tudo o que a motorista dizia, tomando o cuidado de desempenhar o papel de um estudante interessado, e a viagem foi tranquila. Ela o deixou em uma estação de serviço próxima à Spartanburg e se afastou, buzinando em despedida.

Foi mais fácil pegar uma carona ali. Neil fez a mesma entrevista novamente. O motorista tinha algumas perguntas para ele também, e Neil inventava as respostas conforme dava na telha. Foi trabalhoso convencer o motorista de que não havia problemas em deixá-lo na rodovia, mas Neil conseguiu o que queria. O caminhão parou no acostamento meio quilômetro antes da saída que Neil precisava pegar. Neil o pagou e desceu do caminhão, pisando na grama.

Já passava do meio-dia. O mal-estar havia passado, mas a cabeça ainda doía. Neil foi andando até o posto de gasolina mais próximo. Comprou algumas garrafas de água, sentou-se do lado de fora, na calçada, e bebeu todas, entrando em seguida para comprar mais algumas. Enquanto esperava a palpitação diminuir, estudava o mapa. Estava a cerca de dezoito quilômetros do campus. A estrada era curta o suficiente para que, provavelmente, não conseguisse uma carona, mas Neil não tinha problema em percorrê-la a pé. Seria mais rápido se corresse, mas não se sentia bem o suficiente para isso.

Sem caminhoneiros para distraí-lo, Neil podia usar a caminhada para pensar. A única lembrança nítida que tinha da noite anterior era a acusação de Andrew. Não sabia o que mais Andrew havia perguntado ou o que dissera em resposta. Esperava ter sido esperto o suficiente para mentir descaradamente mesmo sob o efeito das drogas.

Mas tinha certeza de uma coisa. Não poderia se arriscar a ter outra noite como aquela. Se Andrew realmente pensava que Neil era uma ameaça a Kevin, o que estaria disposto a fazer para provar seu ponto? Neil não queria pagar para ver, mas evitar significaria se comprometer. Precisava contar alguma coisa para Andrew. Contar a verdade estava fora de cogitação, mas Andrew não teria dificuldade em detectar uma mentira. Neil precisava de uma meia-verdade que pudesse explicar tudo: o dinheiro, sua aparência e sua obsessão com Kevin.

Passou as três horas de caminhada tentando aperfeiçoar sua história. Ficava apavorado só de pensar em todos os detalhes que contaria, mas se conseguisse fazer Andrew guardar segredo, então Kevin não poderia usá-los para identificá-lo.

Neil ainda não se sentia pronto para encarar Andrew e tampouco lidar com a curiosidade dos colegas de equipe por sua longa ausência e, por isso, decidiu ir para o apartamento de Wymack. Eram 16h30 quando chegou. Wymack o fizera ficar com a chave reserva, mas Neil bateu na porta de todo jeito. Wymack abriu-a como se quisesse arrancá-la de suas dobradiças, mas sua expressão passou de fúria para surpresa quando viu Neil.

— Onde caralhos você estava? — Wymack exigiu, analisando Neil de cima a baixo. — Andrew voltou de Colúmbia faz horas. Matt me ligou pra dizer que você não estava com eles.

— Vim por um caminho diferente.

— Ah é? — Wymack gesticulou para as roupas ensopadas e a pele suada. — O que você fez, correu até aqui?

— Andei — respondeu Neil, e Wymack o encarou. Neil percebeu tarde demais que Wymack estivera sendo sarcástico. Não podia retirar o que dissera, então traçou o caminho que fizera no ar com um dedo. — Peguei carona até Spartanburg, depois o Northlake, e depois vim andando até aqui. Sei que parece meio do nada, mas posso ficar aqui um tempinho?

Wymack o agarrou pelo cotovelo e o puxou para dentro. Diminuiu a velocidade só para poder bater a porta após Neil entrar.

— Você é burro ou só é maluco? Faz ideia do que poderia ter acontecido de lá até aqui? No que estava pensando?

— Estava pensando que não ia voltar de carona com eles — afirmou Neil.

— Você devia ter me ligado — disse Wymack. — Pra mim, Abby ou qualquer um dos veteranos. Tudo o que precisava dizer era que não queria ficar com Andrew. Qualquer um de nós teria ido buscar você.

Neil se limitou a olhar para ele, surpreso demais para responder. Wymack ergueu a mão livre no ar em um gesto de descontentamento profundo e arrastou Neil pelo corredor até a cozinha.

— Descansa aí e bebe um pouco de água — disse, soltando-o.

Neil obedeceu, mas viu quando Wymack saiu furioso da cozinha. Andava de um lado para o outro pelo corredor, os passos pesados e irritados. Quando o fez pela segunda vez, estava com o celular na orelha.

Já estava fora de vista quando alguém atendeu do outro lado, mas Neil ouviu sua voz impetuosa em alto e bom som.

— Você tem cinco segundos pra chegar no meu apartamento, seu psicopata imbecil de merda! Ouse dizer que não, e eu juro por Deus que vou jogar o contrato do Kevin na lata de lixo.

Wymack não deve ter ficado na ligação o suficiente para uma resposta, porque já não estava ao celular quando voltou para a cozinha alguns segundos depois. Trazia uma toalha e algumas roupas, e jogou tudo para Neil.

— Você tá ensopado de suor. Some da minha frente e vai se limpar antes que eu torça seu pescoço.

Neil percorreu o corredor até o banheiro e se trancou lá. Manteve a água morna enquanto lavava o calor e suor do dia. As roupas que Wymack lhe emprestara ficavam ridiculamente grandes nele, mas ao menos cobriam suas cicatrizes. Neil embrulhou as roupas sujas na toalha molhada e saiu do banheiro com elas. Era a primeira vez no dia que se sentia tranquilo, mas a sensação foi embora assim que ouviu a voz encolerizada de Wymack. Devagar, foi do corredor até a sala de estar.

Andrew estava parado no meio da sala, em silêncio, enquanto Wymack o repreendia severamente. A julgar pela expressão de impaciência, Andrew ainda estava sóbrio. Também estava virado para a porta, avistando Neil primeiro.

— Curtiu a caminhada? — perguntou, interrompendo o discurso exaltado de Wymack.

Neil respondeu a seu olhar frio com um intenso:

— Vai se foder.

Wymack estalou os dedos na frente do rosto de Andrew, tentando fazê-lo olhar para ele e não para Neil.

— Não sei qual é o problema entre vocês dois, mas acaba aqui e agora. Abby e eu já falamos que não íamos tolerar que fizesse igual ao ano passado de novo, Andrew.

— Não foi igual. — O tom de Andrew demonstrava que já discutira esse ponto repetidas vezes. — Só demos pó de biscoito pra ele. Acha que ele teria conseguido voltar sozinho se tivesse sido mais do que isso?

— Não vem com essa de "só". Que porra você estava pensando?

— No que você estava pensando, trazendo ele pra cá? — rebateu Andrew.

Neil decidiu intervir antes que Andrew compartilhasse algumas de suas teorias.

— Treinador, preciso falar com o Andrew rapidinho. Podemos usar seu escritório?

— Não — disse Wymack. — Não confio que vocês dois não vão se matar lá dentro, então vão ficar bem aqui até que isso seja resolvido.

Isso só o deixava com uma opção, mas Neil odiava perder a carta que tinha na manga tão cedo. Com a esperança de que Wymack não falasse alemão, mudou de língua para atacar Andrew.

— Qual é a porra do seu problema? Como você pode ameaçar Nicky por dar em cima de mim, mas achar tranquilo me drogar até eu ficar inconsciente contra minha vontade? Por que você não me deixa em paz?

Isso fez a irritação sumir do rosto de Andrew. Levou muito tempo até que respondesse, também em alemão.

— Que inesperado. Ninguém te avisou que odeio surpresas?

— E quem disse que eu me importo?

— Quantas línguas você fala, fugitivo?

Neil ignorou aquilo.

— Me diga por que você fez aquilo.

— Eu já disse — retrucou Andrew. — Ainda estou esperando pela sua resposta.

— Eu já respondi. Já disse que não sou um espião. Você é louco se acha que sou.

— Então me prove que não é.

— Me dê um motivo.

— Além do óbvio? — disse Andrew. — Se você não me der uma resposta, vou procurar até achar. Que tal começar pelos seus pais?

— Boa sorte — disse Neil, sentindo frio por todo o corpo. — Os dois morreram.

— Foi você quem matou?

A pergunta foi tão casual, como se estivesse perguntando sobre as horas, que Neil se limitou a encará-lo por um minuto. Era uma conclusão tão descabida que mal entendia o que o levara a perguntar isso. Então se lembrou com quem falava e perguntou:

— Você matou os seus?

Andrew mexeu os dedos em desdém.

— Eu não tenho pais.

Era uma meia-verdade. Os gêmeos não sabiam quem era seu pai, e somente Aaron crescera com a mãe biológica. Andrew fora entregue para adoção alguns dias após nascer. Passara treze anos no orfanato e três no centro de detenção de menores. A mãe só permitiu que fosse morar com ela após receber a liberdade condicional. Cinco meses depois, ela morreu em um acidente de carro. Neil duvidava que Andrew tivesse comparecido ao funeral.

— Não matei meus pais. — Foi tudo que Neil conseguiu dizer. O medo contraía seus pulmões, tornando impossível a tarefa de respirar. Neil confiava na história que criara em sua caminhada, mas não queria contá-la em voz alta. As palavras saíram aos poucos, entrecortadas, e esperava que sua relutância tornasse a mentira mais realista. — Foi a família de Riko quem matou.

Isso chamou a atenção de Andrew. Neil engoliu em seco, tentando afrouxar o aperto que sentia na garganta, e se forçou a dar uma explicação.

— Meu pai era um aviãozinho de um grupo que fazia negócios com os Moriyama. Não tinha grande importância no panorama geral, mas sabia muitos nomes e como o esquema funcionava. Ele fez alguns negócios em Edgar Allan, e foi assim que conheci Kevin e Riko. Naquela época, eu não sabia quem eles eram. Só fiquei empolgado por conhecer crianças da minha idade. Pensei que seríamos amigos.

"Então meu pai começou a se achar demais e fazer coisas idiotas, fraudar uns pagamentos. Pegou dinheiro dos Moriyama que era destinado ao chefe dele. E é óbvio que descobriram. Os Moriyama mataram meu pai e minha mãe antes que o chefe dele o pegasse. Eu peguei o dinheiro que ele roubou e fugi. E tenho fugido desde então."

Andrew não estava mais sorrindo, mas Neil sim. Soube que estava ao sentir seus lábios se curvarem, e sabia que tinha uma expressão doentia e monstruosa. Enfiou as unhas na boca, tentando se livrar do sorriso, mas ele parecia congelado no lugar.

— Foi pura sorte Kevin não ter me reconhecido — declarou Neil. — Não sei nem se ele se lembra da gente ter se encontrado, mas eu me lembro dele. Quando olho pra ele, me lembro dos meus pais. Ele é tudo que tenho da minha vida real. Mas se Kevin ou Riko me reconhecerem e a notícia chegar até o pai do meu chefe, sei o que vai acontecer comigo.

Andrew ficou em silêncio por tanto tempo que Neil chegou a pensar que estragara tudo, mas, por fim, ele se mexeu. Wymack se agitou, pronto para interferir se as coisas se tornassem violentas, mas Andrew ficou parado na frente de Neil.

— Então por que você veio pra cá? — perguntou Andrew.

— Porque estou cansado — disse Neil, tentando parecer derrotado. Não era preciso se esforçar muito. — Não tenho pra onde ir, e tenho inveja demais do Kevin pra ficar longe dele. Ele sabe como é odiar cada dia da própria vida, acordar todos os dias com medo, mas pode contar com você ao lado dele, dizendo que tudo vai ficar bem. Ele tem tudo, mesmo após perder tudo, e eu... — Neil não queria dizer, mas a palavra pairava no ar, debilitada e patética entre eles — não sou nada. E eu para sempre terei e serei nada.

Andrew estendeu a mão e forçou Neil a tirar os dedos da boca. Tirou a mão de Neil do caminho e o observou, sem nada entre eles. Neil não compreendia a expressão em seu rosto. Não havia censura aos pais desonestos de Neil ou pena por estarem mortos, nenhum triunfo por ter obrigado Neil a admitir tantas coisas, e nenhum ceticismo óbvio após ouvir uma história tão excêntrica. O que quer que fosse aquele olhar, era obscuro e intenso o suficiente para engoli-lo por completo.

— Me deixe ficar — disse Neil, baixinho. — Não estou pronto para abrir mão disso ainda.

A expressão estranha sumiu do rosto de Andrew, dando lugar à frieza e indiferença. Ele soltou a mão de Neil.

— Fique, se conseguir. Nós dois sabemos que não vai ser por muito tempo.

Neil sentiu o estômago se revirar. Desde que aprendera a falar, aprendera a mentir. Metade do que disse a Andrew era verdade, a coisa mais honesta que já contou sobre sua vida, e Andrew aceitou sem pestanejar. Neil não sabia o que sentir em relação a isso. Deveria ficar aliviado, porque podia significar que Andrew não faria mais perguntas, mas era mais profundo do que isso. Perguntou-se por alguns instantes se Andrew conseguiria aceitar toda a verdade com tanta calma, mas era perigoso e estúpido sequer pensar nisso.

— Vou embora antes do jogo contra Edgar Allan — disse Neil. — Minha aparência mudou bastante de lá pra cá, mas não posso arriscar ser reconhecido pela família de Riko.

— Um instinto de sobrevivência inesperado para alguém que não tem por que continuar vivo. Talvez peça pra você me explicar isso na nossa próxima conversinha sincera.

— Melhor não conversarmos assim nunca mais.

— Melhor mesmo — concordou Andrew.

Neil hesitou, então perguntou:

— Você vai contar para o Kevin?

— Não me faça perguntas idiotas.

O alívio foi tanto que ele quase perdeu as forças. Neil inspirou lenta e ruidosamente e fechou os olhos. Conforme a raiva e o medo que sentira durante o dia diminuíam, sobraram a exaustão e o vazio. Por mais horrível que tenha sido a noitada em Colúmbia, e apesar de não querer admitir em voz alta, sentiu um enorme peso sendo tirado do peito por resolver as coisas com Andrew, ao menos em partes. Tinha convencido ele a se afastar e deixá-lo em paz. A Toca das Raposas era dele até a partida contra os Corvos. Não era de fato liberdade ou segurança, mas um espaço para que, enfim, pudesse respirar. Era o suficiente.

— Estamos indo — disse Andrew em inglês.

Neil abriu os olhos.

— Para onde vamos?

— Voltar para o dormitório — declarou Andrew. — Seus colegas de time estão enchendo nosso saco desde que voltamos, exigindo que a gente volte pra Colúmbia e vasculhe todas as ruas atrás de você.

— Ele pode ficar aqui se quiser — retrucou Wymack. — Posso ligar pra Dan e avisar que ele está seguro.

Andrew não olhou para Wymack.

— Neil quer vir comigo.

Um dia atrás, aquelas palavras poderiam soar como uma ordem ou ameaça, mas hoje Neil só ouvia a verdade. Ele escolhera as Raposas. Escolhera confiar em Andrew, o que quer que isso significasse e independente das consequências que se seguiriam. Não tinha mais motivos para se esconder atrás de Wymack.

— Obrigado pelo banho — disse Neil a Wymack. — Vou lavar suas roupas e trago de volta na segunda.

Wymack olhou de um para o outro, obviamente se perguntando se de fato haviam resolvido as coisas com tanta facilidade, e falou:

— Sem pressa.

— Então bora — disse Andrew, e guiou Neil para fora.

Wymack deve ter ligado para avisar, porque quando chegaram ao dormitório, todas as Raposas estavam no corredor, esperando por eles. Kevin, Aaron e Nicky estavam encostados na parede perto da porta do quarto deles. Os veteranos estavam agrupados no meio do corredor, do lado de fora do quarto de Dan. Neil queria ignorar as perguntas e se esconder em seu quarto, mas assim que se aproximou, Dan o agarrou pelos ombros e o apalpou à procura de ferimentos.

— Você tá bem? — perguntou Dan.

— Tô bem — afirmou Neil.

— Andrew? — indagou Kevin.

Andrew parou em frente à porta por tempo suficiente para analisar Kevin.

— Eu lavo minhas mãos. Ele é problema seu agora.

E desapareceu em seu quarto. Aaron e Nicky trocaram olhares antes de segui-lo. Kevin foi o último a entrar, não sem antes lançar um olhar penetrante para Neil. Ele os observou enquanto fechavam a porta, então se virou para os demais colegas de time. Dan ainda parecia brava e Matt, pronto para uma briga. Seth e Allison já estavam a caminho do quarto de Neil, parecendo entediados com o final pacífico. O olhar de Renee era inquiridor. Neil não conseguia encará-la por muito tempo.

— O treinador falou que você voltou de carona até aqui — comentou Dan. — Eu gritaria com você por ser burro, mas o treinador disse que já fez isso.

— Aprendi minha lição — afirmou Neil. — Da próxima vez, ligo pra pedir carona.

— Não vai ter uma próxima vez. — Dan suspirou pesado e esfregou o rosto. — Vamos.

Todos entraram na suíte de Neil. Havia seis pilhas de cartas viradas para baixo na sala, resquícios de um jogo interrompido, rodeadas por latas de cerveja amassadas. Allison e Seth esquadrinhavam a geladeira quando Neil passou. Renee ficou na sala pegando as cartas, mas Dan e Matt seguiram Neil até o quarto. Pararam na porta e o observaram pegar o cofre. Ele passou os dedos pelas beiradas e deu uma puxada no cadeado. Não parecia ter sido violado, mas não poderia verificar seu conteúdo com uma plateia assistindo.

— Você tinha razão — reconheceu Matt. — Andrew tentou entrar.

— Nós o impedimos — declarou Dan. — Não conseguiu nem passar da porta da frente.

— Obrigado — disse Neil.

— Agradeça a Renee — explicou Dan. — Ela não costuma tomar partido.

— Mas fica tão mais fácil quando decide fazer isso — resumiu Matt.

— Andrew parece gostar dela — ponderou Neil.

— Eles se entendem — disse Matt, sem explicar. — Estamos no meio de um jogo. Você devia entrar nele também. Acho que vai ajudar a se distrair. Passar tempo demais com o grupo do Andrew irrita qualquer um.

— Acho que vou dormir mais cedo — declarou Neil. — Foi um dia longo.

— Vamos levar nossas coisas para o meu quarto — disse Dan, fechando a porta assim que saíram.

Neil esperou até que suas vozes sumissem antes de destrancar o cofre. Estava tudo em seu devido lugar. Percebeu que suas mãos tremiam conforme o guardava de volta. Ergueu os dedos trêmulos para vê-los melhor, perguntando-se sobre a vibração igualmente fraca que sentia em seu peito.

A esperança era perigosa e angustiante, mas pensou que talvez gostasse da sensação.

CAPÍTULO NOVE

Neil só voltou a ver o grupo de Andrew no treino da segunda-feira. Estava satisfeito em manter distância, e eles pareciam finalmente ter perdido o interesse por ele. Suas interações em quadra eram breves e corteses. Até Kevin parecia ter esquecido suas falas de sempre. Os comentários mordazes desapareceram, substituídos por um olhar firme e resoluto que, de alguma forma, fazia Neil se sentir ainda mais insignificante do que antes. Neil se recusava a sentir falta da condescendência anterior, mas estar sob o constante escrutínio de Kevin o deixava nervoso.

Ainda tentava entender isso quando foi se deitar naquela noite, mas não teve muito tempo para refletir. Alguém estava esmurrando a porta da suíte, o punho pesado demais para ser de uma das meninas. Matt estava no computador no outro aposento, e Neil ouviu sua cadeira ranger quando se levantou para investigar. Neil não conseguia ouvir o que ele e o visitante diziam, mas definitivamente escutou a porta bater com força contra o corpo obstinado de alguém.

— Kevin, eu juro por Deus...

O nome de Kevin foi o suficiente para fazer Seth se levantar. O veterano do quinto ano jogou os lençóis para o lado e saiu da cama.

Com Seth e Matt à sua frente, Kevin não teve escolha a não ser recuar, a porta sendo fechada alguns segundos depois. Neil olhava atento para a entrada do quarto, o coração acelerado. Kevin não iria até ali à procura dos outros dois, o que significava que queria falar com Neil. Ele não sabia o motivo, mas esperava desesperadamente que não tivesse a ver com a conversa que teve com Andrew. Por que confiara que Andrew manteria sua história em segredo? Andrew e Kevin eram carne e unha.

Foi quase impossível dormir depois disso, e se levantar para o treino na manhã seguinte foi um esforço. Ele se preparou para o pior, mas a terça-feira foi uma repetição da segunda: o desdém casual dos primos e olhares calculistas de Kevin. Neil estava quase aliviado quando Kevin foi ao seu encontro no fim do treino. Tinha acabado de desligar o chuveiro quando o garoto bateu na porta da sua cabine.

— Da próxima vez que eu for te procurar, é melhor você vir até mim — disse Kevin.

— Por quê? — perguntou Neil.

— Está na hora de pegar o que é meu — anunciou Kevin. — Andrew não vai mais se meter.

Neil não entendeu, mas Kevin não se demorou para explicar.

Às dez da noite, alguém bateu na porta do dormitório de novo. Neil assistia a um filme com Seth e Matt, mas se certificou de ser o primeiro a se levantar do sofá. Não se surpreendeu ao ver Kevin esperando do outro lado. Seth xingou alto ao ver Kevin na porta. O som do filme parou abruptamente quando alguém o pausou, e o sofá rangeu quando os outros dois se levantaram.

— Que parte de "você não é bem-vindo aqui" tá difícil de entender? — exigiu Matt.

Kevin ignorou os dois e empurrou uma bola de Exy com força no peito de Neil.

— Vamos.

Neil hesitou, mas não tinha muito tempo para decidir. Seth e Matt se posicionaram atrás dele, prontos para a briga. Neil ergueu um braço para impedi-los. Se Seth estivesse na frente, pode ser que tivesse se atirado para agarrar Kevin pelo pescoço, mas Matt o conteve.

— Volto mais tarde — declarou Neil por cima do ombro.

— Você é idiota? — perguntou Seth.

— Sim — confirmou Neil. — Podem terminar o filme sem mim. Eu não ligo.

Seth bufou e se afastou, irritado, mas Matt saiu no corredor para observar enquanto Kevin e Neil se afastavam. Neil não olhou para trás, limitando-se a seguir Kevin escadas abaixo, até o estacionamento dos fundos. Havia mais carros agora do que no começo do verão, mas Neil não vira nenhum rosto novo próximo ao dormitório. Seja lá qual fosse o time que se mudara, estava em um andar diferente da equipe de Exy, e Neil não tinha a menor pressa para conhecê-los.

Andrew esperava por eles no carro. Neil ficou surpreso, mesmo sabendo que não deveria. Kevin nunca saía sozinho. Não importava quão tarde da noite fosse; com Edgar Allan em seu distrito, Kevin não ia dar uma de corajoso de repente. Neil pensou na última vez que havia ido até a quadra no meio da noite e encontrado Andrew assistindo ao treino de Kevin. Se pegou imaginando com que frequência eles faziam aquilo.

Andrew estava no banco do motorista, os braços cruzados sobre o volante formando um travesseiro improvisado, onde apoiava a cabeça. Estava de olhos fechados e não se mexeu quando Kevin abriu a porta do passageiro. Kevin se inclinou e olhou para ele.

— Eu sei dirigir, sabe — disse Kevin.

— Só no dia do meu funeral é que eu deixo você dirigir o meu carro — retrucou Andrew. — Você vai entrar ou vamos voltar pra cama?

Kevin suspirou pesado como se Andrew estivesse sendo mais difícil do que o normal, e entrou. Neil sentou-se no banco traseiro, no meio, onde podia ficar de olho em ambos. Andrew virou a chave na ignição enquanto se ajeitava e dirigiu até o estádio.

Kevin usou suas chaves para deixá-los entrar pelos portões e no vestiário. Andrew esperou no saguão enquanto Kevin e Neil vestiam os uniformes, observando enquanto pegava as raquetes e alguns equipamentos, e os seguiu até a área técnica. Quando Kevin e Neil se dirigiram para a entrada da quadra, subiu os degraus da arquibancada para esperar por eles.

Kevin trancou o portão da quadra quando entraram, colocou as bolas e sua raquete de lado e fez Neil começar no mesmo instante. Correram algumas vezes lado a lado, seguido de corridas intervaladas usando as linhas como guia, e se alongaram no meio da quadra. Quando Kevin por fim ficou satisfeito, começou a passar alguns exercícios. Começaram com um jogo simples de jogar e pegar a bola até rapidamente passarem para exercícios mais complicados. Neil só reconhecia alguns deles. Os que não conhecia eram os mais difíceis de pegar, e a impaciência de Kevin, ausente nos dois últimos dias de treino, reapareceu, ainda mais intensa.

O último exercício que fizeram foi o mais difícil. Kevin pegou cones do vestiário e os posicionou formando uma linha de seis. O objetivo era fazer com que a bola batesse nas paredes da quadra e derrubasse cada um dos cones. Ter precisão no arremesso não era o suficiente; Neil necessitava de pontaria e força. Não esperava que fosse tão complicado, mas nunca teve que ser tão preciso antes. Rebotes eram utilizados para passar a bola aos colegas de time espalhados na quadra. Os colegas de equipe eram inteligentes, movendo-se de acordo com a trajetória da bola; os cones, no entanto, não se mexiam.

Em sua primeira tentativa, Neil conseguiu atingir o impressionante número de um cone. Kevin derrubou três dos seis, mas jogava com a mão não tão boa, então Neil não se sentia reconfortado por esses erros.

— Se você consegue inventar exercícios como esse, é sinal de que está com tempo livre demais — disse Neil após falhar na segunda rodada.

— É um exercício dos Corvos — explicou Kevin. — Você só é escalado para jogar se conseguir derrubar todos os cones na ordem exata que o mestre mandar. Os calouros passam semanas, às vezes meses, tentando conseguir uma vaga no time.

— O mestre?

— Treinador Moriyama — declarou Kevin após um instante. Neil podia ouvir o desgosto em sua voz, mas não sabia dizer se era pelo fato de tê-lo feito dizer aquele nome ou por ter cometido um deslize tão evidente. Kevin se recompôs e segurou a raquete com a mão esquerda, girando-a para experimentar.

— Diga uma ordem para mim. Não pare.

Neil não julgava uma boa ideia Kevin jogar com a mão esquerda, por mais que já tivessem se passado seis meses desde a agressão, mas não discutiu. Indicou os cones em ordem aleatória, com segundos de intervalo entre um número e o outro. Kevin não esperava até que terminasse de falar: movia-se junto com ele, erguendo as bolas do chão e jogando-as contra a parede. Acertou os seis arremessos, fazendo com que os cones caíssem na ordem exata proferida por Neil. O último cone foi atingido com tanta força que rolou para longe.

Entre a briga das Raposas na semana passada e o bullying de Kevin desde maio, Neil quase tinha esquecido por que gostava tanto de Exy. Se esforçava o máximo que podia nos treinos, mas o fazia sobretudo para que os colegas de equipe não enchessem o seu saco. Ao ver o que Kevin acabara de fazer, se sentiu inspirado novamente. Um ímpeto ávido e desesperado o dominava.

— Quero fazer isso — afirmou Neil.

— Então se esforce de verdade. — Kevin voltou a posicionar os cones e passou a raquete para a mão direita. Sacudiu um pouco a mão esquerda conforme retornava para a posição em que começara.

— Este é o primeiro de oito exercícios de precisão dos Corvos. Quando estiver craque nesse, vamos para o próximo. Vamos nos encontrar todas as noites da semana, menos na sexta, até você conseguir fazer todos esses exercícios de olhos fechados.

— Mas já perdemos um mês de treino — disse Neil. — Por que não começamos a fazer isso em maio?

— Porque você provocou o Andrew sem necessidade alguma — explicou Kevin, irritado. — Ele disse que eu não podia ficar sozinho com você e não me deixava te trazer aqui.

— E você sempre faz o que o Andrew manda? — perguntou Neil.

— Ele é o único motivo pelo qual posso ficar aqui, então sim — afirmou Kevin. — Agora cala a boca e pratica. Você já está com semanas de atraso a essa altura.

Passaram a meia hora seguinte praticando o mesmo exercício antes de mudarem para o movimento dos pés. Era meia-noite e meia quando Kevin se deu por satisfeito. Neil ficou desapontado por terem treinado apenas duas horas, mas percebeu que estava cansado enquanto o ajudava a recolher as bolas e os cones. Bocejava quando seguiu Kevin para fora da quadra.

Kevin subiu os degraus da arquibancada, indo ao encontro de Andrew, então Neil foi o primeiro a tomar banho, uma raridade. Estava na metade do banho quando Kevin se juntou a ele. Neil se secou e se vestiu no calor abafado da área dos chuveiros e voltou para o salão principal do vestiário para deixar o uniforme. Esperou ali por Kevin, e então o seguiu para o lounge para se encontrarem com Andrew na saída. Andrew não disse nada a nenhum dos dois na volta para o dormitório, e subiram as escadas até o terceiro andar em silêncio.

Neil procurou não fazer barulho ao entrar no quarto, mas não precisaria ter tomado tal cuidado. Matt estava sentado em sua escrivaninha, os olhos turvos e com ar de cansado. Se endireitou quando Neil fechou a porta atrás de si, e a luz da tela do computador permitiu que Neil percebesse a preocupação em seu rosto.

— Tudo bem?

Neil percebeu que Matt estivera à sua espera. A surpresa duelava com uma inesperada sensação de culpa, formando um remorso incômodo.

— Sim. Ele está me ensinando os exercícios dos Corvos.

— Vai ser uma merda acordar amanhã — disse Matt, fechando o computador.

Neil sabia que não seria. Estaria cansado e dolorido, mas acordaria para poder retornar às quadras. Não valia a pena discutir, então murmurou algo ininteligível e foi para o quarto com Matt em seu encalço. Matt se deitou na cama enquanto Neil pegava seu pijama e já estava dormindo quando Neil acabou de se trocar. Neil subiu para sua cama e dormiu profundamente assim que a cabeça encostou no travesseiro.

Quando o despertador tocou para acordá-lo, sentia-se como se tivesse acabado de pegar no sono. Chegou até mesmo a verificar o relógio duas vezes para se certificar de que estava certo, coçou os olhos exaustos e desceu as escadas da cama para se preparar para o dia.

Talvez o treino da noite anterior tivesse sido uma forma de quebrar o gelo na visão de Kevin, porque seus comentários impacientes haviam retornado pela manhã. Mas se pareciam mais com a raiva e a decepção de Kevin no começo do verão e menos com os insultos hostis aos quais recorreu após ouvir sobre a mudança no distrito. Neil tentou ficar grato por essa mudança e quase conseguiu.

Os primos ainda não tinham nada para dizer a Neil, mas ele percebeu que, durante os treinos, Nicky observava a ele e a Kevin. Parecia que não havia deixado de notar que o gelo entre eles se quebrara. Neil esperou que dissesse alguma coisa, mas sempre que o fitava, Nicky desviava o olhar, como se de repente tivesse encontrado algo mais fascinante para observar. Neil ignorou aquilo, sem querer ser o primeiro a romper o silêncio após Nicky ter ajudado Andrew a drogá-lo em Colúmbia.

A paciência de Nicky durou até quarta-feira de tarde. As sessões semanais de Andrew com a sua psiquiatra aconteciam nesse dia. Nicky o deixou no centro médico enquanto as Raposas almoçavam e foi buscá-lo a tempo para o treino da tarde. Todos estavam no vestiário, verificando as travas dos equipamentos de proteção e ajeitando os uniformes de novo, quando Nicky não conseguiu mais aguentar.

Mas quando por fim falou, foi em alemão, e não se dirigia a Neil.

— Você acha que um dia ele vai perdoar a gente? — perguntou Nicky.

— E isso importa? — disse Aaron. — Ele não é problema nosso.

Neil ignorou o protetor que estava ajustando no pescoço e se virou para olhar para eles. Andrew sabia que ele falava alemão, o que significava que os dois deveriam saber que entendia o que diziam. Neil se perguntou se eles esperavam que se juntasse à conversa, como se Nicky pedisse indiretamente que os perdoasse ou os condenasse sem que os outros ouvissem, mas nenhum dos dois olhava em sua direção.

— O que você quer dizer com "ele não é problema nosso"? — perguntou Nicky, mas Aaron não respondeu. Nicky esperou e, então, perdeu a paciência. — Sério que a gente vai fazer isso de novo? Vamos ficar brigando com todos eles até a formatura?

— Quero que me deixem sozinho.

— Esse é um esporte coletivo!

Os outros os ignoravam, como provavelmente faziam quando conversavam em alemão, mas o tom estridente de Nicky chamou a atenção de todos. Seth lançou um olhar irritado, mas Matt fitava os primos com curiosidade. Kevin não olhou para nenhum dos dois, como se já estivesse acostumado com as discussões. Nicky pareceu não notar a atenção que recebia.

— Você não pode viver assim, Aaron. Eu não consigo viver assim. É cansativo e deprimente.

— Tá bom.

— Tá bom? Só "tá bom"? Não tem nada de bom nisso. Meu Deus. Você é muito parecido com o Andrew às vezes, é apavorante.

Aaron o olhava furioso.

— Vai se foder.

— Ei — disse Matt, erguendo a voz. — Parem com isso, vocês dois. Que diabo é isso?

Aaron se levantou e saiu depressa, deixando para trás um Nicky carrancudo. Matt olhou da porta para Nicky, franzindo a testa.

— Nicky? — perguntou ele.

Nicky assumiu uma expressão magoada e virou o corpo inteiro na direção de Matt.

— Aaron feriu meus sentimentos! Dá um beijinho pra sarar, Matt?

— Bicha — disse Seth, saindo batendo os pés.

Matt não se deixou influenciar.

— Está tudo bem com vocês?

Nicky fingiu estar confuso.

— Óbvio que sim. Por quê?

Matt olhou para Kevin e então para Neil, buscando o apoio de um dos dois. Kevin o ignorou e Neil apenas deu de ombros. Matt resolveu deixar de lado e terminou de se arrumar. Nicky pegou o resto do uniforme e saiu atrás dele segundos depois. Neil o observou partir.

Aquilo não era um teatrinho. Não deixariam a discussão ficar tão pessoal se soubessem que Neil estava prestando atenção em cada palavra. Mas isso significava que Andrew não havia contado para eles, e Neil não sabia por que ele esconderia um segredo tão grande da própria família. Pode ser que tivesse se esquecido após tomar os medicamentos no sábado à noite, mas era uma coisa grande demais para ser esquecida.

Neil não sabia dizer o que Andrew estava aprontando ou o que esperava ganhar ao manter o segredo. Ficou de olhou no garoto quando, enfim, ele voltou do consultório de Betsy Dobson, mas assim que teve a oportunidade de questioná-lo, achou melhor deixar para lá. Andrew estava dopado e feliz; Neil não queria que ele mudasse de ideia, só para se divertir enquanto estivesse chapado.

Kevin foi até seu quarto de novo naquela noite. Neil deu boa-noite aos colegas de quarto descontentes e o seguiu até o carro. Andrew fumava no banco do motorista, mas apagou o cigarro quando os dois chegaram. Levou-os até o estádio, esperou que se trocassem e se sentou na arquibancada enquanto ambos se dirigiam à quadra.

Quando Kevin trancou a porta da quadra, Neil perguntou:

— Com que frequência vocês dois vêm aqui?

— Todas as noites — disse Kevin.

Neil olhou para a arquibancada, mas não conseguia ver Andrew.

— Ele já não se cansou disso tudo? Se nunca treina com você, por que fazer suas vontades?

— Ele vai treinar — afirmou Kevin. — Só não sabe disso ainda.

— Não considerava você como um otimista.

Kevin ignorou o comentário e começou a organizar os cones para corridas intervaladas.

— Bora.

Neil parou de pensar em Andrew para se concentrar nos exercícios de Kevin.

Se passaram duas semanas de treinos antes que o CRE anunciasse oficialmente as mudanças no distrito. O treino do dia havia acabado e o time estava no dormitório quando Wymack telefonou para alertá-los. Matt ligou a televisão e colocou na ESPN para que pudessem assistir. A notícia em si já fora dada, mas poderiam ver as reações das pessoas no programa. O âncora gesticulava sem parar e falava mil palavras por minuto. Um dos convidados balançava a cabeça em exagerada desaprovação; o outro tentava sem sucesso interromper para falar.

— Agora já era — disse Matt. — Eles não vão sair do nosso pé. O celular do treinador vai tocar sem parar por semanas.

— Não estava nos meus planos ser parte desse show de horrores — declarou Seth, abrindo outra latinha de cerveja. — É só mandar ele de volta para o norte que isso tudo acaba.

— Por que você o odeia? — perguntou Neil.

Seth olhou para Matt.

— Eu disse que esse moleque era um idiota.

— Por que você o odeia tanto assim — explicou Neil. — A ponto de desejar algo tão horrível pra ele?

— Porque estou cansado de ver esse cara ter tudo o que quer só porque é Kevin Day — afirmou Seth. Matt abriu a boca para falar, mas Seth apontou para ele, como um aviso, e continuou: — Sabe o que a fama faz por você, merdinha? Tudo. Ele só precisa pedir, e alguém vai dar o que ele quiser. Seja o que for. Seja quem for. O mundo morre de vontade de dar tudo o que ele quer.

"Quando ele quebrou a mão, os fãs choraram por ele. O vestiário ficou inundado de cartas e flores. O incrível Kevin Day não pode mais jogar, diziam. A vida deles tinha acabado. Sofreriam para sempre por essa perda. Mas me diga uma coisa" alfinetou Seth, inclinando-se no sofá para encarar Neil. "Quando foi a última vez que alguém chorou por você? Nunca, né? Estão lá para apoiar cada passo de Kevin, mas onde estavam quando precisávamos deles?"

— Então você tem inveja — concluiu Neil.

Seth ameaçou jogar a lata em Neil.

— A vida dele não vale mais do que a minha só porque ele é mais talentoso.

— Você precisa reconhecer que a sua atitude torna bastante difícil que alguém se importe com você — analisou Neil. — Tanto você quanto Kevin são impossíveis de se aturar, mas ele joga melhor. É evidente que escolheriam a ele.

— Escuta aqui, seu imbecil — começou Seth, irritado.

— Ele tá certo — interveio Matt. — Esse é seu último ano aqui, Seth. Talvez seja a hora de recomeçar. Dê ao povo alguém para que eles possam torcer e você vai conquistar a todos.

— Pra quê? — Seth voltou a se largar no sofá. — Somos a piada da NCAA e Edgar Allan vai acabar com a gente no outono. Não importa o que eu faça. Ninguém nunca vai recrutar uma Raposa para a liga profissional.

— Uma atitude e tanto, Seth — disse Matt. — Bela forma de motivar todo mundo.

— Eu estou motivando vocês — apontou Seth. — Motivando vocês a deixarem de ser burros. Vocês não vão chegar a lugar nenhum enquanto jogarem nessa equipe.

— Você é covarde demais pra tentar — rebateu Matt. — Neil e eu vamos provar que você está errado. Certo, Neil?

— Só estou aqui pra jogar — disse Neil. — Não me importo com o futuro.

Matt o encarou.

— Você não pode realmente acreditar nisso.

Neil deu de ombros.

— Infelizmente sim.

Matt olhou para os dois. Seth ergueu a cerveja em um brinde silencioso, parecendo, ao mesmo tempo, presunçoso e irritado.

— Não consigo acreditar em vocês — acusou Matt por fim. Nenhum dos dois respondeu. Matt olhou para o teto à procura de respostas, e então continuou: — Acho que podemos descartar nosso plano de sair pra jantar. Não vou para o centro se a imprensa está à solta por aí; não interessa o quanto Chuck tenha aumentado o policiamento no campus. Vamos pedir comida e assistir a um filme ou coisa do tipo. Fiquem aí sentados chafurdando no fracasso enquanto vou falar com a Dan.

Seth mostrou o dedo do meio quando Matt se virou para sair, então olhou para Neil.

— Talvez você não seja tão idiota quanto eu pensei.

— Talvez eu seja — disse Neil, deixando Seth sozinho para terminar sua bebida.

CAPÍTULO DEZ

As aulas estavam programadas para começar na quinta-feira, 24 de agosto e, por isso, o treino de quarta-feira foi um pouco caótico. Neil tinha se esquecido de que era obrigatório que todos os atletas fizessem uma sessão com Betsy Dobson, a psiquiatra, antes do semestre começar. Wymack organizou para que fossem durante a manhã, em duplas, procurando misturar atletas de posições diferentes para não defasar o treino. Matt e Dan foram primeiro, depois Aaron e Kevin, Seth e Allison, Nicky e Andrew. Neil e Renee foram os últimos.

Quando Andrew e Nicky voltaram à quadra, Wymack avisou Neil e Renee que chegara a vez deles. Andrew esperou por eles na área técnica por tempo suficiente para entregar as chaves para Renee.

— Valeu — disse Renee, sorrindo. — Vou cuidar bem dele.

— Kevin não pode dirigir seu carro, mas a Renee pode? — perguntou Neil.

— É divertido dizer não ao Kevin — respondeu Andrew com um sorrisinho malicioso.

— Só eu e Renee podemos dirigir o carro de Andrew — explicou Nicky. Estava sorrindo, mas sem muito humor, enquanto observava Renee virar as chaves na mão. Nicky só tinha coisas boas a dizer a respeito dela, mas Neil notara logo cedo que ninguém, nem mesmo Nicky, queria que Renee e Andrew fossem amigos. É provável que Nicky concordasse com os veteranos ao julgar que Andrew era uma péssima influência para alguém tão doce quanto Renee.

— Nem o Aaron? — perguntou Neil.

— Não deixem a Bee esperando — respondeu Andrew, e foi para a quadra.

Nicky apenas deu de ombros, entrando logo atrás dele. Neil olhou para Renee e Wymack, mas nenhum dos dois respondeu. Renee se limitou a sorrir calorosamente e dizer:

— Vamos, então?

Neil e Renee se separaram no vestiário para trocarem de roupa e se refrescarem. Não havia por que tomar banho, pois voltariam para almoçar e depois treinar mais um pouco, mas nenhum dos dois queria aparecer suados e desarrumados no consultório de Betsy. Neil tirou o equipamento, usou a toalha para se secar e colocou o uniforme mais leve que usariam para os treinos aeróbicos da tarde. Esperou por Renee no saguão e os dois saíram juntos do estádio.

Evitou ficar a sós com Renee durante todo o verão, mas agora estava preso com ela no passeio pelo campus até o Centro Médico Reddin. Queria perguntar por que ela e Andrew se davam tão bem, mas não queria começar a conversa, então olhou fixamente pela janela, na esperança de que ela entendesse. Ela pareceu ter entendido, e o silêncio entre os dois foi preenchido com o som do rádio.

Havia mais carros no Reddin do que Neil esperava, mas sabia que não deveria ficar surpreso. O ano letivo estava prestes a começar. A Torre das Raposas já estava cheia e o trânsito perto do campus havia aumentado, assim como os alunos que se mudavam para os demais dormitórios. Conseguiu evitar quase todo mundo até então, graças aos treinos longos e às noites que passava no quarto, mas sempre aparecia alguém por lá procurando por Matt ou Seth. Neil fazia o máximo para se esconder cada vez que alguém batia à porta, já que Wymack ainda não havia informado seu nome nem mostrado seu rosto ao CRE. Neil queria se manter anônimo pelo tempo que conseguisse.

Reddin se dividia em duas partes, os psiquiatras em um corredor mais ao fundo e uma série de consultórios médicos logo na entrada. Renee registrou os nomes de ambos na recepção e seguiu pelo corredor na direção do consultório de Betsy. Neil se acomodou em um dos sofás azul-claro na sala de espera e tentou não ficar encarando o relógio. Cada minuto que passava o deixava mais tenso ao ponto de sentir que se partiria ao meio a cada vez que respirava, mas não conseguia se forçar a relaxar. Pensar em ficar trancado em uma sala com uma psiquiatra durante meia hora era horrível demais.

Renee retornou o que pareceu uma eternidade depois, com uma mulher seguindo-a de perto. A dra. Betsy Dobson tinha cabelos castanho-claro na altura do queixo e era curvilínea. Seu rosto tinha marcas de sorriso, evidência de anos de afeto genuíno. Parecia amigável, mas não era inofensiva. Os olhos castanhos que o observavam por trás dos óculos de armação estreita eram vivazes e inteligentes. Neil sentiu uma antipatia instantânea por ela, fruto do nervosismo e da séria desconfiança em relação à sua profissão.

— Você deve ser o Neil — disse ela. — Bom dia.

Neil se forçou a ficar de pé e atravessar o recinto para cumprimentá-la. Ela estendeu a mão quando estavam próximos, e Neil apertou com firmeza. Renee abriu um leve sorriso, talvez para encorajá-lo, e passou por eles em busca de um lugar para se sentar. Neil resistiu ao ímpeto de limpar a mão na calça e seguiu Betsy pelo corredor.

Só havia uma porta aberta, com o nome de Betsy em uma placa nela. Neil entrou e olhou em volta. Uma poltrona e um sofá ficavam frente a frente, com uma pequena mesa de centro entre eles. Havia um vasinho de planta no meio da mesa, e as almofadas estavam meticulosamente arrumadas tanto no sofá quanto na poltrona. A escrivaninha no canto não continha nada além de um fogão portátil e a chaleira elétrica. Uma pequena estante se apoiava na parede, mas só havia livros nas três prateleiras inferiores. As de cima estavam cheias de bugigangas de vidro; mas, apesar da desordem, o visual era organizado, já que estavam a uma distância igual umas das outras.

Betsy entrou logo atrás dele.

— Meu nome é Betsy Dobson. Pode me chamar do que quiser; aceito de tudo, desde Betsy para doutora até Ei, você aí. Posso te chamar de Neil ou você prefere sr. Josten?

— Tanto faz — respondeu Neil.

— Então, de agora em diante, vou te chamar de Neil. Se você em algum momento se sentir ofendido ou se isso fizer parecer que temos muita intimidade, é só me avisar e eu mudo a forma de tratamento para se adaptar às suas necessidades. Parece uma boa ideia pra você? — Ela esperou alguns instantes, então disse: — Pode ficar à vontade, eu vou fazer chocolate quente para nós dois.

Neil se sentou na pontinha do sofá e disse:

— Mas estamos em agosto.

— Chocolate é sempre bom, independente da época do ano. Você não acha? — indagou Betsy.

— Não gosto de doces — respondeu Neil.

Betsy pegou uma caneca e um pote de achocolatado em uma das gavetas da escrivaninha.

— Como você já deve saber, hoje é uma consulta bastante casual só para a gente se conhecer. Essa não é uma sessão formal em que vou analisar tudo que você diz para opinar e dar conselhos, então não precisa se preocupar. Você já foi numa consulta assim antes?

— Não — admitiu Neil. — E não sei por que preciso estar aqui hoje.

— Entrou para o regulamento da Palmetto State alguns anos atrás — disse Betsy. — O conselho tem muitas expectativas nos alunos, e mais ainda nos atletas. Essa é a forma que encontraram para que vocês pudessem extravasar parte da pressão e do estresse a que são submetidos.

— Estão de olho nos investimentos que fazem, você quer dizer — corrigiu Neil.

— Essa é uma interpretação possível. — Betsy terminou de mexer o chocolate quente e se sentou com a caneca na poltrona em frente a ele. — Fale um pouco de você, Neil.

— O que você quer que eu diga?

— De onde você é?

— Millport, Arizona.

— Nunca ouvi falar.

— É uma cidade pequena — complementou Neil. — Só mora lá quem é velho demais para se mudar ou jovem demais para fugir. Não tem nada para fazer a não ser praticar esportes ou jogar bingo. Só mudamos para lá porque fica entre Tucson e Phoenix. Minha mãe trabalhava em uma dessas cidades, e meu pai trabalhava na outra.

— O que eles fazem?

Neil não falara muito sobre a família em Millport, mas quando chegou no Arizona, já sabia quem eram os Josten e quais eram seus problemas. As respostas que não oferecera aos colegas de classe e ao treinador teriam que ser boas o suficiente para Betsy.

— Minha mãe é engenheira — disse Neil. — Meu pai está tirando a carteira para dirigir caminhões.

— Eles vão vir assistir ao seu primeiro jogo?

Neil fingiu estar surpreso.

— Não. Por que fariam isso? Eles não gostam de esportes.

— Mas é óbvio que o Exy é muito importante pra você, e você é filho deles — disse Betsy. — Foi uma grande conquista sua chegar até aqui. Pensei que eles poderiam vir demonstrar apoio.

— Não. Eles não são... — Neil gesticulou como se procurasse a forma certa de explicar. — Não somos tão próximos assim. Se certificaram de que eu fosse para a escola, comparecesse ao médico para fazer exames e que minhas notas se mantivessem boas, esse tipo de coisa, mas não sabiam os nomes dos meus professores nem assistiam aos meus jogos. Não vai mudar só porque estou na faculdade. Eles vivem a vida deles; eu vivo a minha. Funciona pra gente.

— Funciona mesmo?

— Eu disse que funciona — rebateu Neil. — Não quero falar dos meus pais com você.

Betsy aceitou e mudou de assunto no mesmo instante.

— Você está se dando bem com seus colegas de equipe?

— Tenho quase certeza de que a maioria deles é clinicamente doido.

— Quando você diz que acha que são doidos, quer dizer que se sente ameaçado por eles?

— Quero dizer que eles têm problemas — explicou Neil. — Você sabe disso melhor do que eu. O jogo de sexta provavelmente vai ser um desastre, mas não acho que ninguém vai ficar surpreso.

— Você está pronto para o jogo?

— Sim e não — disse Neil. — Sei que não sou bom o suficiente para jogar com um time da primeira divisão, mas quero tentar. Assisto a muitas partidas na televisão, mas nunca estive em um estádio de verdade em noite de jogo. O campo de futebol que a gente usava no Arizona mal cabia duas mil pessoas. O treinador disse que todos os ingressos para o primeiro jogo já foram vendidos. Quero ver como a Toca das Raposas fica quando está cheia. Imagino que seja surreal.

— E além de tudo, sexta é seu primeiro jogo — acrescentou Betsy. — O CRE foi generoso por deixar o David demorar tanto tempo para anunciar você. Nem consigo imaginar a repercussão quando for revelado.

Neil demorou alguns instantes para reconhecer o nome, já que só Abby costumava usar o primeiro nome de Wymack. O fato de Betsy ter dito David com tanta facilidade deixava a entender que a relação que tinham era mais íntima do que a que se esperava entre uma psiquiatra e um treinador. Talvez isso se devesse ao fato de Betsy passar bastante tempo com a equipe de Wymack, mas Neil não estava convencido. Lembrou-se vagamente de seu primeiro jantar na Carolina do Sul, quando Abby disse que convidara Betsy para jantar com eles. Os três nutriam uma espécie de amizade, o que não cheirava bem para Neil. Quanto tempo passavam falando sobre as Raposas?

— Você é amiga do treinador — anunciou Neil.

— Abby e eu estudamos juntas em Charleston e mantivemos contato após a formatura. Conheci David por meio dela — explicou Betsy. — Sou amiga deles, mas respeito a santidade do nosso relacionamento como médica e paciente. Nada do que falarmos vai sair daqui. Eles nunca vão perguntar e eu nunca vou dizer. Você acredita em mim?

— Como poderia? — indagou Neil. — Acabei de te conhecer.

— Eu respeito isso — disse Betsy. — Tomara que eu consiga ganhar a sua confiança ao longo do tempo.

Neil não planejava vê-la de novo, independente de suas promessas de uma próxima vez, então escolheu uma resposta neutra:

— Tomara.

Ele olhou para o relógio, calculando quanto tempo ainda faltava, e reprimiu um suspiro. Se Betsy notou sua distração, não mencionou. Em vez disso, passou o resto da sessão jogando conversa fora sobre a temporada e o semestre vindouro. Neil dava respostas fáceis que não levantassem nenhuma suspeita e contava os minutos em sua cabeça. Quando seu tempo enfim acabou, ele se levantou e saiu da sala antes dela.

Betsy o seguiu pelo corredor, mas parou na entrada da sala de espera para apertar sua mão.

— Foi um prazer te conhecer.

— Você também — Neil mentiu.

Renee se levantou, despedindo-se mais uma vez de Betsy e saindo com Neil até o carro. Enquanto abria as portas, olhou para Neil por cima do veículo e disse:

— Não foi tão ruim assim, foi? Andrew tinha certeza de que ia ser um desastre. Ele apostou dinheiro que você ia odiar Betsy.

— Você apostou contra ele?

— Sim — disse Renee. — Foi uma aposta só entre a gente.

Neil escondeu a verdade de seus companheiros de equipe durante todo o verão, mas após passar meia hora conversando com Betsy, estava cansado demais para se importar. Ajudava o fato de que a honestidade era uma desvantagem para Renee nesse caso. Andrew poderia não passar de um problema, mas era mais fácil de se entender do que os sorrisos educados de Renee.

— Espero que não tenha perdido muito dinheiro — antecipou Neil. — Aliás, por que Andrew tolera você? Na teoria, vocês têm tudo para se odiar.

— Ou você tem uma opinião muito elevada de mim, ou subestima um pouco o Andrew — brincou Renee, entrando no carro. Neil se sentou no banco do carona. Renee esperou até que ele colocasse o cinto para ligar o carro. — Minha fé me impede de concordar sempre com Andrew, mas nós nos entendemos.

Neil sabia que, para Renee ter garantido seu lugar na equipe problemática de Wymack, devia haver algo além de seu pingente de crucifixo e sorrisos fofos, mas não achava que estivesse tão enganado assim em sua interpretação. Ponderou o que poderia ter de errado com ela, de dupla personalidade a loucura diagnosticada. Nenhuma de suas teorias soava plausível, mas foram suficientes para mantê-lo ocupado durante o caminho de volta ao estádio.

A volta deles sinalizava a pausa para o almoço, que foi feito em grupos espalhados nas arquibancadas. Tiraram quase uma hora para fazer a digestão e o dia terminou com duas horas de exercícios aeróbicos cansativos. Normalmente os treinos iam até a hora do jantar, mas com as aulas começando no dia seguinte, Wymack estava disposto a dar uma folga para eles dessa única vez.

Neil foi o último a sair do banho, e encontrou todos os outros esperando por ele no lounge. Wymack gesticulou para que se sentasse. Neil se dirigiu à poltrona de sempre e olhou em volta, se perguntando o que estaria acontecendo. Ninguém parecia perturbado com a reunião inesperada. O grupo de Andrew estava mais distraído com o próprio Andrew, que dormia pesado. Estava bastante acordado alguns minutos antes, mas passara a semana ajustando a rotina de remédios para se preparar para o ano letivo. O corpo não estava acostumado com aquilo e, por isso, dormia em horários estranhos. Sempre que podia, Wymack dava um jeito de contornar a situação.

— Muito bem, seus vermes — disse Wymack, estalando os dedos para chamar a atenção de todos. — As aulas começam amanhã, o que significa que nossos horários de treinamento irão mudar. Os treinos da manhã começarão às seis, na academia. Os da tarde começarão às três, aqui. Dei uma olhada nos horários de vocês. Sei que todos conseguem chegar a tempo dos treinos, então nem pensem em se atrasar, estão me entendendo?

— Sim, treinador — disseram todos em uníssono.

— Esse campus não é mais apenas da gente — prosseguiu Wymack. — Já estão todos matriculados e prontos para começar, o que quer dizer muita gente para lidar. Tem o dobro de policiais rondando o campus esse verão, mas não conseguem dar conta de tudo e de todos. Sejam espertos, sejam cuidadosos. Se aparecer alguém causando confusão, procurem ajuda. Se a imprensa aparecer em busca de respostas, digam que não tem nada a declarar até o programa da Kathy no sábado.

— Kathy? — perguntou Dan.

— Kathy Ferdinand. — Ao ver a confusão no rosto dela, Wymack repreendeu Kevin. — Você não contou pra eles?

— Não tinha por que contar — respondeu Kevin.

— Tipo a apresentadora de programas matinais, a Kathy Ferdinand? — indagou Matt.

— A própria — respondeu Wymack. — Em algum momento teríamos que dar entrevistas. Faz parte do nosso acordo com Chuck e com o CRE. Kevin escolheu a Kathy porque ela aceitou esperar até depois do nosso primeiro jogo. Sábado de manhã vamos até Raleigh para conceder a primeira entrevista exclusiva.

— Ela deve ter tido um treco quando você disse que sim — comentou Matt. — Quando foi a última vez que você apareceu em público oficialmente?

— Em 4 de dezembro — declarou Kevin.

— Por que você não disse antes? — indagou Dan. — Vou acordar cedo para assistir.

— Ou você pode ir com a gente até o estúdio — disse Wymack, ignorando o olhar atravessado de Kevin. — Kathy convidou o time inteiro para a transmissão. Se formos, vão nos colocar na primeira fileira. Vamos precisar de qualquer maneira do ônibus para que todos esses babacas caibam, então tem bastante espaço.

— Você não queria que a gente fosse? — perguntou Renee a Kevin.

— Tanto faz, falando sério — disse Kevin.

Nicky sorriu e se esticou por cima de Andrew para dar um tapinha no ombro de Kevin.

— É porque ele sabe que tem que se comportar no programa dela. Não quer que nenhum de nós veja seu lado mais civilizado. Dá pra imaginar como os fãs reagiriam se vissem o verdadeiro Kevin Day?

— Você ainda se lembra como se sorri? — perguntou Matt. Kevin olhou feio para ele, mas Matt apenas riu. — Bom, vai valer a pena ver isso. Eu tô dentro.

— Vou comprar donuts pra comermos na viagem — disse Dan. — Renee? Neil?

— Não, obrigado — respondeu Neil.

— Você não tem escolha — disse Wymack. — O CRE vai anunciar sua chegada na sexta de manhã. Não vou perder você de vista até que o rebuliço diminua.

— Eu sei me cuidar — afirmou Neil.

— Parabéns, que ótimo pra você. Não é mais papel seu cuidar de si mesmo. Você tem que se preocupar em jogar, e eu e Abby cuidamos de você. Reveja suas prioridades. — Wymack esperou um instante para que ele pudesse argumentar, então assentiu satisfeito e olhou em volta para o resto do time. — Perguntas, comentários, preocupações? Não? Então sumam da minha frente e vão dormir. Kevin, acorda esse imbecil sem levar um murro na cara. Não quero que você comece o ano letivo com um olho roxo.

— Deixa comigo. — Nicky fez uma careta e sacudiu Andrew com força.

Andrew não acordara enquanto conversavam, mas bastou que Nicky o tocasse para que despertasse no mesmo instante. Se moveu antes mesmo de estar completamente acordado, batendo no peito de Nicky com o punho fechado; a força foi tanta que o corpo inteiro de Neil doeu em empatia. Nicky resfolegou enquanto Andrew, após deixá-lo sem ar, desabou contra o braço do sofá. Ele se virou para encarar Nicky. Neil não esperava que Andrew sentisse culpa pela forma como reagiu, mas com certeza também não esperava que parecesse surpreso.

— Tá morrendo, Nicky? — perguntou Andrew.

— Estou bem — disse Nicky com a voz áspera.

— Acabamos aqui — explicou Kevin. — Vamos embora.

Andrew olhou em volta, analisando a tudo e a todos.

— Perdi a festinha.

— Kevin pode resumir tudo pra você depois — finalizou Wymack. — Agora se mandem antes que eu decida que vocês podem correr mais algumas voltas.

O vestiário ficou vazio em questão de segundos.

O treino da manhã seguinte acabou às oito horas, para que as Raposas pudessem chegar na primeira aula a tempo. O horário era apertado e Neil enfim aceitou a carona que Matt ofereceu para voltarem ao dormitório. Trocou as roupas suadas por trajes mais apropriados para a aula, agarrou a bolsa de carteiro e saiu a tempo de se juntar ao pequeno grupo de atletas que desciam o morro da Torre das Raposas. A maior parte dos outros alunos usava as camisetas das equipes para celebrar o primeiro dia, então a calçada e as faixas de pedestre estavam tomadas por laranja e branco. Neil tinha a intenção de se camuflar o máximo possível, então escolheu não seguir a tradição. Não teria escolha no dia seguinte; a equipe inteira tinha que usar as cores do time em dias de jogos.

Chegou adiantado à aula de redação e, por isso, conseguiu pegar uma mesa no fundo da sala, mais para o canto. A professora só apareceu depois que o sinal tocou, quando entrou saltitante, com os cachos se movendo no ar. Era uma professora-assistente altiva que agia como se a redação que deveriam fazer no primeiro ano fosse a coisa mais empolgante que estudariam em Palmetto State. Neil prestou atenção enquanto ela apresentava a ementa da matéria e chegou à conclusão que ela havia perdido o juízo. Em vez das provas do meio de ano, teriam que fazer relatórios de tamanhos variados e com datas de entrega diferentes. De repente, Neil sentiu-se grato pelas horas de monitoria que tinha que encaixar na sua rotina. Fazia com que seus horários e suas inscrições fossem um pé no saco para se lidar, mas ao menos teria alguém para ajudá-lo. Sua escrita era, na melhor das hipóteses, mediana, e aquela mulher deixara evidente que mediano não seria o suficiente.

As únicas coisas que a professora programara para a primeira aula eram discorrer sobre a ementa da matéria e um momento para que os alunos pudessem se apresentar. Assim que acabaram, ela os dispensou com uma despedida animada e a promessa de que se veriam na terça-feira seguinte. De lá, ele se dirigiu para a aula de química, com tantos alunos inscritos que era ministrada em um auditório. Neil pegou um lugar na última fileira. Era impossível ver a lousa de onde estava, mas pelo menos ele tinha uma parede às suas costas.

Diferentemente da aula de inglês, o professor de química dedicou apenas alguns minutos à ementa da matéria e, então, começou uma revisão de introdução à química. Sua voz, monótona e constante, era capaz de fazer qualquer um dormir. A solução que Neil encontrou foi cutucar a mão com a caneta sempre que começava a viajar. Teria sido melhor cancelar o treino da noite anterior com Kevin para se preparar para o dia de hoje, mas não achava que Kevin fosse permitir isso. Neil estava condenado a passar o resto do ano letivo na mais pura exaustão.

Depois de setenta e cinco tediosos minutos de ciência, Neil enfim pôde escapar para tomar sol. A faculdade ganhara vida em sua ausência. Os que perdiam a hora e os que acordavam cedo finalmente se misturavam no campus, o que significava corredores lotados de pessoas entre uma aula e outra. Mais da metade dos alunos usava as cores dos times da faculdade, e Neil viu algumas faixas de cabelo com orelhinhas de raposa.

O anfiteatro no meio do campus estava cheio de barraquinhas representando diversas organizações estudantis. Voluntários distribuíam parafernálias e indicavam os prédios certos para calouros perdidos. Os grupos que se reuniam nas mesas estavam elétricos o suficiente para abastecer uma pequena cidade, e grande parte das conversas envolvia o jogo de Exy na sexta-feira ou o de futebol americano no sábado. Alguém colocou um punhado de ímãs na mão de Neil conforme ele passava. Ele analisou cada um deles enquanto caminhava. Havia um para cada equipe de outono, com os horários impressos. Neil guardou o de Exy e jogou os outros no lixo, enfiando o ímã no fundo do bolso para não olhar para as datas. Wymack finalizara o calendário de outono algumas semanas antes. Palmetto State jogaria contra Edgar Allan na sexta-feira, 13 de outubro. A data parecia tão próxima ao ponto de ele se sentir sufocado.

Desviou dos alunos enquanto se encaminhava para um dos três refeitórios da Palmetto State. Dois deles eram para os estudantes em geral. O terceiro destinava-se apenas aos atletas, e a justificativa apresentada aos demais era de que os horários e as necessidades nutricionais das equipes variavam. Todos os três refeitórios contavam com bufês, mas o dos atletas só oferecia um alimento não saudável por dia, enquanto os cardápios dos refeitórios regulares tinham pizzas e uma grande variedade de sobremesas. O plano alimentar incluso no contrato de Neil garantia acesso ilimitado a qualquer um dos refeitórios, mas Wymack recomendava fortemente que frequentasse apenas o dos atletas.

O refeitório estava cheio quando Neil entrou, mas poderia ser porque lá cabiam apenas cem pessoas. Ele passou o cartão das refeições na caixa da frente, pegou uma bandeja e tentou colocar comida o suficiente para ter energia até o fim do treino, às oito da noite. Depois disso, estaria livre para voltar ao dormitório, já que a maioria de suas aulas era na segunda, na quarta e na sexta-feira.

Não havia ninguém no quarto quando chegou, então Neil se sentou em sua escrivaninha com as ementas das matérias. Era o primeiro dia de aula, e já tinha três tarefas para fazer: uma breve redação para escrever, um capítulo de cinquenta páginas para ler e um questionário de uma página referente ao capítulo. Neil deliberou por um minuto qual parecia menos trabalhosa. Cinco minutos depois, ainda sem inspiração alguma, repousou a cabeça na escrivaninha.

Não percebeu que tinha pegado no sono até despertar sobressaltado com o som de um tiro. Neil se levantou tão rápido que derrubou todos os livros no chão. Foi só então que percebeu que o barulho que ouvira não era de uma arma, mas sim da fechadura conforme alguém abria a porta do quarto. Um Matt confuso estava parado na porta.

— Vejo que já abriu os trabalhos — disse Matt friamente.

— Coisa do tipo.

— Eu poderia até te dizer que vai ficar mais fácil, mas... — Matt deu de ombros. — Seria melhor você dar um tempo dos treinos noturnos agora que as aulas começaram.

— Eu tô bem — disse Neil. Sabia que nunca desistiria daqueles treinos. Se tivesse que escolher entre estudar para as aulas e o Exy, a resposta era óbvia. Neil só ficaria ali por mais alguns meses. Não ia abrir mão de um único segundo em quadra, não importando o que isso custasse.

— Você diz isso com muita frequência — disse Matt. — Estou começando a achar que não sabe o que significa de verdade.

Não havia um jeito fácil de responder àquilo, então Neil resolveu ignorar. Por sorte, Matt não o pressionou mais, e atravessou a sala para ficar no computador. Neil passou a meia hora antes do treino pensando em outubro e nos Corvos.

CAPÍTULO ONZE

A empolgação da quinta-feira não era nada comparada à de sexta. A universidade fora decorada durante a noite, e agora se viam bandeirinhas chamativas de cores laranja e branco. Fitas e faixas estavam penduradas em todos os postes de luz nas calçadas. As baterias universitárias dominaram o anfiteatro para fazer apresentações breves e a edição diária do jornal universitário dava detalhes sobre o desfile que aconteceria à tarde. Líderes de torcida perambulavam pelo campus em pequenos grupos, com saias curtas e sorrisos animados, fomentando o espírito universitário por onde podiam.

O trânsito nos arredores do campus estava intenso, pois os espectadores vinham aos montes e se acomodavam para um intenso final de semana de jogos dos times da casa. Nenhuma das Raposas esperava vencer, já que o primeiro jogo da temporada seria contra seus rivais de longa data, Breckenridge. Antes da transferência de Edgar Allan, essa era a maior e mais bem avaliada universidade do distrito. Felizmente, a equipe de futebol americano tinha melhores chances de ganhar o jogo de sábado à tarde. Seria muito triste se Palmetto perdesse os dois jogos de abertura.

A polícia do campus trabalhava intensamente, ajudando a direcionar o trânsito e se certificando de que os torcedores não atrapalhassem as aulas. Neil odiava ver aqueles uniformes azuis, mas ter a polícia por perto era melhor do que lidar com a imprensa. Já tinha problemas suficientes ao tentar se entrosar com seus colegas de classe agora que estava usando o uniforme de Exy. Causava um pequeno tumulto aonde quer que fosse. Neil queria matar aula e se esconder na Torre das Raposas até a hora do jogo, mas os atletas não podiam faltar sem atestado médico. Um funcionário do comitê de esportes vagava pela universidade contando os atletas em salas de aula, e Wymack seria o primeiro a saber caso Neil faltasse.

Por sorte, os companheiros de equipe de Neil já tinham previsto esse problema. Matt estava à sua espera na aula de espanhol para caminhar com ele até a próxima aula. Não importava se os alunos apoiariam ou não a equipe de Exy; Neil era um segredo que, enfim, fora revelado. Qualquer pessoa que acompanhasse as notícias universitárias sabia que o CRE tinha contornado as próprias regras para que Neil pudesse permanecer no anonimato. Neil dera uma olhada nas notícias durante o verão para se certificar de que seu anonimato fora garantido. Mas a partir daquela manhã, seu nome estaria por toda parte.

Era quase tão alarmante quanto descobrir que Andrew não havia mentido para Neil em maio. Em quase toda notícia em que se discorria sobre a patética experiência de Neil, eram citadas as expectativas bastante altas que Kevin tinha para ele. Kevin chegara a dizer que Neil poderia ir para a seleção um dia. Era uma declaração contundente vinda de um antigo campeão, o que só fazia aumentar a curiosidade acerca do décimo jogador das Raposas. Neil recebia olhares que o deixavam perturbado, mas Matt os guiava pela multidão sem problemas.

Após a aula de matemática, Renee levou Neil para a aula de história, evitando com habilidade um grupo de líderes de torcida antes que notassem seus uniformes em meio à multidão. Allison o encontrou após a aula de história. Como Neil tinha um tempo vago, ela o levou para almoçarem com Seth. Ele estava tão nervoso que perdeu o apetite, mas mesmo assim colocou a refeição na bandeja e se sentou com eles.

Era a primeira vez que Neil ficava sozinho com os dois, e tudo correu melhor do que esperava. Estavam num momento bom do relacionamento, o que ajudava bastante. Conversavam entre si, dirigindo apenas algumas palavras a Neil, que ficava contente em assisti-los. Era fascinante ver Seth agir de outra forma além de sua rotineira hostilidade, mas, ainda assim, não entendia o que Allison via nele. Uma garota com o dinheiro e os contatos que ela tinha poderia ter qualquer um e qualquer coisa que quisesse, mas escolheu ser uma Raposa e namorar Seth. Neil achava que jamais entenderia essa decisão.

— E aí? — perguntou Allison, tirando Neil de seus pensamentos. — Quem você vai chamar pra ir com você?

Haviam passado boa parte do almoço conversando sobre o banquete de boas-vindas de Exy. Todas as universidades do sudeste compareceriam ao evento, incluindo os Corvos. Neil não tinha a intenção de ir, mas ainda não sabia como daria um jeito de fugir dessa.

— Não vou levar ninguém — declarou Neil.

— Isso é burrice — constatou Allison. — Até o monstro vai com alguém.

Neil não esperava por essa, mas podia adivinhar sobre quem ela se referia.

— Com a Renee?

— Ela não fez o convite ainda para ele, mas é inevitável. — Allison partiu o pão sírio em pedacinhos, passando-o no molho de salada que restava no prato. — Tem uma aposta rolando pra ver se ele vai aceitar ou não. Os números estão cada vez maiores, então é melhor você apostar logo.

Para além do Exy e um passado sombrio, o que as Raposas mais tinham em comum era a estranha obsessão por apostar nas coisas mais idiotas. Neil percebera logo no começo, após duas semanas de treino. Toda semana havia dinheiro sendo apostado em uma coisa ou outra.

Neil alternou o olhar entre Seth e Allison.

— Andrew e Renee estão...?

Seth parecia enjoado.

— É melhor que não estejam.

Allison deu de ombros com afetação.

— A Renee jura que isso nunca vai acontecer. Eu acredito nela — disse Allison, olhando para Seth como se o desafiasse a contradizê-la. Ele deu uma garfada no frango e ficou quieto. Allison apontou um pedaço de pão para Neil. — Você está ficando sem tempo de encontrar alguém pra levar. Peça para o Aaron te arranjar uma Raposete. Tenho certeza de que Katelyn deve conhecer um ou dois rostinhos bonitos para te apresentar.

Se envolver com uma líder de torcida era a última coisa que Neil queria. Não tinha boas lembranças da equipe do ensino médio em Millport.

— Quem é Katelyn?

— A namorada não oficial do Aaron. Procure por ela hoje à noite no jogo. É bem ridículo ver os dois cheios de chamego à distância. — Allison olhou para o relógio e se levantou. — Preciso ir. Tenho reunião com meu orientador.

Ela se inclinou na mesa para dar um beijo rápido em Seth e foi embora, levando a bandeja.

Seth e Neil terminaram de comer alguns minutos depois. Seth acompanhou Neil até a aula de oratória. Dan o encontrou após a aula e o escoltou do campus até a Torre das Raposas. Despediu-se dele na calçada, pois ela ainda teria mais aulas antes que o dia acabasse.

— Vá descansar — disse ela. — A noite vai ser bem longa.

A tensão da manhã fora tanta que Neil não sabia se conseguiria seguir esse conselho, mas foi se deitar mesmo assim.

Vivera em diversas cidades parecidas com Millport ao longo dos anos, lidando com a curiosidade e a desconfiança típicas de cidades pequenas durante grande parte da vida. De alguma forma, Palmetto State o enervava ainda mais, talvez porque o uniforme e sua posição no time exigiam que as pessoas prestassem atenção nele. Não tinha como se camuflar ali, não ostentando aquelas cores e menos ainda após o jogo daquela noite. Havia 21 mil alunos inscritos na Universidade de Palmetto State. Neil já não jogava mais apenas por si próprio; jogava para representá-los.

Naquela sexta-feira, o treino da tarde fora cancelado por causa do jogo. O time deveria estar no estádio 18h15 para que fossem apresentados às 19h. Matt foi buscar Neil no quarto às 17h30 para um jantar leve com os veteranos. Dan terminou primeiro e foi atrás do grupo de Andrew. Estava com uma expressão sombria quando retornou, mas Matt apertou a mão dela, buscando confortá-la.

— Ele vai ficar bem — afirmou Matt. — Ele ficou bem ano passado.

— Pensei que Kevin não tivesse jogado ano passado — disse Neil.

Os veteranos trocaram olhares. Neil olhava de um para o outro, tentando entender a conversa silenciosa que se desenrolava. Seth e Allison exalavam impaciência e desaprovação, mas Renee sorria. Matt fez uma careta e deu de ombros, deixando que Dan decidisse. Por fim, Dan suspirou e se virou para Neil.

— Tem uma coisa que ainda não contamos pra você — comentou Dan. — Planejávamos contar faz um tempinho, mas você e Andrew estavam dando tanto trabalho que achamos melhor esperar. Não sabíamos como você ia reagir.

— A gente não confiava em você para ficar de bico fechado — traduziu Allison.

Dan olhou atravessado para ela, mas não negou a afirmação.

— Então, tecnicamente o Andrew tem uma obrigação legal de tomar os remédios, certo?

Neil tinha a sensação de que sabia qual seria o rumo da conversa, mas não queria acreditar.

— Sim. Fazia parte do acordo que ele fez com o juiz.

— Ele fez um outro acordo com o treinador — explicou Dan. — Andrew só assinou com a gente porque o treinador concordou em suspender sua medicação em dias de jogo. O treinador falou com todos nós primeiro, porque somos nós que dividimos a quadra com ele, só que mais ninguém pode saber disso. Nem mesmo Betsy sabe que ele faz isso. Ela é a médica dele; seria obrigada a colocar um fim nesse acordo.

— Como que o Andrew vai proteger o nosso gol estando mal? — perguntou ele. Em Colúmbia, Andrew aliviara a abstinência com álcool e pó de biscoito, mas não poderia fazer a mesma coisa ali. Neil ainda se lembrava dos tremores violentos de Andrew enquanto vomitava na beira da estrada.

— Ele ainda não está mal — frisou Matt. Ele ergueu uma das mãos na altura dos olhos. — A abstinência do Andrew funciona em três etapas. Imagine que você esteja chapado o dia todo. Aí, de repente, você para de tomar a medicação. Primeiro você tem uma queda. — Ele baixou a mão, colocando-a na altura da cintura. — Essa é a primeira etapa. Ele só começa a se sentir mal na segunda etapa.

— Andrew ajusta os horários às sextas de acordo com os nossos jogos — disse Dan. — Deixa de tomar a dose meia hora antes do jogo começar e sempre joga a primeira metade. Geralmente consegue se manter na primeira etapa até a metade do jogo. Então, toma o remédio de novo e passa o resto da noite no banco.

Neil supôs ter sido esse o motivo de Andrew ter dormido o caminho inteiro até Colúmbia. Estavam quase no Sweetie's quando ele começou a passar muito mal.

— Qual é a terceira etapa?

— Dar o remédio para ele ou levar uma facada na cara — declarou Matt em um tom frio. — Não é nada divertido. Felizmente, só o vimos chegar a esse nível uma vez.

— Ele não vai ficar assim hoje — afirmou Dan. — Além disso, você fica do outro lado da quadra, longe dele. Só achamos que seria bom avisar, mesmo com alguns meses de atraso. Isso vai ser um problema pra você?

— Vai nos atrapalhar durante a partida? — perguntou Neil.

— Não mais do que qualquer outra coisa atrapalharia — analisou Matt.

— Então eu não estou nem aí — concluiu Neil. — Ele pode fazer o que quiser.

Não era de todo verdade, mas Neil não sabia como expressar em palavras as ressalvas que tinha. Se Andrew, de acordo com o que dissera, odiava o esporte, por que o tornaria pior para si próprio ao deixar de tomar o remédio? Ao menos quando estava medicado poderia achar as partidas mais divertidas. A única hipótese que vinha à sua mente era que Andrew odiava o medicamento mais ainda do que odiava Exy. Era algo interessante de se pensar, mas Neil não tinha tempo para isso aquela noite.

Não demorou muito para arrumarem as sobras do jantar e se encontrarem com o grupo de Andrew no corredor. Andrew parecia extasiado como sempre, mas Kevin tinha uma expressão tensa. Aquele era seu primeiro jogo da temporada desde que se lesionara, além de ser sua estreia como um atacante destro nas Raposas. Kevin precisava brilhar se queria mesmo voltar com tudo. Como faria isso jogando com a mão menos habilidosa e com o apoio de uma equipe como as Raposas, era um mistério para Neil.

Saíram cedo do dormitório, mas o trânsito estava tão intenso que quase se atrasaram. Em algum momento entre o treino da manhã e aquele instante, o estádio se transformara em algo semelhante a um hospício. Os estacionamentos estavam lotados e havia seguranças por todos os lados, direcionando os torcedores e de olho nos foliões bêbados. Todos os portões estavam abertos e os guardas que os protegiam se equipavam com detectores de metal. Uma fila de viaturas policiais e duas ambulâncias mantinham o caminho livre para os carros dos atletas passar. Dois guardas aguardavam do lado de fora da entrada, e após uma verificação de rotina para se certificarem de que ninguém levava nada de ilícito para dentro do estádio, tiveram permissão para entrar no vestiário.

Wymack parado no saguão os instruiu imediatamente que fossem se trocar. Neil estava a meio caminho da porta do vestiário masculino quando Kevin o agarrou pela gola da camisa e o arrastou pelo corredor até a porta dos fundos. Kevin a abriu e empurrou Neil para que entrasse primeiro. Neil tropeçou em um degrau, se equilibrou segundos depois e foi para a área técnica.

A Toca das Raposas era o segundo estádio universitário em que estivera, o primeiro sendo o Ninho dos Corvos de Edgar Allan, mas nunca presenciara uma noite de jogo. Uma coisa era admirar os assentos tão altos que quase causavam vertigem, outra completamente diferente era vê-los repletos de pessoas. Nem todos haviam entrado ainda, mas ao menos três quartos dos 65 mil lugares já estavam ocupados. O estádio vibrava ao som de dezenas de milhares de pés. A multidão gritava e ria de forma estrondosa, e isso tudo antes que sequer tivessem um motivo para fazer tanto barulho. Neil se perguntou como seria o som da comemoração quando as Raposas marcassem um gol. Talvez fosse alto o suficiente para conseguir quebrar um osso.

Não demorou até que vissem Neil e Kevin na área técnica. Quando os torcedores que estavam mais próximos começaram a gritar, o som causou uma pequena comoção nas arquibancadas. A bateria do campus, Notas de Laranja, ainda se posicionava em sua seção, mas reagiram aos gritos sem pensar duas vezes. Os percussionistas começaram a batucar em um ritmo intenso, enquanto alguns dos trompetes começavam a tocar o grito de guerra da universidade. Os estudantes se juntaram segundos depois, gritando a letra palavra por palavra para uma quadra vazia.

— Não desperdice o tempo deles hoje — disse Kevin no ouvido de Neil. — Eles vieram pra te ver jogar, então dê a eles algo para acreditarem.

— Eles não estão aqui para me ver — respondeu Neil. — Vieram para ver o famoso Kevin Day.

Kevin apoiou a mão no ombro de Neil e o empurrou de leve.

— Vai se trocar.

Neil deu uma última olhada nas arquibancadas antes de se dirigir ao vestiário.

Quando estavam todos vestidos e com os equipamentos a postos, Wymack os chamou para que se dirigissem ao saguão e repassou a escalação dos Chacais de Breckenridge. Matt olhou para a lista de jogadores titulares e fez uma careta.

— Ei, Seth. Parece que o Gorila está de volta.

— Merda. — Seth esticou o braço, exigindo ver o papel.

— Ao menos estão nos levando a sério desde o começo — disse Aaron.

— É fácil falar isso estando na defesa. — Allison pegou a escalação da mão de Matt e a entregou a Seth.

— Gorila? — perguntou Neil.

— O número 16, Hawking — explicou Nicky. — Também conhecido como Gorila. Tem 1,98 metro de altura e 135 quilos da mais pura babaquice. Você vai saber quem é assim que o vir, acredite nisso. Ele parece um jogador de futebol americano que se perdeu no caminho até o campo.

— Também é burro que nem uma porta e ficou de fora do campeonato no ano passado porque reprovou em algumas matérias — complementou Matt. — É tipo um ritual anual pra ele.

— Ele joga na defesa — explicou Dan, olhando para Neil. — E adora dar um tranco nos outros. Não fique entre ele e a parede, Neil. Se você deixar, ele vai acabar com você todinho.

— Mas não se preocupe — disse Matt. — É provável que ele esteja ocupado demais matando o Kevin e o Seth para ir atrás de você.

— Olha como estou tranquilo — disse Neil, apontando para o rosto inexpressivo.

— Vocês já acabaram de desperdiçar meu tempo? — perguntou Wymack. — Então vamos, se mexam. Vamos nos aquecer do nosso lado da quadra. Comecem revezando os arremessos, duas vezes no Andrew e depois duas vezes na Renee. Andrew, mantenha a bola do nosso lado. Se uma única bola for parar do lado dos Chacais enquanto eles estiverem aquecendo, você não vai entrar em quadra até o segundo tempo.

Ao ouvir isso, Neil olhou para Andrew. Ele parecia estar bem, mas talvez ainda estivesse um pouco longe da primeira etapa para que a abstinência começasse a fazer efeito.

Wymack seguiu em frente.

— Os titulares vão ser: Seth, Kevin, Dan, Matt, Aaron e Andrew. Tenho três reservas para cada tempo, então todos vão ser substituídos, exceto os goleiros. Kevin, se sua mão der uma coçadinha sequer, peça pra sair. Não pague uma de burro hoje.

— Já se passaram oito meses — argumentou Kevin.

— Não vá se arriscar logo no primeiro jogo de volta — preveniu Abby.

Kevin fez uma careta, porém não discutiu mais. Aquilo era o suficiente para Wymack e Abby, que mandaram as Raposas irem pegar os capacetes e as raquetes. Eles se alinharam na porta de acordo com a ordem de escalação. Dan ia na frente, por ser a capitã. O fone de ouvido de Wymack estava conectado com a cabine do narrador. Quando recebeu a autorização, guiou a equipe para o banco. O capacete de Neil abafava os gritos da multidão, mas seus ouvidos ainda zumbiam enquanto acompanhava as Raposas para dentro da quadra.

Neil sabia que as Raposas eram a equipe com menos jogadores da NCAA, e Breckenridge era um dos times com o maior número de jogadores, mas não esperava que a diferença fosse tão brutal. Vestindo uniformes marrom e preto, os Chacais pareciam espremidos em sua metade da quadra, fazendo com que as Raposas parecessem patéticas e pequenas do outro lado. Neil falhou totalmente em tentar não ficar intimidado e, então, decidiu se dedicar ao máximo nos exercícios de aquecimento. Os vinte minutos passaram mais rápido do que o esperado e, enfim, foram conduzidos para fora da quadra pelos juízes: os Chacais saíram pela ala norte, e as Raposas pela ala sul.

Era quase impossível ouvir a voz do narrador com todo o barulho que a multidão fazia, mas conforme a hora do jogo se aproximava, alguém teve a brilhante ideia de aumentar o volume de seu microfone. Quando anunciou as escalações dos times, sua voz ecoava pelas paredes da quadra. As Raposas erguiam as raquetes conforme seus nomes eram anunciados, em um cumprimento silencioso. A multidão gritava em resposta a cada nome que ouvia, e os percussionistas da Notas de Laranja batucavam intensamente com suas baquetas.

— E nos Chacais de Breckenridge — prosseguiu o narrador, anunciando a escalação dos jogadores para aquela noite. Os nomes dos Chacais foram recebidos com uma mistura de vaias e aplausos educados pela torcida das Raposas, mas havia um grande setor dedicado aos torcedores dos Chacais no lado norte do estádio. A bateria deles começou a tocar o grito de guerra do time assim que o último nome foi anunciado, mas a Notas de Laranja os abafou no mesmo instante com uma das músicas de Palmetto.

Os seis árbitros da partida abriram os portões de cada um dos lados da quadra e entraram. Quando fizeram o sinal, Dan e o capitão do outro time se dirigiram ao meio da quadra para um aperto de mãos obrigatório e para jogarem a moeda. O árbitro principal sinalizou que o primeiro saque seria dos Chacais e que as Raposas jogariam do lado destinado ao time da casa. Três árbitros seguiram cada capitão e se organizaram ao redor das linhas da quadra.

Wymack sinalizou para que seus titulares entrassem em quadra.

— Entrem lá e façam eles se arrependerem de terem vindo aqui hoje. Quero todos os reservas em pé incentivando o time, mas se trombarem em algum dos árbitros, acabo com vocês. Vamos lá.

Dan liderou os jogadores até o portão e deu um murro na parede quando estavam prontos. O narrador repetiu a escalação titular das Raposas, do ataque até a defesa. Kevin foi o primeiro a entrar, e o estádio inteiro veio abaixo ao vê-lo. Não importava para qual time aquelas pessoas torciam; estavam vendo Kevin de uniforme após oito meses afastado. Tudo indicava que ele nunca mais fosse jogar de novo, mas carregava a raquete consigo para o meio da quadra como se sempre tivesse certeza de que um dia voltaria.

Seth veio logo a seguir, se juntando a Kevin na meia quadra. Dan era a armadora do time, posicionada entre a meia quadra e a área da defesa. Matt e Aaron se espalharam na área da defesa e Andrew foi o último a entrar, indo direto ao gol.

Os Breckenridge vieram a seguir. Nicky indicou quem era o Gorila assim que o jogador entrou, mas Neil não precisava de ajuda para saber quem era.

— Não se esqueça de agradecer ao Seth e ao Kevin depois por apanharem no seu lugar.

Nicky poderia estar brincando, mas Neil assentiu de todo modo. Não sentia a menor vontade de jogar contra qualquer pessoa que fizesse Matt parecer pequeno.

Nicky olhou para Neil.

— Ei — disse, parecendo estranhamente receoso. — Ainda não tivemos a chance de conversar depois de... bom, você sabe. Enfim. Eu queria pedir desculpas, mas ficava perdendo a coragem. Está tudo bem entre a gente?

— Ainda não sei dizer — respondeu Neil.

Nicky pensou a respeito por um minuto, então suspirou e concluiu:

— Justo.

Os árbitros bateram os portões com força, trancando-os a seguir. Havia saídas de ar e ventiladores ao longo do teto para manter o ar circulando dentro da quadra. As saídas de ar faziam o eco dos saques e rebatidas se propagar, mas os jogadores teriam que gritar para que suas vozes se sobressaíssem ao barulho do estádio. Neil não sabia sobre o que estavam conversando enquanto esperavam que a partida começasse, mas duvidava que fosse algo agradável, visto que Seth estava mostrando o dedo do meio para o atacante dos Chacais. Seth repetiu o gesto para Kevin alguns segundos depois.

— Meu Deus — disse Abby, logo atrás de Neil. — Eles bem que poderiam pelo menos fingir que se dão bem quando jogam contra essa equipe.

— Até parece! — comentou Nicky. — Aposto dez dólares que vão se bater em menos de quinze minutos.

— Não vou entrar nessa aposta — disse Allison.

— Você podia tentar ser otimista ao menos no primeiro jogo da temporada — protestou Renee.

— Não sei se você viu contra quem vamos jogar — afirmou Nicky, apontando para a equipe adversária. — Tem certeza de que ser otimista vai ajudar?

— Não vai atrapalhar — concluiu Renee com um sorriso.

Allison abriu a boca para dizer algo, mas a buzina de aviso abafou sua voz. Se esticasse o pescoço, Neil quase conseguia ver o painel de placar pendurado bem no meio da quadra. Com quatro lados diferentes, ele exibia o cronômetro, o espaço para a pontuação e estatísticas de arremessos, assim como as telas de replays e lances vistos mais de perto. Naquele instante, o painel começaria a contagem regressiva do último minuto antes de o jogo começar, mas Neil não se esforçou para ver melhor. Não queria tirar os olhos da quadra. Pressionou as mãos cobertas pelas luvas contra a parede e se inclinou para a frente, querendo absorver tudo de uma vez. Seu coração batia cada vez mais forte e um calor intenso irradiava por cada pedaço de seu corpo. Prendeu a respiração esperando pelo saque inicial.

A buzina soou de novo e a partida começou. O meia dos Breckenridge jogou a bola para o alto e bateu nela com a raquete. O barulho tão característico fez com que Chacais e Raposas saíssem de suas formações iniciais e corressem para a frente, assumindo suas posições e seus lugares na quadra. O nervosismo que Neil sentira anteriormente evaporara sob o peso da empolgação intensa da torcida. Os gritos pareciam percorrer a sua pele e o barulho de mais de cem mil pés batia em sincronia com sua pulsação. Dois corpos colidiram na quadra, indicando que o jogo seria brutal desde o início. Houve um estrondo de aprovação.

A bola bateu na parede em frente aos reservas e quicou para longe. Dan a apanhou antes que fosse longe demais e a passou para Seth. O movimento impulsionou Dan para a parede mais à frente e, segundos depois, o pivô dos Chacais se chocou contra ela. A parede estremeceu sob o peso deles. Dan praticamente o arremessou para o lado para voltar ao jogo, e os reservas bateram na parede para apoiá-la.

Neil varreu a quadra com o olhar até o atacante dos Chacais que se esforçava para passar por Aaron. Aaron e Matt empurravam os atacantes dos Chacais pela quadra para que se afastassem do gol, mas sem querer deixar muito espaço vazio entre eles e Andrew. Sozinho atrás das linhas que demarcavam o território do goleiro, Andrew assistia ao jogo que se desenrolava à sua frente. Girava a raquete em movimentos circulares, zombando dos esforços dos Chacais com sua postura despreocupada.

A bola bateu na parede ao fundo e Neil voltou sua atenção para ela. Dan foi a primeira a chegar nela mais uma vez, arremessando-a por cima da cabeça de Seth. Seth e Gorila correram para o outro lado da quadra, disputando a bola no rebote. Seth conseguiu pegá-la, mas não por muito tempo. Deu apenas um passo antes que Gorila batesse em sua raquete. O golpe não pareceu muito forte, mas fez a raquete de Seth sair voando. Gorila pegou a bola enquanto ela quicava no chão e se virou para arremessá-la do outro lado da quadra. Ela bateu na parede a alguns centímetros do gol das Raposas. Andrew observou enquanto a bola saltava para longe.

Um dos atacantes dos Chacais conseguiu se livrar de Matt e correu na direção da bola. Andrew parou de girar a raquete e se endireitou, preparando-se bem a tempo. O atacante arremessou com força no gol e Andrew rebateu com força, fazendo a bola ir parar no meio da quadra. O armador dos Chacais tentou pegá-la, mas a bola, que estava mais veloz do que ele esperava, quicou na rede da sua raquete. Dan a roubou. A reação dele foi derrubá-la, fazendo com que a bola saísse rolando para longe. Dan bateu com a raquete no chão, irritada, enquanto se levantava para persegui-lo. O armador dos Chacais, que tinha a posse de bola, corria para o gol das Raposas.

— Vai, mulher — gritou Abby. — Você consegue.

Dan não o alcançou a tempo de impedir que passasse a bola, mas não diminuiu a velocidade. Bateu com tudo no armador, fazendo com que ambos caíssem. A torcida dos Chacais gritou, indignada, exigindo que os árbitros dessem cartão por aquela entrada violenta, mas os árbitros nem se mexeram. Só era permitido dar trancos dessa forma quando um dos jogadores tinha a posse de bola, mas havia concessões quando a jogada acontecia nos primeiros dois segundos após a bola sair da rede do jogador. Os criadores das regras sabiam que, às vezes, o atleta não conseguia parar a tempo porque estava correndo rápido demais. Isso abria brechas para colisões feitas por pura vingança como a de Dan, mas só tornava o jogo ainda mais divertido para os torcedores.

Aaron era pequeno o suficiente para passar por baixo do braço do atacante. Ele interceptou a bola em um movimento inacreditável e continuou virando o corpo para ficar de frente para a área das Raposas. Passou a bola para Andrew sem diminuir a velocidade e se reposicionou um instante depois. Andrew bateu na bola por baixo para jogá-la do outro lado da quadra. A bola bateu no teto e caiu de volta na disputa.

— Reajam, Raposas! — berrou Wymack.

— Vamos, Raposas, vamos! — As Raposetes gritavam no fim da quadra.

Os espectadores, entrando no ritmo, repetiram o grito das líderes de torcida. Os demais reservas se juntaram ao coro, mas Neil estava tão atordoado com a velocidade do jogo e habilidade dos atletas que permaneceu em silêncio.

Estivera lá enquanto seus colegas de equipe se desgastavam com brigas internas durante o verão inteiro, mas agora finalmente os enxergava como um time. Por mais que as Raposas não se gostassem de vez em quando, desgostavam ainda mais dos outros times. Ainda estavam fragmentados demais para serem de fato ótimos, mas eram bons o suficiente para deixá-lo arrepiado. Neil enfim conseguiu compreender como as Raposas conseguiram o terceiro lugar no outono passado, garantindo a vaga no campeonato.

Infelizmente, os Breckenridge eram melhores. Com doze minutos de jogo, conseguiram penetrar na defesa das Raposas. Um atacante dos Chacais pegou a bola e investiu contra Aaron, que foi arremessado para longe, deixando o atacante com o caminho livre para o gol, e todos os Chacais se aglomeraram dentro da área da defesa das Raposas. O atacante se aproximou perigosamente do gol antes de arremessar. Andrew defendeu, fazendo a bola quicar no capacete do atacante. O armador dos Chacais pegou a bola a seguir e, um segundo atrasada, Dan não conseguiu impedi-lo de mirar no gol. Andrew também defendeu aquele arremesso, mas os Chacais estavam perto demais para que ele conseguisse se livrar da bola. Mirou para cima, mas Gorila, que estava perto e era muito alto, conseguiu pegá-la no ar.

— Tirem essa bola daí! — gritou Wymack atrás da parede.

Gorila derrubou duas Raposas como se nem estivessem lá e correu em direção ao gol. Matt se jogou em Gorila como se sua vida dependesse disso, fazendo com que os dois caíssem. O atacante que Matt marcava, agora livre, pegou a bola e arremessou, e o gol se iluminou vermelho atrás de Andrew. A torcida dos Breckenridge foi à loucura quando a buzina anunciou que haviam marcado o primeiro gol. Wymack praguejou sem parar e virou para os lados, irritado, procurando algo para descontar sua raiva, mas sem encontrar nada.

— Valeu, Raposas, boa tentativa! — exclamou Renee, batendo palmas.

Os Chacais comemoraram terem aberto o placar com tapinhas nas costas enquanto voltavam para o outro lado da quadra. Gorila foi o último a voltar, ainda tentando se levantar após ter caído com Matt; ele parou na frente do gol e disse algo para Andrew. Seja o que for, Andrew não pareceu impressionado. Ficou parado com a raquete na frente dele, os braços cruzados por cima da rede, e apoiou o queixo em um dos braços. Gorila fez um gesto de desdém para ele e correu para o outro lado da quadra. Dan se aproximou de Matt para verificar se ele estava bem.

Quase conseguiram voltar às posições iniciais sem incidentes, mas então, o defensor que marcava Kevin o empurrou ao passar por ele. Kevin o empurrou de volta com força o suficiente para quase derrubá-lo. O defensor dos Chacais se virou para dizer alguma coisa, e Seth gesticulou enquanto se aproximava. Kevin ignorou o Chacal e disse algo para Seth, que respondeu com um soco.

— Ganhei! — disse Nicky. — Só se passaram treze minutos de jogo.

— Ninguém apostou com você — reclamou Abby, parecendo cansada enquanto assistia à briga de Kevin e Seth.

— Não apostem nesses imbecis — declarou Wymack.

Dan se aproximou dos dois, separando a briga de maneira brusca. Ela repreendeu Seth, enfiando o dedo na cara dele enquanto falava, e depois fez o mesmo com Kevin. Kevin e Seth por fim se separaram na meia quadra para retomar suas posições. Os árbitros próximos aos portões esperavam para ver se precisariam interferir, parecendo decidir que Dan conseguira apartar a situação e que poderiam deixar para lá.

O jogo recomeçou com outro saque dos Breckenridge, mas as Raposas agora estavam agitadas e enfurecidas por terem tomado o primeiro gol. Kevin parecia ter levado para o lado pessoal, e jogava com sede de vingança. Assim que recebeu a bola de Dan, fez a finta em seu marcador e disparou pela quadra desprotegida para marcar um gol perfeito. O gol se iluminou em vermelho e a multidão comemorou de pé a recuperação das Raposas. A empolgação dos estudantes era tanta que Neil mal conseguiu ouvir o próprio grito de júbilo. A Notas de Laranja tocou o grito de guerra e os estudantes ecoavam sua letra como se convocassem todos à batalha.

O grito de guerra nem havia chegado na metade quando Kevin e seu marcador começaram a brigar. Foi preciso que Matt, Dan e três dos Chacais interferissem para apartar. Os árbitros já estavam por perto quando os dois enfim foram separados a uma distância segura. O jogador dos Chacais levou um cartão amarelo por ter desferido o primeiro soco, e a torcida comemorou. Os telões acima das cabeças deles exibiam um chacal de desenho animado levando uma martelada na cabeça. Os torcedores dos Chacais vaiaram, mas a comemoração da torcida das Raposas abafou sua raiva.

Quando as equipes se posicionaram para recomeçar o jogo, os árbitros saíram de quadra. Dan sacou para continuar a partida.

Com vinte minutos de jogo, Gorila esmagou Seth na parede. A torcida gritava em um misto de ódio e empolgação conforme Gorila corria atrás da bola desprotegida. Neil esperava que Seth corresse atrás dele, mas Seth continuou grudado e inerte na parede por mais um segundo e desabou no chão.

— David — disse Abby, mas Wymack já estava correndo em volta das paredes para se posicionar em frente a Seth. Um dos árbitros se agachou ao lado dele e gesticulou para Seth por trás das paredes. Wymack bateu na parede para chamar a atenção dele. Com cuidado, Seth se forçou a ficar de pé, apoiando-se nas mãos e nos joelhos. Neil olhava dele para o jogo tomado pela frustração. Se o jogador não sinalizasse para os árbitros que queria sair, o jogo prosseguia, o que significava que Kevin ficaria com dois marcadores.

Não demorou para que Dan percebesse a situação difícil em que Kevin estava. Ela se virou, perdendo a bola de vista e desperdiçando segundos preciosos para ver o atacante que não estava mais no jogo. Do outro lado da quadra, havia dois defensores marcando Kevin, preso entre eles como um sanduíche. Ele perdeu a bola e a raquete, mas ainda assim conseguiu ficar de pé.

— Anda, Seth! — gritou Nicky, chutando a parede.

Seth enfim ergueu a raquete, avisando aos árbitros que não conseguiria continuar em quadra. Um alarme tocou para que o jogo fosse paralisado. Matt tinha acabado de pegar a bola, que passou para Andrew por precaução. Os espectadores assistiam em silêncio ao esforço que Seth fazia para se levantar. Ele oscilou para os lados próximo à parede, apoiando todo o seu peso nela, buscando recuperar o equilíbrio antes de tentar andar. Dan correu para ajudá-lo, e Allison o acompanhou até que saísse da quadra. Abby se apressou para chegar ao portão próximo a eles.

Wymack bateu no ombro de Neil.

— Anda.

O nervosismo fez o estômago de Neil se revirar. Ver as equipes em ação só comprovou o que dissera o tempo inteiro: não estava pronto para jogar com um time como aquele. Mas não tinha muita escolha, então agarrou a raquete e correu atrás de Allison até o portão da quadra.

— Acaba com eles! — gritou Nicky para ele.

Allison tirou Seth das mãos de Dan próximo ao portão e o ajudou a ficar em pé para que Abby pudesse tirar seu capacete. Allison o ajudou a ir até o banco, e Dan gesticulou para que Neil entrasse. O narrador anunciou a substituição:

— Sai Seth Gordon e entra o novato Neil Josten, número 10, vindo de Millport, no Arizona.

Neil se perguntou se seu caixão faria um som semelhante ao dos portões da quadra quando fosse fechado.

— Pronto? — perguntou Dan.

— Pronto pra tentar — respondeu Neil.

— Então bora — disse ela, batendo com a raquete na dele.

Correram juntos pela quadra. Quando Seth enfim anunciou que não conseguiria prosseguir, ambos os times já estavam dentro de suas áreas de defesa de novo. Dan se colocara perto de sua posição inicial. Como Neil entrara com o jogo em andamento, começaria encostado na parede, do lado do time da casa.

— É sério? — gritou o pivô dos Chacais para ele. — O treinador disse que você é um novato do primeiro ano.

— Você tá de sacanagem — exigiu saber uma garota, e Neil olhou surpreso. A defensora com quem Kevin passara o jogo todo brigando era uma mulher. — Um amador em um campeonato nacional? A Carolina do Sul tá ficando ainda mais bizarra do que o normal.

— Um amador e um aleijado, você quer dizer — retrucou o pivô.

Andrew bateu a raquete contra a baliza, e diversos atletas se sobressaltaram, lançando olhares desconfiados para ele. Neil não conseguia distinguir a expressão de Andrew de onde estava, mas esperava que estivesse com um sorriso fingido. Os adversários denunciariam a sobriedade dele na mesma hora se isso significasse que sairia do gol das Raposas. Neil observou, esperando pelo pior, mas Andrew deu dois passos na área do goleiro e aguardou. A buzina soou acima da cabeça deles quando todos estavam posicionados e parados. Andrew ergueu a bola com a mão enluvada.

— Ei, Pinóquio — disse, sem olhar para Neil. O entusiasmo em sua voz era desdenhoso demais para ser genuíno, mas Neil duvidava que alguém, além das Raposas, notasse. — Hora de correr. Essa é pra você.

Andrew quicou a bola no chão e bateu nela com toda a sua força. Neil não esperou até que ele batesse. Se afastou da parede e correu pela quadra a toda velocidade, deixando para trás os defensores e atacantes que começavam a se mover. A garota que marcava Kevin atravessou a quadra na direção dele, com a intenção de marcá-lo, mas Neil era mais rápido do que ela esperava, fazendo-a correr até o fundo da quadra.

A bola bateu na parede dos fundos e voltou com força. Neil pulou para pegá-la antes que passasse por cima da sua cabeça. Sua marcadora já estava por perto quando ele pousou no chão, mas Neil desviou dela, contando os passos por instinto enquanto tirava a raquete do alcance da garota. A raquete dela quase caiu de sua mão quando ela tentou bater na dele. Só podia dar dez passos com a bola, e já tinha dado seis. Neil sabia que não conseguiria passar por ela dando apenas quatro passos, então se virou e passou a bola de volta para Dan. A defensora se chocou nele um segundo depois, e Neil derrapou, um braço no ar e a raquete se arrastando no chão enquanto tentava se equilibrar.

Dan passou a bola para Kevin. Gorila era enorme, mas seu tamanho fazia com que fosse mais lento. Kevin fez a finta nele e pegou a bola, então virou todo o corpo e jogou a bola mais para a frente na quadra para que os atacantes tivessem espaço para se organizarem. Como vingança, Gorila bateu na raquete de Kevin, fazendo com que caísse. Kevin xingou e sacudiu os braços com força. O goleiro dos Chacais saiu do gol para jogar a bola de volta para o outro lado da quadra. Matt conseguiu interceptá-la, lançando-a para o alto, na intenção de fazê-la bater no teto e cair perto dos atacantes de novo. Kevin conseguiu pegá-la, mas só deu dois passos, mirando e arremessando na direção do gol, antes de Gorila se chocar contra ele. Kevin atingiu o chão com tanta força que rolou de um lado para o outro.

O goleiro, após defender, devolveu a bola para Gorila. Gorila a jogou na parede do lado das Raposas de novo, e os defensores dos Chacais correram atrás dela, forçando Neil e Kevin a voltarem para defender. Foram empurrados até a área de defesa. Neil decidiu que odiava essa estratégia de jogo em que eram "todos contra o goleiro". Era frustrante vê-los fuzilar Andrew desse jeito, ainda mais estando distante. Ele não podia entrar por inteiro na disputa, pois havia a chance de as Raposas roubarem a bola. Tudo o que podia fazer era assistir aos Chacais trucidarem as Raposas. Três arremessos depois, conseguiram marcar.

— Vocês não vão ganhar da gente — disse a marcadora para Neil. — São ruins pra cacete.

— Prefiro ser uma Raposa a um Chacal, que só ganha porque machuca os adversários — disse Neil. — Vocês são um time de valentões patéticos.

Ela o empurrou, tronco contra tronco.

— Repete o que você disse. Eu duvido.

A atitude não abalou Neil, que lançou um olhar entediado para ela e pressionou o dedo em seu ombro.

— Sai da minha frente. Você já levou um cartão. Começa outra briga e vai ser expulsa.

— Leverett! — O armador gritou em aviso. — Para com isso!

Ela crispou o lábio para Neil em desdém, deu dois passos exagerados para trás e se virou, irritada, para se posicionar. Assim que todos estavam prontos, os Chacais sacaram. Neil não foi muito longe, pois logo encontrou Leverett de novo. Ela o empurrou com o ombro, forçando-o a recuar para o meio da quadra. Do outro lado, Kevin tinha a posse de bola, mas a perdeu um instante depois, quando Gorila jogou sua raquete para longe. Neil não sabia se Gorila de fato estava batendo com toda a sua força ou se era Kevin que tinha medo de segurar a raquete quando as reverberações subiam de suas mãos até os cotovelos. Não sabia qual resposta preferia que estivesse correta. Não queria que Kevin se machucasse, mas as Raposas não podiam se dar ao luxo de ter os problemas psicológicos de Kevin afetando seu desempenho em quadra.

Matt roubou a bola do atacante, passando-a para Aaron. Somente Andrew estava livre para que Aaron passasse a bola. Levou dois segundos para chegar na área de ataque, e então Andrew bateu na bola para que quicasse na parede em frente a Aaron. Aaron a pegou e a jogou para a frente com toda a força.

— Neil!

Neil já estava em movimento, seguindo o arco da raquete de Aaron e percebendo que o passe era para ele. Leverett bateu na raquete dele, tentando impedi-lo de pegar a bola, e Neil rangeu os dentes ao sentir a dor aguda em seu pulso. Colocou a raquete por cima da dela para tirá-la do caminho. Isso fez com que perdesse o precioso segundo do qual precisava para agarrar a bola, e quase distendeu o braço ao tentar fazê-lo. Leverett se chocou nele de novo, tentando derrubá-lo, mas Neil abraçou a raquete, usando o corpo e a rede para proteger a bola. Leverett bateu na raquete dele de novo, tentando roubar a bola. Neil recuou um passo para se equilibrar, permitindo que ela pegasse a bola, e bateu com o ombro nela, com força o suficiente para fazer com que caísse de bunda no chão. Agarrou a bola quando esta caiu e correu a toda a velocidade.

— Maldito do caralho! — gritou ela.

Neil deu dez passos com a bola e a jogou para Kevin, que a agarrou, só para ter a raquete derrubada mais uma vez. Gorila passou por ele, perseguindo a bola. Kevin pressionou a mão esquerda na barriga e se virou à procura de Matt.

— Tira esse cara de perto de mim!

Matt não respondeu, apesar de ter ouvido. Quando ambos os times estavam na área de defesa, Matt abandonou o seu atacante e foi atrás de Gorila. Colocou a raquete de lado para deixar as mãos livres e com um movimento rápido, acertou um soco logo abaixo do peito de Gorila, sob o colete armadura. O choque fez o outro cair com tudo, sem ar, e a buzina anunciou a falta. Gorila só precisou de um segundo para recuperar o fôlego, indo atrás de Matt. Matt fugiu de suas mãos gigantes, usando outras pessoas como escudo para que Gorila não o pegasse. Gorila empurrava os companheiros de equipe, tirando-os do caminho para perseguir Matt pela quadra.

Assim que Matt passou pelo gol, Andrew se colocou no caminho de Gorila. Parecia ridiculamente pequeno enquanto observava Gorila olhá-lo de cima, mas se manteve firme, aguardando com a raquete ao lado do corpo. Gorila moveu a mão enorme para ele, exigindo que se mexesse, mas Andrew permaneceu ali, parado e em silêncio. Neil prendeu a respiração, esperando pelo momento em que Gorila o forçaria a sair do caminho. Andrew podia ser um psicopata, mas também tinha metade do tamanho do outro. Um simples soco racharia o seu crânio no meio.

Por sorte, os árbitros interferiram antes de as coisas piorarem. Matt aceitou o cartão amarelo que levou sem discutir e fez sinal de joinha para Kevin. Os portões abertos permitiam que Neil ouvisse os torcedores que reclamavam ou comemoravam a briga. Matt saiu da quadra, sendo substituído por Nicky, e foi recebido pelos torcedores das Raposas como se fosse um campeão. Gorila saiu da quadra pelo lado dos Chacais alguns segundos depois. Neil percebeu que o jogador estava mancando.

— Matt é bom de porrada — disse Neil.

Dan sorriu.

— A mãe dele luta boxe profissionalmente. Ensinou alguns truques para ele. Mas o quê...? — Neil seguiu o olhar dela, percebendo que a fonte de sua distração estava nos portões da quadra, onde Wymack ainda aguardava. Já estava quase na hora de Allison entrar no lugar de Dan, mas Wymack tinha Seth e Allison ao seu lado. Wymack gesticulava entre eles, permitindo que Dan escolhesse. Ela só precisou de um instante para entender e se virar, à procura de Kevin.

Kevin estava parado ao lado de Andrew na área do goleiro, com a mão esquerda estendida para que Andrew pudesse ajustar sua luva externa. Ele soltou as fivelas e tirou a luva, colocando-a embaixo do braço para remover o protetor de braço de Kevin. Kevin ainda ficou com a luva de baixo, mas o reforço de proteção do dedo do meio estava desatado para que Andrew pudesse arrumar o pano preto em seu pulso. Kevin flexionou os dedos devagar, analisando suas cicatrizes, depois virou a mão e flexionou os dedos mais uma vez.

— Kevin! — gritou Dan.

Kevin e Andrew olharam para ela, os olhares seguindo na direção que seu dedo apontava. Neil não conseguia ouvir o que Andrew dizia, mas Kevin balançou a cabeça. Andrew empurrou as luvas e armadura de Kevin contra o peito dele e recuou, e Kevin se virou para sair da quadra. Dan apertou o ombro dele enquanto passava. Assim que Kevin estava distante e não conseguia mais ouvir, ela murmurou alguma coisa raivosa e olhou feio para Gorila do outro lado da parede.

Os torcedores gritaram ao ver Kevin sair, com o mesmo respeito que haviam demonstrado a Matt. Ele só havia jogado durante meia hora, mas tê-lo em quadra já foi bom o bastante.

— Se alinhem para cobrar a falta — avisou Dan, enquanto Seth entrava no lugar de Kevin.

Os árbitros saíram, trancando os portões. Raposas e Chacais abriram caminho para o jogador que entrou no lugar de Gorila pudesse fazer a cobrança após ser autorizado pelo sinal. Ele demorou alguns segundos a mais para avaliar suas opções, então arremessou no canto do gol. Andrew defendeu, fazendo a bola ir parar do outro lado da quadra.

Neil correu o mais depressa que conseguiu, querendo mais do que nunca que as Raposas ganhassem o jogo. Sabia que não iriam, mas estava irritado com o jeito que os Chacais jogavam. Gorila tentara lesionar Kevin em seu primeiro dia de volta às quadras, o que era um absurdo, uma maldade. A esperança de Neil era que Matt tivesse quebrado algumas de suas costelas ao desferir aquele soco.

A bola vinha na direção de Neil, que a pegou no ar. Ele correu em direção ao gol, dando cinco passos antes que Leverett aparecesse logo atrás de si. Arremessou no gol, e o goleiro quase não conseguiu defender. Seth se esquivou de seu marcador para pegar a bola, mas não tinha como arremessar de onde estava e, por isso, a passou de volta para Neil.

Leverett tentou interceptar, mas Neil não permitiu que o fizesse. Ele bateu com a raquete na dela com força o suficiente para quase fazer ambas as raquetes voarem. Ela xingou ao perder o controle, e não havia mais ninguém para impedir Neil de chegar até o gol. Ele pegou a bola e deu dez passos, escolhendo o melhor ângulo e analisando a linguagem corporal do goleiro durante a corrida. Usou seu último passo como impulso, ajudando a colocar toda a sua força no arremesso.

As luzes vermelhas do gol se acenderam quando a bola de Neil entrou. A buzina soou acima da cabeça deles, e Neil se virou para voltar para o meio da quadra enquanto seus colegas de equipe comemoravam.

Leverett surgiu em seu caminho.

— Você deu sorte.

— Você que está ficando lenta — respondeu Neil.

Ela fez menção de agredi-lo, mas parou no meio do movimento, talvez por se lembrar que já tinha um cartão amarelo. Neil a tirou de seu caminho e continuou. Ela gritou obscenidades que ele escolheu ignorar. Estava mais interessado em Seth, que cruzava a quadra para dar um forte tapa em seu ombro. Neil bateu sua raquete na dele em comemoração e ambos voltaram para suas posições no meio da quadra.

Dan surgiu atrás de Neil.

— Vamos fazer isso de novo, Raposas!

Neil só voltou a marcar quando entrou de novo, no segundo tempo. Dois gols não seriam o suficiente para dar a ele a posição de titular, mas fizeram com que se sentisse melhor por jogar na equipe. Era quase o suficiente para aliviar a dor quando, por fim, perderam para os Breckenridge, com o placar final de nove gols contra sete. A temporada tinha acabado de começar, de qualquer maneira, e Neil tinha até outubro para melhorar.

CAPÍTULO DOZE

Quando o despertador de Neil tocou na manhã seguinte, ele passou um minuto atordoado, contemplando o nada, antes de se lembrar por que estava acordando àquela hora. Enfiou o relógio embaixo do travesseiro, desejando que Kevin e Wymack morressem prematuramente, e se arrastou até a beirada da cama. O despertador de Matt tocou enquanto Neil descia as escadas. Seth resmungou grosserias do outro lado do ambiente quando o colega de quarto demorou para desligá-lo. O travesseiro de Matt abafou qualquer que fosse sua resposta, mas o tom não parecia amigável.

Neil parou no fim da escada do beliche para coçar os olhos, tentando afastar o sono. Matt, enfim, encontrou o despertador e o desligou. Seth bufou, se virou na cama ruidosamente e voltou a roncar no mesmo instante. Matt o observou, seu olhar turvo e ameaçador, antes de olhar para Neil.

Matt parecia tão miserável quanto Neil se sentia. Wymack os alertara na noite anterior que o dia começaria cedo, mas as Raposas não poderiam estrear a temporada sem uma pequena festinha. Como era de se esperar, o grupo de Andrew não quis se juntar a eles, mas Neil e seus colegas de quarto foram para o quarto das meninas comemorar. Os veteranos beberam quase toda a garrafa de vodca, mesmo sem a ajuda de Neil e Renee. Na hora, todos eles acharam que valeria a pena. Mas após dormir pouco menos de uma hora, Neil já não tinha tanta certeza.

Alguém bateu na porta do quarto. Neil foi até o corredor para atender. As luzes do corredor estavam mais fortes do que ele esperava. Coçou os olhos de novo, tanto para que os pontinhos luminosos sumissem quanto para não ter que olhar para Wymack. Deveria ser impossível que o treinador parecesse tão acordado àquela hora, mas ali estava ele, parecendo bastante descansado.

— Pare de bocejar e vá se trocar — ordenou Wymack, dando palmadinhas no rosto de Neil. — Temos um cronograma a cumprir. Quero todos no ônibus em cinco minutos.

Neil fechou a porta na cara dele e foi trocar de roupa.

Ainda estava morto de cansaço quando saiu do quarto um minuto depois, mas sua mente operava no modo de sobrevivência. Renee abriu um sorriso cansado para ele, com um meio aceno como cumprimento. Dan cambaleou até Matt, envolveu seu pescoço com os braços, e caiu no sono quase na mesma hora. O grupo de Andrew foi o último a aparecer. Bastou olhar para a munhequeira de Kevin para que Neil se sentisse mais desperto no mesmo instante.

Wymack apontou para Kevin.

— Como esses idiotas acordaram você?

— Eles não me deixaram dormir. — Kevin lançou um olhar carrancudo para Andrew, que o ignorou.

— Esperto — disse Wymack, apontando para que descessem as escadas. — Vamos.

Abby esperava do lado de fora do ônibus da equipe. Era a primeira vez que Neil via o ônibus, que costumava ficar estacionado em um recinto fechado para evitar vandalismo. A pintura combinava com a do estádio, faixas laranja e patas em um fundo branco. Ao entrar, Neil percebeu que o ônibus só tinha uma fileira, em vez das duas de costume. Os assentos eram grandes o suficiente para que dois atletas se sentassem confortavelmente ou para que um atleta deitasse sozinho e tirasse uma soneca. Do jeito que estava cansado, Neil pensou que aquele era o melhor ônibus que já fora feito.

Andrew foi com seu grupo para o fundo. Abby sentou-se na primeira fileira. Matt e Dan ficaram na fileira logo atrás dela, e Renee se sentou sozinha atrás deles. Neil deixou uma fileira vazia entre ele e Renee. Se apoiou na janela e olhou para o encosto do banco à sua frente enquanto Wymack se acomodava no banco do motorista. Ouviu o barulho do motor ligando, viu o dormitório desaparecer em sua visão periférica e se ajeitou para deitar no assento. Antes mesmo de chegarem à estrada, já tinha pegado no sono.

Eram quase seis da manhã quando chegaram em Raleigh, na Carolina do Norte. Wymack parou no primeiro fast-food que viu. Abby e Renee entraram para comprar lanches e cafés para todos. Assim que saíram do ônibus, Wymack ficou em pé no meio do corredor para falar com a equipe.

— Vamos lá — disse ele, perdendo o fio da meada quando viu que todos dormiam no ônibus. — Ah, merda. Hemmick! Era pra você ter acordado todo mundo quilômetros atrás.

— Não estou a fim de morrer — declarou Nicky.

Dan tentou disfarçar a risada com uma tosse. Wymack não se deixou enganar e lançou um olhar de irritação para ela enquanto se dirigia para a parte de trás do ônibus. Dan nem ligou e sorriu. Neil, curioso, se virou em seu assento para assistir ao que acontecia. Wymack foi até a última fileira, tirou a carteira do bolso de trás e a jogou em Andrew. A julgar pelo ruído que se seguiu, Andrew acordou com a mesma violência de sempre.

Wymack estendeu a mão e exigiu:

— Me devolva.

A poltrona de couro fazia barulho conforme Andrew se movia. Ele se endireitou alguns segundos depois com a carteira de Wymack em mãos. Wymack a enfiou no bolso de novo e parou na fileira seguinte, em que Kevin estava deitado. Apoiou a sola do sapato no corpo de Kevin e começou a empurrá-lo.

— Acorda — ordenou repetidas vezes, falando cada vez mais alto até que estivesse quase gritando. — Levanta e se mexe! Acorda!

Era possível ver as mãos de Kevin se movendo enquanto tentava empurrar Wymack para longe. Wymack o agarrou pelo cotovelo e arrancou Kevin da poltrona, colocando-o de pé no corredor. Antes que caísse ali, Wymack o empurrou de volta, fazendo com que se sentasse com tudo na poltrona. Kevin endireitou-se no mesmo instante, parecendo, para todos os efeitos, que já voltaria a dormir. Wymack bateu em sua cabeça para acordá-lo.

— Eu odeio você — disse Kevin, parecendo falar sério.

— Eis uma novidade: eu não tô nem aí. Foi você quem teve essa ideia brilhante.

Andrew se virou de lado para se apoiar na janela e olhou para o estacionamento.

— Já chegamos?

— Quase — disse Wymack. — Você já sabe o que tem que fazer.

Andrew não respondeu, mas Wymack não o pressionou. Estava distraído com Kevin, que voltara a pegar no sono. Wymack o sacudiu pelos ombros. Vendo que Kevin continuava dormindo, Wymack o arrancou de sua poltrona e fez com que andasse para cima e para baixo pelo corredor do ônibus. Neil o observava enquanto passava. Kevin estava andando, mas seus olhos pareciam quase fechados.

— Bom dia, flor do dia — disse Matt com uma animação exagerada.

— Vai se foder — respondeu Kevin.

Dan cobriu a boca para bocejar.

— Bom ver que você continua gostando de acordar cedo.

— Vai se foder você também.

Kevin deu meia-volta quando chegou perto do banco do motorista e se dirigiu até o fundo do ônibus. Tentou se sentar em seu lugar de novo, mas Wymack colocou uma mão em seu ombro e o virou. Kevin entendeu a indireta e continuou andando para cima e para baixo. Isso o ajudava a acordar, mas não muito. Ainda estava com cara de sono toda vez que passava pelo assento de Neil.

— Kevin — chamou Andrew, se mexendo pela primeira vez desde que se recostara na janela.

Kevin estava na metade do caminho, mas se virou assim que ouviu seu nome, retornando. Wymack saiu da frente para que pudesse chegar até o assento de Andrew. Ele tirou a medicação de um dos bolsos e entregou o frasco para Andrew. Kevin e Wymack observaram enquanto ele colocava uma pílula na mão e a engolia sem beber água. Neil quase esperava que Andrew fosse devolver o frasco, mas ele se acomodou de volta na poltrona, guardando-o em seu bolso.

Estranho, pensou Neil, que Kevin esteja com o medicamento de Andrew. Também estava com ele no Sweetie's. Neil queria perguntar por que a medicação ficava com Kevin, mas duvidava que qualquer um dos dois fosse responder à sua pergunta.

Abby e Renee voltaram um minuto depois, com sacos cheios de comida e uma bandeja de bebidas. As Raposas comeram sanduíches de bacon e os donuts prometidos por Dan. Se sentiram mais despertos depois do café, bem como o lembrete de que estavam prestes a conhecer uma das apresentadoras de programas matinais mais conceituadas do país. Dan, Matt e Renee falavam sem parar, empolgados, quando o ônibus voltou para a estrada.

Levaram mais quinze minutos para chegar ao prédio de dois andares em que o programa de Kathy Ferdinand ia ao ar todos os dias. Wymack parou o ônibus no portão e desceu para falar com o segurança. Neil o observou da janela enquanto ele e o guarda verificavam os documentos e a papelada necessária para entrar. Wymack voltou alguns minutos depois com uma plaquinha para o estacionamento e uma pilha de crachás para convidados. O portão rangeu ao abrir e Wymack os conduziu ao estacionamento destinado aos funcionários.

Wymack foi o primeiro a descer do ônibus. Ficou parado ao lado da porta, entregando os crachás conforme as Raposas passavam. Abby veio por último, trancando o veículo. Estavam a meio caminho do prédio quando Kathy surgiu no estacionamento, vindo cumprimentá-los. Parecia mais desperta até mesmo do que Wymack. Neil esperava que fosse efeito da maquiagem, porque não tinha como aquilo ser possível nem sequer natural.

— Kevin — disse Kathy, estendendo a mão para cumprimentá-lo. — Quanto tempo. Fico feliz por você ter vindo hoje.

— É bom te ver de novo — respondeu Kevin, sorrindo ao apertar a mão dela.

Atrás de Kathy, Dan fingiu que desmaiava nos braços de Matt. Neil entendeu o que eles estavam zombando. Durante os quatro longos meses que passara com Kevin, só o tinha visto sorrir uma vez. No máximo duas. O sorriso de Kevin era frágil e amargo. Em sua pasta, Neil tinha fotos de Kevin sorrindo ao lado de Riko, mas a maioria dessas fotos fora tirada logo após o fim de um jogo, e ambos pareciam se sentir mais vitoriosos e arrogantes do que qualquer outra coisa. Esse sorriso era diferente; aquela era a cara que Kevin ostentava para o público. Era destinada a entrevistadores e fãs que estariam muito melhores se não conhecessem o lado arrogante e desumano de um campeão de nível mundial. Kevin parecia agora a personificação de uma celebridade charmosa. Neil achou aquilo perturbador.

Kathy se virou para sorrir para o restante do time. O sol da manhã reluzia em dentes perfeitos que só o dinheiro poderia comprar.

— Vocês foram incríveis ontem à noite. Kevin, você tem um toque de Midas. A equipe está jogando muito melhor desde que você se transferiu.

— Eles já estavam em ascensão — declarou Kevin. Era a primeira coisa positiva que Neil ouvia Kevin dizer sobre as Raposas. Geralmente, ele só se dava ao trabalho de apontar os defeitos. Ouviu com atenção para entender se Kevin estava mentindo, mas ele era ótimo ator e jamais deixaria que Kathy soubesse o que de fato achava da equipe. — Eles merecem estar na primeira divisão. Isso vai ser comprovado esse ano.

— Excelente — respondeu Kathy, distraída. Tinha acabado de focar em Neil, com uma expressão ávida no olhar. — Neil Josten, bom dia. Imagino que já esteja ciente das boas notícias? Desde ontem, às onze da noite, seu nome é o terceiro mais buscado entre os atacantes de Exy da NCAA. Você está logo atrás de Riko e Kevin. O que acha disso?

O estômago de Neil se revirou.

— Não precisava dessa informação.

— Você falou com ele? — perguntou Kathy a Kevin.

— Não achei que precisaria falar — respondeu Kevin.

— Falar o quê? — perguntou Neil.

— Quero entrevistar você no programa de hoje — disse Kathy.

Neil pensou ter ouvido mal. Olhava fixamente para ela, esperando que dissesse que era brincadeira.

— Todo mundo quer saber quem você é — explicou Kathy, abrindo os braços em um gesto de grandeza. — Você foi um reforço misterioso para a equipe das Raposas, um novato vindo de uma cidade pequena no Arizona. O treinador Hernandez nos contou que você aprendeu a jogar Exy em um ano apenas lendo manuais e comparecendo aos treinos. Kevin diz que você vai assinar com a seleção quando se formar. Ambições e sonhos enormes para alguém com um início tão modesto, não acha? Está na hora de aparecer para o público.

— Não — afirmou Neil. Foi a vez de Kathy se virar para encará-lo. Neil balançou a cabeça. — Não. Não tenho interesse nisso.

O sorriso dela vacilou um pouco. Kathy estendeu a mão para acariciar o ombro dele, mas Neil recuou para que ela não o tocasse. Abby gesticulou para ele em um aviso silencioso para que se comportasse. Neil a ignorou.

— Não precisa ficar tímido — comentou Kathy. — Se você consegue jogar na frente de 65 mil torcedores em um jogo transmitido ao vivo pela ESPN2, então consegue dar uma entrevista de dez minutos no palco. Essa é a parte mais fácil. Eu só vou perguntar algumas coisas como por que você começou a jogar e quais são suas ambições a partir de agora, esse tipo de coisa. Temos um roteirinho para você poder pensar nas suas respostas antes de pisar no palco. Seus fãs merecem essas respostas.

— Eu não tenho fãs, e eles não querem essas respostas — protestou Neil.

— Seja inteligente, Neil. — Ela falava com o ar de quem conhecia o mundo muito melhor do que um mero adolescente. Neil sentiu vontade de bater nela por causa disso. — Você não tem como fugir da imprensa a temporada inteira se estiver jogando com Kevin Day.

— Eu disse que não.

Kathy enfim começou a demonstrar a impaciência que sentia.

— Você não está pensando grande. Esse pode ser um ano decisivo pra você. Se quer chegar longe, precisa da nossa ajuda. Tudo tem se alinhado perfeitamente na sua carreira. Não permita que as coisas deem errado tão cedo ou você vai se arrepender pelo resto da vida. Kevin, você sabe como é, né?

— Ele vai participar — declarou Kevin.

— Essa decisão não é sua — protestou Neil em francês. Não percebeu o que fizera de errado até sentir o olhar penetrante de Wymack. O grupo de Andrew sabia que Neil falava francês. Ele poderia explicar para os veteranos depois e eles não achariam nada de mais. Mas Wymack, assim como Andrew, também tinham ouvido Neil falar em um alemão fluente. Neil rangeu os dentes e se recusou a olhar de volta para o treinador. — Eu não vou para o palco com você.

O sorriso de Kevin não se alterou, mas soava frio ao responder em francês.

— Você está agindo que nem um idiota.

— Eu não posso aparecer na televisão.

— Você já está aqui — argumentou Kevin. — Vai dar essa entrevista hoje, ou a nossa relação acaba. Não vou mais te ajudar e você que se vire em quadra, se contentando em ser medíocre. Pode devolver as chaves da quadra pro treinador quando voltarmos ao campus. Você não vai mais precisar delas.

Aquilo foi como levar um soco no peito.

— Não é justo.

— Não foi você quem prometeu que ia tentar?

— Mas isso não é... Eu não quero...

— Foi ou não foi?

Neil pensou que engasgaria com todas as respostas e reclamações que reprimiu. Tinha certeza de que vomitaria o café da manhã a qualquer instante. Pensar em subir no palco e se permitir ser capturado por câmeras que focariam em seu rosto era repugnante, mas não tão assustador quanto Kevin cortando relações com ele. Neil só jogaria com as Raposas até o meio de outubro, e depois abandonaria o Exy para sempre. Sentia-se morrer um pouco por dentro a cada vez que olhava para um calendário. Não podia abrir mão de mais nada antes do jogo contra os Corvos. Não sobreviveria.

Kevin assentiu para Kathy e voltou a falar em inglês.

— Combinado.

Kathy voltou a sorrir no mesmo instante.

— Excelente.

Ela fez sinal para que a seguissem, entrando no prédio. Kevin segurou Neil pelo ombro e o empurrou para que entrasse logo depois dela. Neil se contorceu para se soltar e deu um tapa na mão de Kevin, que tentou segurá-lo de novo. No entanto, Matt se aproximou de Neil, empurrando Kevin. Abby exigiu baixinho que se comportassem, mas Kevin e Matt estavam ocupados demais se encarando para prestar atenção nela.

Como Kevin havia recuado um passo, Neil agora conseguia ver Andrew. Andrew inclinou a cabeça para o lado, analisando Neil, que cometeu o erro de olhar para ele.

Ao que parecia, a medicação começava a fazer efeito, porque seu sorriso era alegre e zombeteiro.

— Você é muito burro.

Andrew estava certo, então Neil não perdeu tempo tentando se defender. Ele se virou e continuou andando atrás de Kathy.

Dan se aproximou para andar ao lado dele.

— Neil? Sabe que não é obrigado a fazer isso.

Neil se limitou a balançar a cabeça, irritado demais para falar.

Kathy os deixou sob os cuidados de dois assistentes de estúdio. Um dos homens lia o regulamento dos comportamentos adequados durante as gravações. As Raposas foram levadas para seus assentos e Neil e Kevin foram guiados para o outro lado. Percorreram um corredor, virando no final para chegar ao camarim. Os assistentes de estúdio tiraram suas medidas rapidamente e desapareceram.

A fúria de Neil aumentou ao perceber que o camarim só tinha um cômodo e que não teria como se esconder de Kevin. Havia uma penteadeira que ocupava a parede inteira, equipada com espelhos e luzes. Seis banquinhos estavam encostados no balcão. Neil cruzou os braços, tentando se espremer o suficiente para que sua pele absorvesse as cicatrizes.

O assistente de estúdio voltou para entregar o figurino, dizendo que os maquiadores chegariam em dez minutos, e saiu de novo. O sorriso de Kevin desapareceu assim que a porta se fechou. Ele verificou as roupas nos cabides, jogando um conjunto para Neil. Neil deixou que caísse no chão aos seus pés. Kevin apontou para a roupa.

— Coloca isso — ordenou. Quando Neil não deu sinal de que obedeceria, Kevin disse: — Estou mais preocupado é com você não estragar essa entrevista, não estou nem aí para as suas cicatrizes. Se enxerga.

Neil ficou olhando com irritação até que Kevin começasse a se trocar, então pegou as roupas e se virou de costas para ele. Colocou a camisa nova por cima daquela que já vestia e se esforçou para ajustar a camada de baixo. Deu trabalho, mas conseguiu manter boa parte de sua pele escondida. Seria mais fácil trocar as calças, já que boa parte das cicatrizes se concentrava na parte superior do corpo. Neil alisou a camisa repetidas vezes, depois colocou as roupas que não usaria na penteadeira. Se manteve o mais distante que podia de Kevin.

— Para de agir feito criança — reclamou Kevin.

— Eu não deveria fazer isso.

— Deveria sim, e vai dar um jeito de causar uma boa impressão. — Kevin se olhou no espelho e ajustou as mangas da camisa com suavidade. Após pensar por alguns instantes, tirou a munhequeira e a colocou de lado. — Siga as instruções de Kathy, mas não permita que ela domine a conversa. Essa entrevista é para falar da gente, não dela. Ela é a apresentadora, e não a estrela.

— Sorrir e mentir — disse Neil para seu reflexo.

— Não tem por que mentir — rebateu Kevin. — Ela só vai falar sobre Exy.

— Não tem por que mentir — repetiu Neil. — Olha quem tá falando, quem acabou de mentir na cara dela sobre o quanto as Raposas são valiosas, quem disse para o CRE que...

Neil hesitou, incapaz de completar a frase. Inclinou a cabeça para a frente, apoiando a testa no espelho. Contou a respiração para não entrar em pânico, mas seu estômago se remexia tanto que chegava a doer. Agarrou-se com força nos cantos da penteadeira, obrigando-se a se acalmar.

— Quem disse o que para o CRE? — perguntou Kevin.

Neil fechou os olhos.

— Por que você disse ao CRE que eu jogaria na seleção?

— Porque quando você parar de ser tão teimoso e fazer o que eu digo, você vai conseguir.

Andrew não mentiu. Os jornais não mentiram. Apesar da irritação quando falava com ele e da impaciência, Kevin acreditava no potencial de Neil. Queria treiná-lo. Queria jogar com ele e queria moldá-lo para que se tornasse a estrela que o próprio Kevin já fora um dia. Kevin nunca o perdoaria quando sumisse sem deixar vestígios no outono, e Neil odiava isso. Por mais complicada que fosse sua obsessão por Kevin, uma coisa era certeza: não queria que ele o odiasse.

— Então, o que você vai dizer para a Kathy? — perguntou Kevin.

— Que eu odeio você — murmurou Neil.

— Você não me odeia.

— E como saberia disso?

— Porque se me odiasse, Andrew jamais deixaria você se aproximar de mim — explicou Kevin.

Neil abriu os olhos e se virou para olhar para Kevin.

— Lógico. Tinha me esquecido do seu cão de guarda. Como você conseguiu conquistar a confiança dele?

— É mais fácil manipular as pessoas quando sabemos o que elas querem. Eis um exemplo — disse Kevin, apontando para Neil e para o camarim em que estavam.

— Eu não tinha a impressão de que o Andrew quisesse algo.

Kevin não se deu ao trabalho de explicar. Esperaram em silêncio até os maquiadores chegarem. Bateram na porta e Kevin os deixou entrar. Ele foi sorridente e charmoso conforme os artistas começavam a trabalhar. Quando os dois estavam prontos, foram levados para uma sala de espera. Uma enorme televisão mostrava o palco, que estava vazio naquele instante. Neil checou o relógio na parede e viu que ainda faltavam dez minutos para entrarem. Analisou as perguntas que lhe seriam feitas para passar o tempo. Eram, em sua maioria, perguntas simples, similares àquelas que os companheiros de equipe haviam feito no começo do verão.

Um assistente de palco veio buscar Kevin quando já estava perto da hora de o programa começar. Neil observou Kevin se afastar, então olhou para a televisão. Às sete da manhã em ponto, a música de abertura do programa começou a tocar e Kathy surgiu no palco, sob aplausos. Ela parou no meio para reverenciar e acenar para a plateia.

— Senhoras e senhores, bom dia! Sei que ainda é muito cedo para estarmos acordados em um sábado de manhã, mas a programação de hoje está fantástica. Nossa atração musical são quatro musicistas extremamente talentosos da promissora banda Trovão do Duende. — Ela fez uma pausa enquanto a plateia aplaudia. — Mas vamos começar nossa manhã falando da estreia da temporada de Exy da NCAA, que aconteceu ontem!

Os aplausos se tornaram ainda mais intensos nesse instante. Kathy sorria enquanto andava devagar para a frente do palco.

— Quantos de vocês tiveram a oportunidade de ir assistir a uma das partidas ontem? Ah, nossa! E quantos de vocês, assim como eu, assistiram à partida do conforto de suas próprias casas? — Ela levantou a mão e riu com a resposta que recebeu da plateia. — Alguns de vocês já devem estar apostando qual será a classificação final da temporada ou quem será adversário de quem na primavera. Certo? Essa pode ser a maior temporada de esporte universitário que já vivenciamos. Pensem em todas as mudanças que vimos acontecer, todas as possibilidades incríveis. Vamos falar um pouquinho desse assunto hoje, mas, para isso, vou precisar chamar meus convidados especiais.

"Faz um ano que ele não vem aqui no nosso programa e quase nove meses desde a sua última aparição pública. Apresento para vocês o nosso primeiro convidado do dia: antigo atacante titular da seleção, dos Wildcats de Baltimore e dos Corvos de Edgar Allan, o atual atacante titular das Raposas da Universidade de Palmetto State, Kevin Day!"

Ela quase não conseguiu terminar a introdução. Ao ouvirem as palavras "nove meses", os fãs de Exy mais empolgados da plateia já entenderam de quem se tratava, e todos aplaudiram com entusiasmo enquanto ela mencionava seus títulos. A câmera seguiu Kevin conforme ele saiu dos bastidores para o palco. Vestindo as roupas caras da produção e ostentando o seu melhor sorriso, Kevin era a personificação do tão amado ídolo que Kathy anunciara. Ele apertou a mão dela quando chegou ao centro do palco, inclinando-se para beijá-la na bochecha, e se virou para cumprimentar a plateia. Kathy ergueu as mãos, com um sorriso que poderia iluminar uma cidade inteira, e Kevin acenou para o público.

A plateia aplaudiu por quase um minuto, e Kathy já estava sentada em seu lugar quando enfim pararam. Havia dois sofás no palco com ela, um de cada lado de sua mesa. Kevin se sentou à sua direita, de lado para que pudesse olhar tanto para a apresentadora quanto para o público. Kathy se inclinou por cima da mesa para sorrir para ele, parecendo muito satisfeita consigo mesma. Neil adivinhou que ela já estava visualizando os picos de audiência.

— Kevin, Kevin, Kevin — disse Kathy, balançando a cabeça no ritmo das palavras. — Ainda não consigo acreditar que te convenci a vir aqui. Espero que me perdoe se eu disser que é muito estranho vê-lo aqui sozinho! Sempre penso em você como parte de uma dupla.

— Ao menos agora tenho espaço para me esticar — disse Kevin, se esquivando de uma resposta real. — E é bem capaz que eu me estique mesmo em breve. Não consigo acreditar que você achou que estaríamos acordados e arrumadinhos aqui depois do jogo de ontem.

Ela riu e ergueu as mãos.

— É verdade. Mas você está muito bonito, como sempre.

Alguém na audiência gritou em aprovação, e Kevin riu.

— Obrigado.

Kathy serviu água para os dois, colocando o copo dele na ponta da mesa, para que pudesse alcançá-lo.

— Vamos falar de ontem à noite. Antes de mais nada, é preciso dizer, a temporada da NCAA começou e você está vestindo laranja. Por favor, não me entenda mal, não quero ofender sua equipe, mas por que você se transferiu para a Palmetto State? Pelo que entendi, você veio como auxiliar técnico, mas quando soube que poderia voltar a jogar, por que decidiu assinar com as Raposas? Tenho certeza de que recebeu outras ofertas. Por que trocar a equipe do topo da classificação para aquela da lanterna?

— O treinador Wymack era amigo da minha mãe. Como imagino que você saiba, ela o ensinou a jogar. Mantive contato com o treinador Wymack mesmo depois que ela morreu e fui acolhido pelo treinador Moriyama. — Kevin olhou para a mão esquerda, com uma expressão distante no rosto. — Até dezembro do ano passado, eu achava que nunca mais ia poder jogar. Estava destruído. Só pensava em voltar para perto do treinador Wymack, e ele não me decepcionou. Fui acolhido por ele e pela equipe sem que pensassem duas vezes. Gosto de trabalhar com eles.

Kathy se esticou por cima da mesa para segurar a mão esquerda dele. Kevin se forçou a parar de olhar as cicatrizes, focando no rosto dela e sorrindo. Kathy sorriu de volta para ele e disse:

— Devo admitir que esperava que você fosse voltar para Edgar Allan esse outono. Não importa onde esteja, é incrível vê-lo jogar de novo. Você merece aplausos por isso.

A audiência ficou feliz em obedecer.

Kathy apertou a mão de Kevin, soltando-a em seguida.

— Uma pena que seu primeiro jogo tenha sido contra Breckenridge, né? Você fez três gols ontem à noite, o veterano do quinto ano, Seth Gordon, marcou dois, e o seu mais novo colega de equipe também marcou dois. Vamos falar de Neil Josten por um instante, pode ser?

— Claro.

— Você sabe mesmo como causar um burburinho, não é? — brincou Kathy. — No que estava pensando ao chamar um novato como Neil para fazer parte da equipe?

— Neil é exatamente o que as Raposas precisam nesse momento — afirmou Kevin. — Não importa que não tenha experiência. Analisamos centenas de opções à procura de um atacante reserva para se juntar à equipe esse ano, mas Neil foi o único com quem falamos depois de Janie ter nos deixado. A gente sabia que ele precisava ser parte do time assim que o vimos. Tivemos sorte de chegar antes de outra equipe.

— Vocês tiveram bastante trabalho para conseguir isso, pelo que ouvi — disse Kathy. — Até mesmo recusaram a passar o nome dele para o CRE. É verdade?

— Nossa principal preocupação era a segurança de Neil — argumentou Kevin. — Foi uma primavera muito difícil na Palmetto State. Anunciar que ele se juntaria à equipe seria colocar um alvo bem nas costas dele. No começo, o CRE estava hesitante em concordar, mas acabaram cedendo.

— Você achava que o CRE não manteria esse segredo?

Kevin demorou um pouco para responder, provavelmente pensando qual seria a resposta mais eficaz.

— Vamos dizer apenas que três pessoas conseguem guardar um segredo se duas delas estiverem mortas. Sem querer ofender, mas precisamos ser honestos. Dezesseis pessoas são nomeadas para fazer parte do CRE, e uma delas é o treinador de uma equipe extremamente competitiva. Até uma fofoca com alguém em quem confiamos pode vazar e destruir a vida de alguém.

Kevin aprendera essa lição do pior jeito, como Neil bem sabia. As fofocas do CRE foram as responsáveis pela briga violenta entre Riko e Kevin.

— Tanto trabalho e esforço por causa de um jogador — notou Kathy. — Mal posso esperar pra ver o que você vai fazer com ele.

A porta da sala de espera se abriu e um assistente de estúdio apareceu, apontando para Neil.

— Um minuto. Vamos indo.

Neil se levantou e o seguiu pelo corredor até os bastidores do palco. Uma mulher esperava por eles; seu rádio estava conectado ao ponto na orelha de Kathy. Ela olhou Neil de cima a baixo, verificando se estava tudo bem com sua aparência, e avisou Kathy que ele estava pronto.

— E que tal todos nós darmos mais uma olhadinha nele? — anunciou Kathy. — Vamos conhecer o homem que substituiu Riko Moriyama e está agora ao lado de Kevin. Neil Josten, a mais nova Raposa de Palmetto!

Neil cerrou os dentes, forçando-se a fazer uma expressão descontraída. A plateia aplaudiu em expectativa e Dan gritou o nome dele. Neil deixou suas preocupações de lado e atravessou o palco até a mesa de Kathy. Ela se levantou para apertar a mão dele, então indicou o lugar ao lado de Kevin. Os dois se sentaram ao mesmo tempo. Kathy serviu um copo de água, que Kevin entregou a Neil.

— Não é interessante ver isso? — perguntou Kathy para a plateia. — Kevin tem uma dupla de novo.

Ela apoiou o queixo na mão e se inclinou, sorrindo para Neil.

— Não é exagero meu dizer que todo mundo está falando de você, Neil. Você é um amador que chamou a atenção de um campeão nacional.

Esse tipo de coisa só acontece em conto de fadas, não acha? Qual é a sensação?

— Sinto que não mereço — respondeu Neil. — Me dediquei de corpo e alma em Millport porque sabia que aquela seria minha única chance. A última pessoa que eu esperava encontrar no Arizona era o Kevin.

— Sorte nossa que ele te encontrou — assegurou Kathy. — Você tem um talento natural para o jogo. É uma pena que tenha começado tão tarde. Só consigo imaginar onde estaria hoje se tivesse começado alguns anos atrás. Talvez a equipe de Edgar Allan ou da Universidade da Carolina do Sul já tivessem roubado você, se Kevin estiver certo em relação ao seu potencial. Por que esperou tanto tempo para começar?

Neil pensou no time que jogara na liga infantil e mentiu descaradamente.

— Nunca tive muito interesse em esportes coletivos antes. Só fiz o teste para jogar em Millport porque era novo na cidade e achei que seria uma forma interessante de conhecer pessoas novas. Não achava que as coisas tomariam essa proporção.

— Se você não gosta, pode deixar que fico no seu lugar — brincou Kathy dando uma piscadinha. — Não me importaria em ficar pertinho do Kevin.

— Você tem certeza de que quer ficar no meio de dois atacantes? — perguntou Kevin.

— É possível? — perguntou Kathy. — Não é segredo para ninguém que havia certa hostilidade entre você e os atacantes das Raposas no ano passado. Ontem à noite, ficou bastante óbvio que você e Seth ainda têm coisas a serem resolvidas. Mas esse não parece ser o caso entre vocês dois.

Neil olhou de soslaio para Kevin, que escolheu não corrigir a afirmação.

— Seth se forma em maio, então temos menos tempo ou necessidade de adaptar o estilo dele ao meu. Mas Neil acabou de começar. Temos todo o tempo do mundo.

Kathy aproveitou esse comentário para perguntar:

— Quando você fala assim, dá a entender que pretende ficar com as Raposas permanentemente. Você não pensa mesmo em retornar à Edgar Allan? Isso vai depender de você se acostumar a jogar com a mão direita durante a temporada, ou você pensa em se formar na Palmetto State independente disso?

Kevin fez uma pausa que pareceu longa demais para Neil.

— Gostaria de ficar enquanto o treinador Wymack me quiser por aqui.

Neil lançou outro olhar para Kevin, não gostando daquela resposta vaga.

— Ah, os Corvos devem estar tristes de ouvir isso — comentou Kathy. — Imagino que Riko sinta saudades de você.

— Vamos nos encontrar no outono.

— Vão mesmo. Eles fazem parte do seu distrito agora — acrescentou Kathy. — Por que essa mudança tão significante?

— Não vou fingir entender as motivações do treinador Moriyama.

— Eles não te contaram, então? — Kathy pareceu genuinamente surpresa.

— Somos todos muito ocupados. É difícil manter contato.

— Bom, então. — Kathy se recuperou com um sorriso radiante. — Tenho uma bela surpresa pra você!

O volume da música nos alto-falantes aumentou, uma melodia sombria com um som intenso de bateria. A plateia inteira ficou em pé, gritando em uníssono:

— Rei! Rei! Rei!

Neil olhava para eles, reconhecendo a música mas sem saber direito de onde, recusando-se a acreditar no que a plateia dizia. Distinguiu facilmente as Raposas na multidão, pois eram as únicas que permaneciam inertes. Estavam todos sentados, parecendo chocados. Neil olhou de novo para o rosto pálido de Kevin.

A movimentação na visão periférica de Neil fez com que sua atenção se voltasse aos bastidores do palco. O garoto que surgiu usava a mesma roupa que Kevin, mas em uma versão toda preta, da cabeça aos pés. Quando apertou a mão de Kathy, a manga ondulou em volta de seu braço como as asas do mascote de sua faculdade, o corvo. O número um tatuado em seu rosto, na bochecha do lado esquerdo, indicava para todos na plateia quem tinha acabado de entrar no palco de Kathy.

Nove meses haviam se passado desde a última vez em que Riko Moriyama e Kevin Day estiveram juntos no mesmo lugar, nove meses desde que Riko destruíra a mão de Kevin, e agora ambos estavam juntos de novo, ao vivo na televisão. A plateia aplaudia, extasiada, encantada com a surpresa de Kathy, mas não faziam barulho o suficiente para abafar a voz suave de Kevin ao lado de Neil.

Suas palavras soavam como uma oração desesperada.

CAPÍTULO TREZE

O autoproclamado Rei do Exy cumprimentou Kathy com um beijo na bochecha. A algazarra da plateia abafou o que quer que Riko e Kathy tenham dito um ao outro, mas a apresentadora parecia radiante quando se afastaram. Riko se encaminhou para o sofá em que Kevin estava sentado, parando na frente dele. Ele sorria, mas tanto Kevin quanto Neil eram espertos o suficiente para saber que não era de felicidade. A única coisa que seu olhar expressava era morte.

Qualquer animosidade que Neil sentia por Kevin tê-lo forçado a participar do programa evaporou no mesmo instante. Não podia ficar irritado com Riko bem ali, não quando Riko representava para Kevin o que o pai de Neil representava para si próprio. Sua raiva trivial perdia a importância perto desse cenário de completo terror.

Riko só falou quando a plateia, enfim, se acalmou:

— Kevin. Quanto tempo.

Um barulho de luta seguido de um estrondo se ergueu da plateia. Neil não queria tirar os olhos de Riko, mas seu olhar viajou até lá quase por instinto. Renee estava parcialmente sentada no colo de Andrew, um dos pés apoiados no chão para impedi-lo de empurrá-la. Uma de suas mãos cobria a boca de Andrew e ambos encaravam o palco. Matt segurava um dos pulsos de Andrew com as duas mãos. Wymack segurava o outro. As expressões das Raposas iam do horror à raiva.

Riko se mexeu e Neil ignorou os colegas de time para observá-lo. Riko o ignorou, estendendo a mão para Kevin, que encarou a mão por alguns segundos, e só então estendeu a sua mão para apertá-la, permitindo que Riko o puxasse para ficar em pé. A plateia aplaudiu quando Riko abraçou Kevin, aparentemente alheios ao fato de que Kevin demorou para abraçá-lo de volta.

Riko soltou o abraço, segurando Kevin a certa distância.

— Acho que você diminuiu desde quando te vi pela última vez. Não estão alimentando você direito aqui? Sempre ouvi dizer que a comida do sul é um pouco pesada.

— Acho que é porque corro bastante na quadra.

— Que milagre.

Sua voz soava sarcástica, mas Kathy sorriu e apontou para os dois.

— É realmente um milagre. Deem uma boa olhada, pessoal. A dupla de ouro está de volta, mas pela primeira vez na vida, serão adversários. Riko, Kevin, agradecemos vocês dois do fundo do coração por tolerarem nosso fanatismo sem-fim.

Ela gesticulou para que ambos se sentassem. Riko se afastou de Kevin para se sentar no outro sofá. Kevin afundou de novo na almofada, mas prestava mais atenção em Riko do que no que fazia. Acabou sentando com a coxa grudada na de Neil, tão próximo que Neil podia sentir o seu tremor.

Kathy olhou para Riko.

— Pelo que Kevin estava me dizendo, já faz um bom tempo que vocês não se falam. É verdade?

— Sim — respondeu Riko. — Você parece surpresa.

— Bom, com certeza — disse Kathy. — Não achava que era possível vocês dois se afastarem.

— Um ano atrás, teria sido impossível — confirmou Riko —, mas você precisa entender o quanto o mês de dezembro foi devastador, no sentido emocional. Quer dizer, Kevin se machucou, mas todos nós sofremos juntos. Alguns não conseguiam lidar com o que aquele acidente de fato significava, e eu me incluo nessa. Kevin e eu crescemos em Evermore. Nossa vida inteira girava em torno daquele time e do nosso trabalho juntos. Não conseguia acreditar em tudo que íamos perder. Não aceitava que nossos sonhos tivessem sido destruídos. Também foi coisa demais para ele, e por isso nos afastamos.

— Mas por nove meses?

A apresentadora olhou para Kevin, que respondeu, mas sua voz tinha perdido o tom descontraído de antes.

— Acho que era inevitável. Exy era tudo nas nossas vidas, Kathy. Mostramos a vocês os nossos melhores momentos, mas nunca mostramos o preço disso tudo. Era desgastante dividir nosso tempo entre três equipes, as aulas da faculdade e a pressão do público, mas nós nos recusávamos a admitir isso. Não queríamos acreditar que tínhamos limites.

Kathy assentiu.

— Não consigo nem imaginar tanto estresse e tensão. E imagino que isso tenha colocado ainda mais pressão na amizade de vocês.

— Também somos humanos de vez em quando — declarou Riko. — E é impossível não termos nossas desavenças, né, Kevin?

— Nenhuma família é perfeita — concordou Kevin baixinho.

Kathy assentiu com compaixão.

— Posso só dizer o quanto foi assustador quando vocês dois desapareceram. Vocês sabem, né? A última coisa que o público sabia é que tinham ido esquiar para celebrar o fim do semestre, e então ninguém viu nenhum dos dois por um mês. Eu temia o pior, mas não fazia ideia do que esse pior poderia ser até o treinador Wymack fazer aquele pronunciamento.

— O pior é pensar que tínhamos tudo e que perdemos — avaliou Riko. — Assinamos com a seleção ano passado, o que significa que faltava realizar apenas um sonho: jogar juntos com a equipe nacional nas Olimpíadas de verão. A gente sabia que isso ia acontecer, que era só uma questão de tempo, que uma vida inteira de esforços e sacrifícios teria valido a pena. E aí Kevin quebrou a mão.

— Tudo mudou — afirmou Kevin, tão baixo que seria impossível ouvi-lo se não estivesse com um microfone. — Nenhum de nós estava pronto para reconhecer isso. Foi mais fácil ir embora. Um tanto imprudente — admitiu, olhando para Riko —, porém mais fácil.

— Que tristeza — disse Kathy, pesarosa. Kevin olhou para o copo de água sem dizer nada. Kathy finalmente percebeu que a conversa se enveredara para o lado errado. Ela se virou para Riko de novo, para que Kevin tivesse tempo para se recompor.

— Mas olha só pra ele agora. Não é incrível ver o quanto conquistou esse ano?

— Não tenho certeza de que tenha conquistado — disse Riko. — Mas digo isso como irmão, como melhor amigo. Você viu o jogo de ontem, Kathy. Eu me preocupo que esse desejo e obsessão dele acabem fazendo com que se machuque de novo. Será que ele consegue se recuperar uma segunda vez, seja do ponto de vista emocional ou psicológico?

Seu tom era de preocupação, mas Neil podia praticamente sentir a faca que ele enfiava mais fundo no peito de Kevin. Tudo o que Riko dizia tinha como objetivo machucá-lo, e estava funcionando. Não era a vez de Neil falar, mas ele já ouvira o suficiente. Não conseguia mais aguentar a crueldade de Riko.

— Achei que amigos devessem apoiar uns aos outros — comentou, antes que Kathy respondesse Riko. — Acreditar nele agora seria o mínimo vindo de alguém que o abandonou no último inverno.

Algumas pessoas na plateia vaiaram ao ouvir isso. Matt e Dan comemoraram para equilibrar a situação.

— Ah, peço desculpas pela falta de educação — disse Kathy, olhando para Neil. — Eu não esqueci que você estava aí, só me distraí. Vamos fazer as apresentações, apesar de eu saber que não é necessário. Riko, Neil, Neil, Riko. O passado e o presente de Kevin, ou seria melhor dizer o passado e o futuro?

Riko finalmente olhou para Neil.

— Só para responder à sua acusação: meu relacionamento com Kevin é único, e eu não espero que você entenda isso. Não tente jogar em cima da gente as suas ideias insignificantes do que significa uma amizade.

— Era único — corrigiu Neil, e enfatizou de novo: — Era. Eu tenho certeza de que a relação de vocês acabou quando ele não conseguiu mais fazer parte da sua equipe.

— Kevin escolheu abandonar Edgar Allan — disse Riko. — Sentimos falta dele, mas ficamos felizes ao saber que ele encontrou uma oportunidade de ser treinador.

— Mas você não está feliz por ele estar jogando de novo — rebateu Neil. — Não foi por isso que se transferiram para o nosso distrito? Você não acha que Kevin deveria estar em quadra de novo, então veio pra cá impedir a evolução dele. Vai destruir a chance de ele voltar a jogar e ainda ter que assistir à sua equipe vencer mais uma vez. Você quer esfregar na cara dele tudo o que perdeu, e, pelo que posso ver, vai adorar fazer isso.

— Só vou pedir uma vez para prestar atenção em como você fala.

— Não posso — disse Neil. — Tenho um pequeno problema de atitude.

O sorriso de Riko era frio.

— Pequeno?

Kathy interrompeu antes que a discussão aumentasse.

— Neil trouxe um ponto válido e acho que seria interessante falarmos dele. Nunca houve uma mudança de distrito antes. E é ainda mais surpreendente que a equipe que tenha mudado seja a Edgar Allan. Nem o seu treinador nem o Comitê de Regras e Regulamentos Exy explicaram o motivo da mudança, mas não acho que Neil esteja errado em pensar que a transferência ocorreu por causa de Kevin.

— Kevin fez parte da decisão, mas desempenhou um papel pequeno — explicou Riko. — E nem de longe é por causa do que esse moleque afirma. Não foi uma decisão fácil para nós e temos sido criticados injustamente por isso. O norte diz que nos transferimos para manter nossa classificação a salvo, como se tivessem a chance de nos vencer, e o sul reclama por ter que jogar contra nós. No fim das contas, somos o melhor time do país, e o distrito do sudeste é... Bom, fraco, pra ser educado. Mas sendo sincero, os times daqui são péssimos. A nossa esperança é que a transferência possa ajudar com isso. Estamos aqui para inspirar o sul.

— Você quer fazer pelo sul o que Kevin está fazendo pelas Raposas — concluiu Kathy.

— Sim, mas vai ser muito mais fácil fazer isso se Kevin colaborar — acrescentou Riko.

— Como assim?

— Kevin não pode e não vai jogar com a gente de novo. Ele sabe disso. É por isso que não voltou na primavera. Nosso carinho por ele não significa que vamos ignorar suas limitações, e ele respeita demais os Corvos para atrasar nosso time. Mas isso não quer dizer que Evermore não seja o lar dele. Tudo o que ele fez pelas Raposas nessa primavera serviu para demonstrar que podemos acomodá-lo na nossa equipe. Queremos que ele volte para nós, para ser um dos nossos treinadores.

— Parece uma escolha bem difícil, Kevin — declarou Kathy. — Tenho que admitir que acho ambas as ideias fascinantes. Por mais que ame ver as Raposas evoluindo, me parte o coração ver você longe da Edgar Allan.

— Vocês não querem que ele volte, de verdade, querem? — perguntou Neil. — Não consigo acreditar.

— Você não tem nada a ver com isso — disse Riko.

— Pare de ser egoísta — reprovou Neil, e Kathy o encarou chocada. Kevin beliscou o braço de Neil para que parasse de falar, mas Neil o afastou. — Se o sonho do Kevin sempre foi ser o melhor em quadra, quem é você pra tirar isso dele? Por que pediria que ele aceitasse menos do que isso? As Raposas deram uma chance pra ele jogar, e vocês querem que ele se conforme em ficar fora da quadra. Ele não tem por que voltar.

— Palmetto State é um desperdício do talento dele.

— Não tanto quanto Edgar Allan — disse Neil. Alguém na plateia riu, achando graça do convidado sem papas na língua de Kathy. — Sua equipe é a líder da competição? Parabéns, grande merda. Se manter no topo é muito mais fácil do que recomeçar, vindo de baixo. É o que Kevin está fazendo. Está jogando contra equipes diferentes e aprendendo a jogar com a mão que não é a dominante. Quando estiver craque nisso, e tenha certeza de que isso vai acontecer, ele vai ser melhor do que vocês jamais teriam feito com ele.

"E sabe por quê?", perguntou Neil, sem permitir que Riko respondesse. "Não é só por causa do talento natural dele. É porque ele é parte do nosso time. Só temos dez Raposas esse ano. Isso significa um reserva para cada posição. Pare para pensar nisso. Ontem jogamos contra o Breckenridge. Eles têm 27 jogadores na escalação. Podem trocar de jogadores o quanto quiserem porque existe uma pilha de reservas. Não podemos nos dar ao luxo de fazer isso. Temos que defender nossas posições sozinhos."

— Vocês não defenderam suas posições — rebateu Riko, mais alto do que os aplausos das Raposas. — Vocês perderam. Sua universidade é a grande piada da NCAA. Vocês são um time que não sabe trabalhar em equipe.

— Sorte a sua — cortou Neil. — Se nosso time fosse mais unido, vocês não teriam nenhuma chance contra a gente.

— Você não vai durar, e essa sua arrogância inexplicável é uma ofensa para todos que, de fato, mereceram uma vaga na primeira divisão. Todo mundo sabe que a Palmetto só se classificou para essa divisão por causa do treinador.

— Engraçado, tinha certeza que foi a Edgar Allan que se classificou por esse motivo.

— Nós provamos diversas vezes por que somos tão prestigiados. Vocês não ganharam nada além da pena e do desprezo das pessoas, nenhum dos quais deve ser tolerado em um esporte. Um amador como você não tem direito de dar palpite.

— Mesmo assim, vou dizer mais uma coisa — acrescentou Neil. — Não acho que você queira Kevin fora das quadras porque se preocupa com a saúde dele. Acho que você sabe que essa temporada vai ser um desastre para a sua reputação. Vocês sempre jogaram na sombra um do outro. Sempre foram uma dupla. É a primeira vez que vão ser adversários em um jogo, e todo mundo, enfim, vai saber quem é o melhor. Vão saber o quanto isso foi precipitado. — Neil apontou para o rosto dele, fazendo menção às tatuagens de Riko e Kevin. — Eu acho que você está com medo.

O sorriso de Riko faria o inferno congelar.

— Eu não tenho medo do Kevin. Conheço ele.

— Você vai se arrepender de dizer isso — prosseguiu Neil. — Escreve o que estou dizendo.

— Isso me parece um desafio — interrompeu Kathy olhando de um para o outro. — Faltam sete semanas até a partida das equipes e com certeza já estou contando os segundos até o grande dia. As expectativas para esse ano são muitas, mas tem uma pergunta que não pode esperar: laranja ou preto, Kevin? Qual é a cor do seu futuro?

Kevin apertou o braço de Neil, bloqueando a sua circulação.

— Já respondi — disse Kevin, sem olhar para Riko. — Quero ficar em Palmetto por todo o tempo que eles me quiserem.

As Raposas comemoraram ao ouvir isso. A plateia não demorou a se juntar à comemoração. A tensão entre os atacantes tinha dominado a plateia, e agora havia sido quebrada com uma celebração incontrolável do público. Kathy não tentou acalmá-los, limitando-se a apontar para a câmera. Neil mal ouviu quando ela anunciou o fim da entrevista sobre Exy, chamando os comerciais a seguir. A luz no chão do palco que indicava estarem no ar se apagou. Kathy cobriu o microfone em seu colarinho e olhou para os convidados.

— Vocês me fizeram ganhar o dia — comentou, com o sorriso maior ainda. Os três se levantaram e Kathy apertou suas mãos. —

Podem ficar com as roupas. Tem um lanchinho pra vocês nos bastidores e arrumamos lugares na primeira fileira para que possam assistir ao resto do programa.

— Obrigado — disse Kevin.

Neil não tinha a mínima intenção de ficar ali por mais tempo. Olhou para a plateia. Wymack passou um dedo pelo pescoço e apontou por cima do ombro com o polegar. Neil esperou ter entendido direito o recado e que aquilo significasse "Vamos sair daqui." Ele se esticou por cima de Kevin para colocar o copo de água na mesa de Kathy. Kevin não dava sinal de que se retiraria dali em breve, então Neil se colocou entre Riko e ele, empurrando-o para que se mexesse.

Riko os seguiu palco afora, comportando-se bem até que estivessem no corredor. Os assistentes de estúdio que esperavam ali passaram apressados para falar com Kathy e ajustar o cenário durante o intervalo. Neil pensou que talvez um deles fosse ficar por perto tempo o suficiente para distrair Riko, mas talvez fosse mais importante cumprir o cronograma do que pedir autógrafos.

Neil odiava saber que Riko estava logo atrás deles, mas Riko se moveu assim que Neil se virou para olhá-lo. Riko segurou Neil pelos ombros e o jogou na parede. Neil enrijeceu enquanto os dois se encaravam, mais assustado com a ameaça nos olhos de Riko do que com os dedos que machucavam os seus ombros. Riko tinha o mesmo olhar que o pai de Neil: ao encarar Neil, via apenas alguém que era capaz de sangrar.

— Não aprovo esse cara, Kevin — disse Riko. — Você devia se livrar dele o quanto antes.

— Você viu o jogo de ontem — disse Kevin, baixinho. — Ele tem potencial.

— Potencial. — Riko empurrou Neil na parede de novo e avançou na direção de Kevin, que o encarava, pálido e tenso. — Você disse que aquele goleiro tinha potencial e depois disse que ele era inútil quando o ofereci pra você. Você vai se cansar desse com a mesma rapidez. Pode acreditar nisso.

A boca de Kevin formava uma linha estreita conforme ele desviava o olhar. Riko emitiu um ruído baixo vindo do fundo da garganta, demonstrando seu desprezo. Disse algo em uma língua que Neil não entendia. Imaginava que fosse japonês. Seja em qual fosse, parecia furioso. Kevin estremeceu e respondeu sem convicção. Riko apontou um dedo acusador para ele, desatando a falar cada vez mais alto e irritadiço. Neil viu Kevin perder sua força diante do peso da fúria do irmão — ou melhor, dono — e mandou à merda o seu instinto de sobrevivência. Agarrou Riko pela camisa e o arrastou para longe.

— Deixa ele em paz.

O ódio fez a expressão de Riko ficar ainda mais ameaçadora e irreconhecível. Ele estendeu a mão para agarrar Neil, mas Kevin o segurou pelo braço para que parasse. Riko deu uma cotovelada no rosto de Kevin sem hesitar. Neil recuou o mais rápido que podia, mas não tinha como ir mais para trás, ou acabaria voltando para o palco. Estava tropeçando nos fios quando Andrew surgiu à sua frente.

— Riko — disse Andrew, abrindo os braços como se fosse dar um abraço nele. — Quanto tempo.

Riko recuou, surpreso, sua expressão se suavizando para algo mais civilizado, mas voltou atrás ao perceber quem havia se juntado a eles.

— Estávamos falando de você — comentou Riko.

— Com seus punhos, pelo que vejo — provocou Andrew. — Não encoste nas minhas coisas, Riko. Eu não compartilho.

Esticou o braço para trás sem olhar e empurrou o ombro de Neil. Neil entendeu o recado e passou pelos dois. Parte dele esperava que Riko os impedisse, mas a atenção dele estava completamente voltada para Andrew. Neil agarrou Kevin pelo braço e o guiou pelo corredor, procurando pela saída. Estavam quase lá quando o time os encontrou. Abby correu os últimos passos até Kevin e deu um abraço apertado nele. Kevin se agarrou nela como se sua vida dependesse disso, enquanto o time observava de perto.

Wymack olhou para Neil.

— Você tem problemas ou coisa do tipo? Teria sido mais seguro deixar você em Palmetto no fim das contas.

— Deixa ele em paz, David — disse Abby, a voz abafada nos ombros de Kevin.

— Quando eu disse que Abby e eu íamos cuidar de você, não quis dizer que você podia comprar briga com Riko em rede nacional — prosseguiu Wymack. — Eu deveria ter deixado isso mais explícito antes?

— Provavelmente — respondeu Neil.

— Tá tudo certo, treinador — afirmou Andrew, alcançando-os. Ele passou os dedos pelas costas de Neil enquanto andava, um toque leve o suficiente para deixar Neil arrepiado, mas não parou até chegar em Kevin. Apertou o braço de Abby, exigindo silenciosamente que se afastasse.

— Kevin, vamos embora. Agora mesmo, tá?

Kevin soltou Abby, e Andrew o empurrou para que saíssem em direção ao estacionamento.

— O treinador acha que foi burrice, mas eu diria que você é foda. Não achei que fosse capaz de fazer isso — comentou Matt, olhando para Neil como se perguntasse quem ele realmente era. — Achei que você era do tipo quietinho.

— Se Neil fosse quietinho, Andrew não teria levado ele pra Colúmbia — argumentou Renee.

— Verdade — concordou Matt.

Quando Neil olhou para os dois, confuso, Renee sorriu e disse:

— As festas de boas-vindas do Andrew são seu jeitinho especial de formar uma opinião sobre as pessoas e eliminar ameaças. Nem todo mundo é convidado.

— Você foi — concluiu Neil, sem querer acreditar mas sabendo de alguma maneira que estava certo.

— Nós três fomos — informou Renee, apontando para Matt e Dan. — E mais ninguém além de você.

— Vamos embora — disse Wymack. — Vou largar vocês no dormitório e encher a cara o dia todo. Amanhã eu penso sobre como gerenciar a crise.

Encontraram o grupo de Andrew próximo ao ônibus. Wymack abriu a porta para que entrassem, e dirigiu rumo à estrada o mais rápido que pôde.

Neil passou a viagem olhando pela janela e tentando pensar nas consequências do que fizera. Sabia que seria melhor jogar conversa fora com os companheiros de equipe do que ceder a seus pensamentos sombrios, mas não estava no clima para isso. Sentia-se tenso demais para ser simpático com eles. Felizmente, Renee entendeu a indireta após tentar puxar papo algumas vezes e o deixou em paz.

Estavam quase chegando quando Andrew teve que tomar a medicação de novo. Abby foi até o fundo do ônibus para se certificar de que ele, de fato, havia tomado. Neil quase esperava que Andrew se recusasse após tudo o que ocorreu no programa de Kathy, mas se surpreendeu ao ver que ele obedeceu sem criar caso.

Pararam apenas para abastecer, e o tempo de viagem até o campus foi curto. Neil estava tão aliviado por ver Palmetto State de novo que era quase doloroso. Wymack parou o ônibus atrás da Torre das Raposas, observando a equipe sair. Não disse nada para ninguém, mas conforme Andrew se aproximava, esticou a mão para impedi-lo de sair.

— Não seja burro.

Andrew balançou a mão para Wymack.

— Eu sei, eu sei.

Neil não sabia se Wymack de fato confiava em Andrew, mas o treinador assentiu e retirou a mão. Andrew desceu do ônibus e não diminuiu o ritmo até chegar ao dormitório. Wymack só foi embora quando todos já haviam entrado. Eles subiram as escadas até o terceiro andar e Dan parou na porta de Andrew.

— Ei — disse Dan enquanto Andrew abria a porta. — Vamos almoçar todos juntos, como um time. Não precisamos falar do que aconteceu hoje se vocês não quiserem.

Andrew fingiu pensar a respeito.

— Não.

Ele abriu a porta e se moveu para o lado, lançando um olhar significativo para Kevin, que foi na direção do quarto.

— Não se preocupe, Kevin — prosseguiu Dan. — Vamos resolver isso juntos.

Kevin olhou para ela, mas não teve tempo de responder. Andrew colocou as mãos nas costas dele e o empurrou para dentro do quarto. Dan olhou atravessado para Andrew quando Aaron e Nicky entraram depois de Kevin. Andrew sorriu e bateu a porta na cara dela.

— Babaca — disse Matt.

— Eles estão chateados — argumentou Renee. — Não conseguiram ajudar o Kevin hoje.

— Não precisaram ajudar — concluiu Matt. — Neil fez isso por eles.

Eles foram para o quarto dos garotos, encontrando Seth e Allison agarradinhos no sofá. Assistiam a um filme, vestidos mas não muito. Nenhum dos dois pareceu constrangido pelo flagra. Os veteranos nem pestanejaram, como se aquilo fosse algo costumeiro, mas Neil desviou o olhar. O máximo que Allison fez para se cobrir foi colocar uma almofada no colo, por cima da calcinha fio-dental rosa.

— Que chique que ele está — comentou, apontando para Neil.

— Convidado surpresa no programa da Kathy — explicou Dan. — Kathy queria a entrevista exclusiva e Kevin, a publicidade. A gravação ficou boa?

— Ainda não vi. Estávamos ocupados.

— É mesmo? — perguntou Matt.

Dan deu uma cotovelada nele.

— Dá um tempo com isso, pode ser? Precisamos conversar. Tivemos um problema essa manhã.

— Somos Raposas. Sempre temos problemas — rebateu Seth, mas pegou o controle remoto sob uma das almofadas para desligar a televisão.

Dan foi direto ao ponto.

— Riko estava no programa.

Seth a encarou por um segundo antes de cair em uma gargalhada. Allison o sufocou com a almofada e disse:

— Como assim estava lá?

— Kathy o convidou para se sentar a dois metros de Kevin para perguntar por que eles não jogavam mais juntos.

Seth afastou a almofada do rosto.

— Eu deveria ter ido. Ele surtou? Aposto que sim.

— Seth, cala a boca — reclamou Dan. — Não tem graça.

— Ele se acalmou depois que Neil falou algumas verdades para Riko — comentou Matt. — Esse moleque sabe botar a banca. Fez o Riko parecer um babaca idiota que tem o costume de trair os amigos a troco de nada. Vocês deviam pegar a gravação emprestado com a gente para assistir.

Seth parecia duvidar. Allison arqueou uma sobrancelha para Neil e perguntou:

— O que o monstro achou?

— Ele estava dopado de tanto remédio — justificou Dan. — Abby se certificou de que tomasse uma dose extra no caminho de volta, mas eu recomendaria não falar com ele pelo resto do final de semana.

— E qual é a novidade? — disse Seth.

Renee deixou o silêncio pairar no ar por um minuto. Quando parecia que a parte mais séria da conversa havia terminado, sugeriu:

— Alguém quer almoçar? Estou morrendo de fome.

Pediram algumas pizzas para serem entregues no quarto. Allison e Seth se vestiram enquanto esperavam, e Neil foi para o quarto tirar as roupas que Kathy lhe dera. Enfiou-as no fundo da gaveta, embaixo de suas roupas do dia a dia, e vestiu um jeans surrado e uma camiseta larga. Ele e os colegas de equipe passaram algumas horas assistindo a um filme e comendo as pizzas. Depois falaram a respeito da temporada, mas os veteranos pareciam querer tanto falar dos Corvos quanto Neil ficava ao pensar neles. Allison aguentou aquela conversa mais um pouco até mudar de assunto para falar do banquete.

— A gente devia ir fazer compras amanhã — disse Allison. — Preciso de tempo para encontrar o vestido perfeito. Vocês — apontou entre Matt e Seth — estão encarregados de encontrar alguma coisa para Neil vestir. Já vi as roupas que ele costuma usar. Não confio que vá escolher algo apropriado sozinho.

— Eu poderia não ir — sugeriu Neil.

— Você tem que ir — respondeu Dan. — É um evento do time.

Alguém bateu na porta. Dan estava mais perto e se levantou para abrir. Nicky esperava no corredor, sorrindo, mas visivelmente tenso.

— Qual o tamanho do estrago? — perguntou Dan.

Nicky fez uma careta.

— Será que seu bonitão ali sabe como instalar uma janela?

Matt olhou por cima do ombro para a janela do quarto.

— Posso tentar, mas eu não vou nem chegar perto dele hoje.

— Amanhã serve — disse Nicky. — Só, sabe como é, de preferência que seja antes que o treinador venha ver como o Kevin está de novo. Tem trezentos dólares à sua espera se você consertar antes do meio-dia.

— Tira o Andrew do quarto e eu vejo o que posso fazer.

— Perfeito. — Nicky olhou para Neil. — Andrew quer falar com você.

Neil olhou para o relógio e fez as contas. Se Andrew tomara a dose do meio-dia na hora certa, então deveria tomar a próxima em breve. Neil se perguntou se ele teria mesmo tomado, e esperava que sim. Se a abstinência não fosse o suficiente para deixar Andrew perturbado, ser capaz de finalmente reagir aos eventos da manhã sem a medicação nas veias faria dele um verdadeiro homicida. Neil não gostaria de estar no lugar de Kevin hoje.

Ele se levantou e seguiu Nicky pelo corredor até a suíte de Andrew. Não entrava no quarto deles desde que fora arrumar briga por terem mexido nas suas coisas, e eles eram muito bons em manter a porta sempre fechada; era estranho estar ali de novo. Avistou Kevin primeiro, encolhido em um dos enormes pufes virados de costas para a porta. Aaron lavava os pratos na cozinha e não olhou quando entraram.

Nicky apontou para o corredor e foi se sentar perto de Kevin. Neil entrou sozinho no quarto escuro, fechando a porta atrás de si.

Os primos haviam posicionado duas das cômodas na parede embaixo da janela. Andrew estava sentado em cima delas, inclinado para a frente para abraçar os joelhos. Sentindo o cheiro de sangue, Neil olhou por cima de Andrew, para a janela. Andrew arrancara a tela da janela do cômodo principal para poder fumar, mas essa janela ainda tinha uma. Deve ter sido isso o que salvou sua mão quando ele socou o vidro.

Andrew não olhava para ele, mas para a mão ensanguentada apoiada em seus joelhos. Flexionava os dedos de vez em quando, como se buscasse checar se causara muito estrago.

— Você poderia ter destruído sua mão fazendo uma coisa dessas — disse Neil.

Andrew riu.

— Ah, que horror! O que seria de mim então?

— Sairia do time — respondeu Neil. — O que seria de Kevin então?

Andrew não respondeu. Neil atravessou o quarto para ficar em frente a ele. Andrew não retribuiu o olhar, mas abriu um sorriso largo o suficiente para que Neil pudesse ver seus dentes.

— Ah, Neil, tão imprevisível quanto inacreditável — declarou Andrew. — Da última vez que nos falamos, você tinha medo de que Riko te reconhecesse. Ou você mentiu, ou você mudou de ideia. Espero que seja a última opção, porque odeio que mintam pra mim.

— Não mudei de ideia — explicou Neil. — Mas não tive escolha.

— Sempre há uma escolha.

— Precisava falar alguma coisa.

— E olha só o que resolveu falar! Você acabou com o Riko em rede nacional, ao vivo. Ele não vai deixar barato e você sabe disso. Qual é a sensação de ter um alvo bem nas suas costas?

— Familiar — respondeu Neil.

Andrew se endireitou, encostando na tela. Neil observou a mão de Andrew conforme ela deslizava em seu colo, mas não conseguia ver os cortes por baixo do sangue que agora secava.

— Espere só alguns dias e ele vai saber tudo a seu respeito — disse Andrew. Quando Neil o encarou, ele sorriu. — O dinheiro faz o mundo se mover mais rápido do que derramar sangue, e Riko pode contar com os dois. Ele vai procurar um jeito de se vingar de você, e não vai demorar muito tempo até encontrar uma pista para seguir. Quanto tempo você acha que vai levar para alguém com as conexões dele descobrir a verdade?

Neil se sentia atordoado.

— Cala a boca.

— O que você vai fazer quando ele descobrir? Fugir?

— Você sabe que sim.

— Eu sei — concordou Andrew. — Consigo ver isso. Você tem uma carinha de quem sabe onde fica cada uma das saídas de emergência do dormitório.

Neil se virou, mas Andrew foi mais rápido. Balançou o corpo para a frente e o agarrou pela gola, puxando-o antes que pudesse sair. Os dedos ensanguentados deixaram marcas grudentas em sua nuca. Neil tentou se soltar, mas Andrew se recusava a deixá-lo sair.

— Ei, Neil. Neil, me ouça. Fugir não vai te ajudar dessa vez.

— Me solta.

— Você não entende? Fugir era uma opção apenas quando ninguém estava de olho em você. Você já sabia disso quando veio, em junho. É por isso que queria ir embora antes de outubro. Poderia ter ido embora antes que Riko soubesse da sua existência. Deveria ter dado o fora antes de insultar o cara na frente do fã-clube dele. Você não pode mais ir embora. Riko quer saber quem é essa pessoa que o desafiou, e vai conseguir as respostas que procura. Você não tem mais como fugir do seu passado.

— Eu preciso tentar — argumentou Neil.

Andrew cantarolou baixinho uma censura cheia de provocação.

— Você não precisa nada. Lá vai você achar que só existe uma resposta certa. Pensei que não quisesse ir embora.

— Eu não quero — admitiu Neil.

— O que é preciso para fazer você ficar?

A pergunta foi tão inesperada que Neil se virou.

— Quê?

Andrew riu baixo ao perceber o choque de Neil e se inclinou para a frente.

— É só falar que você terá. Não importa o que seja, desde que você se mantenha firme aqui com a gente.

— Não posso.

— Você pode. Você tem tudo o que precisa para sobreviver. Só tem medo demais pra enxergar isso.

— Não entendi.

Andrew suspirou como se Neil estivesse sendo obtuso de propósito.

— Riko vai descobrir a verdade, mas não pode contar para o irmão. Para começo de conversa, Riko e Ichirou não têm permissão para se juntarem, porque pertencem a partes diferentes da família. E o mais importante de tudo é que o treinador Moriyama não vai permitir. Esse ano é sobre o Kevin e o Riko, entende? Ele não quer que saiam notícias sobre você porque isso chamaria a atenção para outra coisa além do confronto. Eles são livres para fazer da sua vida um inferno e vão tentar usar a verdade contra você, mas não podem te entregar ainda.

"Use esse tempo para se certificar de que não cheguem até você. Se Kevin quer fazer de você uma estrela, então deixe que ele faça. Pega tudo que ele tem para oferecer e use Kevin como um escudo. É difícil matar alguém quando todo mundo está de olho nessa pessoa. Não importa se vão te amar ou te odiar, desde que prestem atenção em você. Você tem um ano para dar um jeito nisso" disse Andrew, colocando o dedo no rosto de Neil. "Durante um ano, não vou deixar os Moriyama chegarem em você se você ficar ao lado de Kevin. Ano que vem, sua vida volta a ser problema seu de novo, entendeu?"

— Por quê? — perguntou Neil. — Por que você me ajudaria?

— Me pergunta de novo depois — disse Andrew. Ele tocou em sua boca com os dedos sangrentos e sorriu para Neil. — É melhor que não seja desse jeito, você não acha? Você vai ter todas as suas respostas em Colúmbia. Ah, ninguém te contou ainda, né? Você vai sair com a gente hoje.

— Nunca mais.

— Xiu, Neil, xiu — disse Andrew. — Se quiser ficar aqui, você vai nos encontrar às nove. Se for burro o bastante para fugir, arrume suas coisas e vá embora antes disso. Você tem quase três horas para tomar essa decisão. Viu como sou generoso?

— Isso não é tempo o suficiente.

— Duvido que seja a primeira vez que você tenha que tomar uma decisão rápida para salvar sua pele. Você entregou seu jogo para o Kevin. Agora entregue-o para mim.

Andrew tirou o remédio do bolso, colocando uma das pílulas em cima da cômoda. Ele fechou a tampa, jogou o frasco do outro lado do quarto e pegou a pílula com os dedos ensanguentados. Ergueu-a para conseguir vê-la, virando-a no ar como se nunca a tivesse observado antes, e a colocou nos lábios. Apoiou a mão no colo enquanto engolia o remédio e abriu um sorriso feroz para Neil, mostrando dos dentes.

— Tique-taque, o tempo está passando. Cai fora do meu quarto.

Neil saiu o mais rápido que conseguiu, mas só chegou até o corredor. Assim que fechou a porta atrás de si, suas pernas travaram e ele se agarrou à parede com desespero. O pânico o dominou por completo, da cabeça aos pés. Pressionou a mão na boca com tanta força que sentiu o gosto de sangue.

Deveria achar que um goleiro insano o protegeria?

Contra sua vontade, pensou de novo no que acontecera no estúdio de Kathy. Andrew aparecera na hora certa para proteger Neil. Ele deveria ter ido direto até Kevin, que parecia ser o centro de seu estranho mundo, mas se posicionara entre Riko e Neil. Andrew sabia exatamente quem eram os Moriyama e tinha certa noção do envolvimento de Neil nessa história, mas ainda assim achava que podia se colocar entre eles.

Neil se afastou da parede e foi até a escada. Já estava correndo antes mesmo de chegar ao térreo, e bateu a porta da frente com tanta força que as dobradiças rangeram. Seus batimentos cardíacos faziam um barulho ainda mais alto, reverberando em seus ouvidos.

E se ele pudesse ficar? E se um adolescente psicótico de fato fosse o suficiente para protegê-lo? E se Andrew tivesse razão e a infâmia das Raposas fosse capaz de proteger sua identidade?

Neil sabia que não deveria acreditar em promessas tão perigosas, mas as palavras de Andrew o assombravam a cada passo que dava.

CAPÍTULO CATORZE

O dormitório estava mais lotado do que de costume quando Neil retornou, às nove da noite. O jogo de futebol americano tinha terminado na mesma hora em que começara a correr, e algumas pessoas que estavam na festa pós-jogo começavam a chegar. Elas conversavam aos gritos pelos corredores, a música alta se fazendo ouvir pelas portas abertas. Neil atravessou o caos em direção aos quartos das Raposas. Eram as três únicas portas fechadas naquele lado da escada.

Ele parou em frente à porta de Andrew, mas não conseguiu bater. Olhou para as mãos que tremiam e cerrou uma delas. Tinha quase reunido coragem para bater quando a porta se abriu de repente.

— Ah, ele veio — declarou Andrew. — Que interessante.

Ele pressionou dois dedos no pescoço de Neil, verificando sua pulsação. Quando Neil tentou se afastar, Andrew segurou seu pulso com a mão livre. Tinha um sorriso fino e cruel conforme se aproximava, invadindo seu espaço pessoal.

— Lembre bem dessa sensação. Esse é o momento exato em que você deixa de ser a caça.

Neil ficou surpreso demais para responder, mas Andrew não esperou. Passou por Neil, usando o peso de seu corpo e o aperto firme em seu pulso para puxá-lo com ele para longe da porta. Soltou-o no meio do corredor, colocou as mãos no bolso e esperou.

Nicky saiu do quarto logo depois. Abriu um sorriso que iluminou todo o seu rosto ao ver Neil. Aaron parecia mais cético quando apareceu, mas olhou para Neil sem dizer nada. A expressão de Kevin era a mais difícil de interpretar conforme ele saía e fechava a porta do quarto. Neil olhou de Kevin para Andrew, que ainda o observava como se esperasse por algo.

Neil ouviu a movimentação a duas portas de distância, encontrando um motivo para desviar o olhar de Andrew. Cinco estranhos batiam na porta do seu quarto. Seth saiu para cumprimentá-los, dando tapinhas nas costas enquanto se juntava a eles. Allison veio logo atrás. Ela abraçou Seth pelas costas e deslizou as mãos pela lateral de seu corpo até as calças dele. Neil a observou vasculhar meticulosamente os bolsos dele. Encontrou apenas um isqueiro e um pacote amassado de chiclete.

Seth olhou para ela por cima do ombro, irritado.

— Não sou burro.

Ela o beijou para silenciá-lo e colocou o isqueiro de volta em seu bolso. Descartou o chiclete, jogando-o para trás. A embalagem quase bateu em Matt conforme ele e Dan saíam do quarto. Ao se virar para desviar, Matt viu Neil. O alívio em seu rosto era inesperado.

— Neil, você veio — declarou, alto o suficiente para que Allison e Seth se virassem para observar. Neil olhava de um rosto para o outro, perguntando-se o que acontecera em sua ausência. — Seth e Allison vão em alguns bares no centro, e nós vamos fazer uma maratona de filmes. Alguma sugestão ou pedido?

— Vocês vão sair do campus? — perguntou Nicky para Allison. — É sério isso?

Allison fez cara feia para ele e abraçou Seth ainda mais apertado.

— Não é da sua conta.

Matt deu uma olhada em Allison, a expressão tensa, mas continuou falando com Neil.

— Renee deve voltar em breve com as bebidas. Ela disse que ia comprar alguma coisa sem álcool para vocês dois.

— Ahh, que desperdício — disse Andrew. — Eu quem vou pagar as bebidas do Neil hoje.

Eles levaram alguns segundos para compreender. Quando por fim entenderam, Dan se afastou da porta, cambaleando e dizendo:

— Você tá de sacanagem.

Andrew riu da revolta dela.

— Bem que você queria.

— Da última vez que ele saiu com vocês, teve que pedir carona pra voltar pra cá — protestou Dan. Os amigos de Seth olhavam dela para Andrew, obviamente interessados na conversa, mas Dan fingiu não perceber. Ela apontou um dedo para Andrew e disse:

— Ele não vai sair com vocês de novo. Pode acabar morrendo dessa vez.

— Meu Deus, Dan — disse Nicky. — Parece até que não confia na gente quando fala coisas desse tipo.

— Ninguém confia em vocês — afirmou Matt. — O que estão aprontando?

— Não é da sua conta — rebateu Aaron.

— Eu disse que ele não vai — declarou Dan. — Neil, não deixe que mandem em você desse jeito.

Andrew cutucou Neil com o cotovelo e disse em alemão:

— Ei, Neil. Não é incrível? Não é comovente? Olha como eles se preocupam com você. Ah, uma preocupação tão sem sentido. Fala para eles que você consegue se virar sozinho.

Andrew o estava desafiando a ultrapassar um limite, a abrir mão um pouco mais da grande mentira que era Neil Josten. Fazer isso seria ir contra tudo aquilo que Neil acreditava, mas ele escolhera esse caminho. Escolhera Andrew. Ignorou seu medo o máximo que foi capaz e respondeu em alemão.

— Eles não são burros o suficiente para achar que vai ser só uma bebida.

— Puta que pariu — disse Nicky, mudando de idioma no mesmo instante. — Desde quando você fala alemão? Andrew, você sabia disso? Por que não contou pra gente?

— Que saco — respondeu Andrew. — Descubra as coisas por conta própria de vez em quando.

Nicky acenou com a mão em direção a Aaron.

— Rápido. Falamos alguma coisa muito incriminadora em alemão nos últimos meses?

— Além dos seus comentários intermináveis e totalmente inapropriados sobre todas as coisas que gostaria de fazer com ele, acho que não. Parece que você conseguiu se envergonhar nos dois idiomas que fala. — Aaron olhou para Neil. — Quando ia contar isso pra gente?

— Eu não ia — disse Neil. — Depois de tudo que passei com vocês esse ano, achei que não devia favor algum.

Aaron deu de ombros e deixou de lado. Nicky esfregou o rosto e murmurou consigo mesmo. Do outro lado do corredor, os veteranos olhavam sem acreditar. Matt foi o primeiro a encontrar as palavras, mas tudo o que conseguiu dizer foi:

— Achei que você falasse francês. Era francês que vocês falaram hoje de manhã, né? No estacionamento da Kathy?

— Vejo vocês amanhã — declarou Neil em inglês.

— Estamos indo — disse Andrew, e desceu o corredor com Kevin em seu encalço.

— Neil, isso não é uma boa ideia — alertou Dan.

— Eu sei — respondeu Neil, e se virou para seguir Kevin e Andrew, com Aaron e Nicky vindo logo atrás. Desceram as escadas como uma pequena procissão, uma fila de pessoas vestidas com roupas pretas, com Neil no meio, chamando a atenção. Sentou-se no mesmo lugar que da última vez, entre os irmãos no banco traseiro. Tinha acabado de colocar o cinto quando Nicky esticou a mão para trás e colocou uma mochila em seu colo. Neil a abriu e viu que havia um tecido escuro lá dentro.

Estavam todos em silêncio quando foram para Colúmbia da última vez. Agora seria diferente, já que Andrew ainda tinha algumas horas extras de energia graças à medicação. Nicky e Andrew conversaram durante todo o caminho, Nicky mudando de assunto para falar de filmes ou música, e Andrew discorrendo animado sobre quase tudo que ele dizia. Estavam quase em Colúmbia quando Andrew começou a responder menos. Nicky começou a dominar mais a conversa, e o silêncio de Andrew se estendeu um pouco mais.

O Sweetie's estava tão cheio naquela noite quanto da primeira vez que foram, mas deram sorte de encontrar uma vaga assim que chegaram, pois um dos carros saía. Nicky estacionou enquanto erguia o punho para comemorar, e os cinco entraram juntos. Havia dois grupos na frente deles esperando por uma mesa. Kevin deu o nome deles para a atendente. Andrew olhou para Neil.

— Precisamos de um número para os biscoitos. Você vai querer?

— Eu tenho escolha dessa vez? — perguntou Neil.

— De agora em diante, você tem — afirmou Andrew.

Neil não acreditou, mas balançou a cabeça para sinalizar que não. Andrew apontou para a mochila que estava com Neil e foi até o bufê de saladas pegar os pacotes de biscoito. Neil procurou por um banheiro, mas Nicky o cutucou e mostrou o caminho. Neil o seguiu até o banheiro e colocou a mochila na pia.

— Essa roupa é nova — disse Neil.

— Seria muita cafonice usar a mesma coisa duas vezes, não é? — perguntou Nicky.

— Não compre coisas para mim.

— Claro, da próxima vez que Andrew disser que preciso comprar uma roupa para você, vou falar que não. Isso vai dar supercerto. — Nicky revirou os olhos.

— Então me deixa te pagar de volta.

— Como posso dizer isso? — Nicky pensou por um segundo, depois desistiu de ser delicado. — Você obviamente precisa do dinheiro mais do que ele agora. Se o Andrew quer comprar coisas para você, então deixa ele comprar. Ele não costuma dar presentes, então é meio que divertido.

— Eu tenho dinheiro — respondeu Neil. — Não preciso de esmola.

— É sério? — perguntou Nicky, olhando para as roupas de Neil de cima a baixo.

Neil o encarou. Sabia que Andrew não tinha contado aos outros que falava alemão, mas não imaginava que ele também tivesse guardado segredo sobre seu dinheiro. Isso significava que Andrew guardara todos os segredos de Neil, menos um: a verdade sobre a cor dos seus olhos. De acordo com Nicky, não era um grande segredo; mas Andrew encontrara seu dinheiro antes da trégua dos dois na sala de Wymack. Se não tinha motivos para proteger Neil até então, por que ficara quieto?

— É sério — disse Neil por fim. — Guardei um pouco de dinheiro antes de me mudar para cá.

— Ótimo — afirmou Nicky. — Então a gente devia fazer compras amanhã e comprar roupas novas pra você. O treinador está puto porque não fizemos isso ainda. Ele está cansado de ver você usar as mesmas roupas o tempo inteiro. Todos nós estamos.

— Não tem nada de errado com as minhas roupas.

— Isso é o que você acha. Agora que você é nosso, temos que cuidar de você. E a primeira coisa a fazer é mudar seu guarda-roupa horrível. — O sorriso de Nicky sumiu ao ver a expressão no rosto de Neil. — Ah, não. Que cara é essa? Você sabe por que está com a gente hoje, né? Andrew explicou alguma coisa em meio à loucura de sempre?

— Mais ou menos — comentou Neil. — Ele disse que mais tarde me daria algumas respostas.

— Só pode ser brincadeira, não é possível. — Nicky parecia angustiado. — Isso quer dizer que Andrew vai cuidar de você, como cuida de Kevin. Você é parte da família agora.

— Eu não acredito em família.

— E quem é que ainda acredita hoje em dia?

Era estranho que Nicky dissesse isso, considerando que seus primos faziam parte do time. A julgar por seu suspiro pesado, Nicky não teve dificuldade para interpretar a expressão de Neil. Nicky fez aspas com os dedos. Neil soube, assim que ele começou a falar, de quem eram as palavras que repetia, mas duvidava que Andrew soasse tão cansado quando disse:

— Ser parente não significa ser uma família.

Nicky enfiou as mãos nos bolsos e olhou para o próprio reflexo, pensativo.

— Sei por que o Andrew acha isso e entendo por que ele e o Aaron não se suportam, mas não vou desistir deles ainda. Quero consertar isso e provar que os dois estão errados.

— Eles se odeiam? — perguntou Neil, surpreso.

Ele vasculhou a memória à procura de sinais de problemas entre os gêmeos, mas não se lembrou de nada. E era esse nada que agora se destacava em seus pensamentos. Andrew e Aaron não brigavam, mas também não interagiam. Só os vira conversar algumas poucas vezes. Nunca ficavam perto um do outro; sempre havia alguém no meio. Aaron nem sequer podia dirigir o carro de Andrew.

— Não diria que se odeiam, mas têm problemas bem sérios. E você não teria, se estivesse no lugar deles? — perguntou Nicky. — Família tem um significado diferente para nós porque é assim que tem que ser. Não tem a ver com o sangue. Nem mesmo com quem gostamos. Tem a ver com quem Andrew está disposto a proteger.

O estômago de Neil se revirou com a sensação nada amigável da dúvida.

— E ele me tornou parte disso por causa do que aconteceu hoje de manhã?

— Em partes — respondeu Nicky. — Mas também porque é por sua causa que Kevin vai continuar na nossa equipe. Andrew é o protetor de Kevin, mas você é o foco da atenção de Kevin. A sua obsessão por Exy é tão bizarra quanto a dele. E isso faz com que você seja valioso para Andrew.

Neil refletiu em silêncio; então, finalmente pegou as roupas novas e se virou para entrar em uma das cabines. Nicky tocou no ombro dele antes que pudesse se afastar da pia.

— Olha, eu sei que a gente ferrou com as coisas na última vez. Por favor acredite em mim quando digo que Andrew só estava cuidando de todos nós. Ele não queria se arriscar. Mas agora as coisas mudaram. Você faz parte do grupo, o que significa que nunca mais vamos testar seus limites. Tá?

— Acho que vou ter que pagar pra ver. — Neil se trancou na cabine e trocou de roupa.

O olhar de Nicky era lisonjeiro quando Neil saiu da cabine, mas, pela primeira vez, não disse nada. Neil se encaminhou para a porta, mas mudou de ideia e voltou para a pia. Tirou as lentes de contato, jogando-as no lixo. Quando olhou para o espelho, seus olhos azuis o encaravam de volta. Neil não podia ser ele mesmo, mas talvez pudesse ser o Neil que mostrara para Andrew na sala de Wymack.

Os outros já estavam sentados quando, por fim, saíram do banheiro. Uma garçonete terminava de anotar os pedidos e saiu do caminho para que Neil e Nicky pudessem se sentar. Nicky sentou-se primeiro, atenciosamente deixando a outra cadeira para Neil.

Aaron arqueou uma sobrancelha para Nicky.

— Se afogaram no banheiro?

— Rapidinhas também levam tempo, sabe como é — disse Nicky.

— Não me faça vomitar.

— Sabe, se você comesse a Katelyn pelo menos uma vez, não seria tão babaca assim. — Nicky desviou quando Aaron jogou um guardanapo amassado nele. — É verdade. Você vai com ela para o banquete, não vai?

— Ainda não convidei.

— Acho que o Andrew devia convidar, aí a gente vê se ela consegue diferenciar os dois.

O sorriso de Andrew era vagaroso.

— Tá.

— Não tem graça nenhuma. — Aaron disse para Nicky. — Cala a boca.

Eles comeram em silêncio quando o sorvete chegou. Aaron deixou mais dinheiro na mesa do que o necessário para pagar as sobremesas, então Neil presumiu que eles haviam comprado as drogas.

A fila do lado de fora do Eden's Twilight estava menor do que da última vez, quase metade do número de pessoas. Nicky culpou as leis dominicais da Carolina do Sul. Aparentemente, era proibido vender álcool aos domingos, o que significava que os bares tinham que parar de servir as pessoas à meia-noite de sábado. O grupo só tinha uma hora e meia para beber, mas Nicky afirmou ter algumas bebidas "em casa".

— Mas de quem é essa casa? — perguntou Neil.

— Tecnicamente é minha, mas considero que seja nossa. — Nicky gesticulou no ar, sinalizando todos do grupo. — Eu saí da Alemanha para ser o guardião legal do Aaron e do Andrew, sabia? Era eu ou meus pais super-religiosos, e pensei que eu tinha mais chances de sobreviver ao lidar com Andrew. Comprei aquela casa para que tivéssemos um lugar para ficar. Meu pai assinou o contrato, mas Erik me ajudou a pagar. Uso minha bolsa mensal para pagar a hipoteca.

— Se vocês têm uma casa, por que ficaram com a Abby durante o verão?

— Porque Andrew não estava com vontade de ir e voltar todos os dias para que Kevin pudesse treinar — explicou Nicky.

Ele parou o carro no meio-fio em frente ao Eden's Twilight para pegar o passe de estacionamento VIP. Os outros entraram enquanto ele dirigia até a garagem no fim da rua. Estava mais fácil de conseguir uma mesa devido ao horário de funcionamento reduzido, mas a boate ainda estava mais cheia do que Neil gostaria. Andrew deixou Aaron e

Kevin cuidando dos lugares e levou Neil com ele para pegar as bebidas. Roland, o barman, estava trabalhando de novo. A julgar pelo seu olhar, se lembrava de Neil e estava incrédulo de vê-lo ali de novo.

— Ele disse não — declarou Andrew. — Não coloque nada na bebida.

Neil tinha quase certeza que aquilo era só da boca pra fora, mas Roland entregou um copo vazio e uma lata de refrigerante fechada para ele. Neil verificou o copo em busca de resíduos de alguma coisa assim que Roland foi preparar as outras bebidas.

— Paranoico — provocou Andrew.

— Alguém tão controlador quanto você também não deveria beber.

— Conheço bem os meus limites — disse Andrew. — E não vou testá-los.

— E o pó?

— Acho que meu corpo já tem loucura demais para que o pó faça alguma diferença. Só começamos a usar o pó por causa do Aaron. Ele precisava de alguma coisa para usar quando estava limpando o organismo de todas as coisas que a mãe tinha dado pra ele.

Andrew gesticulou entre o rosto dos dois.

— Você se lembra desse jogo? Estamos fazendo aquela parada de honestidade de novo, ao menos até eu encher o saco. Em breve você vai ser totalmente sincero comigo e me dizer o que eu tenho que fazer pra te manter aqui.

— Aqui vai uma verdade, então — disse Neil. — Eu não gosto de você e não confio em você.

— A recíproca é verdadeira — devolveu Andrew. — Isso não muda nada.

— Nicky diz que você só está me mantendo por perto por causa do Kevin — contou Neil. — E o que vai acontecer se o Kevin se cansar de mim?

— Faça com que ele se mantenha interessado — respondeu Andrew, e não parecia ser uma sugestão.

Neil o olhou em silêncio, se perguntando quão burro e desesperado ele precisava ser para confiar em alguém como Andrew.

— Você consegue me proteger do meu passado?

— O chefe do seu pai — adivinhou Andrew.

A verdade queimou a língua de Neil, intensa e amarga como sangue fresco. Ele engoliu em seco e disse:

— Sim. Ouvi dizer que os Moriyama não confiavam mais no pessoal dele e os negócios nunca mais se recuperaram. E desde então, ele está me perseguindo. Foi preso por crimes pequenos algum tempo atrás, mas não vai ficar na cadeia pra sempre. Você disse que os Moriyama não vão encostar o dedo em mim esse ano por causa do Kevin, mas ele não vai parar. Se me encontrar, ele vai me matar.

— Que confusão. — Andrew parecia não sentir compaixão. — Mas é fácil cuidar disso.

Um grupo de pessoas procurava abrir caminho até o bar atrás de Neil, empurrando-o contra Andrew. Andrew não se moveu sob seu peso. Ele era um apoio sólido, algo violento, cruel e imóvel. Neil não se lembrava de qual era a sensação de ter alguém segurando-o. Era, ao mesmo tempo, assustador e libertador. Já não estava mais no controle de sua vida: entregava-a para Andrew, com a esperança de que ele o manteria a salvo.

Roland voltou com uma bandeja de bebidas. Andrew pegou a bandeja e gesticulou para que Neil fosse na frente, erguendo a bandeja por cima de sua cabeça. Tinha acabado de colocar as bebidas na mesa quando Nicky apareceu.

Neil achou que eles tinham bebido rápido da última vez que estiveram ali, mas não era nada comparando com esta noite, quando corriam contra o relógio para beber tudo o que podiam antes da meia-noite. Ele bebericou o refrigerante enquanto observava todos ficarem bêbados. Usaram o pó de biscoito mais cedo dessa vez, Aaron e Nicky sumindo na pista de dança logo depois. Andrew recolheu os copos vazios da mesa e levou a bandeja de volta para o bar.

Era a primeira vez que Neil e Kevin ficavam sozinhos desde a gravação. Apesar de tudo o que acontecera naquele dia, não tinham nada para dizer um ao outro. Olhavam em direções opostas, sentados em um silêncio constrangedor, durante todo o tempo em que Andrew saíra, mais de meia hora. Neil estava começando a achar que Andrew tinha se perdido na volta do bar quando ele enfim apareceu com mais bebidas. Quase disse alguma coisa, mas deixou de lado para observá-los beber.

Às dez para a meia-noite, estava na hora da última rodada de bebidas. Aaron e Nicky voltaram para beber um pouco mais. Kevin teve que se sentar mais próximo de Andrew para poder se equilibrar após beber treze bebidas em uma hora e meia. Neil pensou que era um milagre ele conseguir ficar em pé. Andrew ajudou Kevin, e coube a Neil a tarefa de não deixar que Nicky caísse da calçada para a rua. Neil se ofereceu para dirigir, mas Andrew o ignorou e se sentou no banco do motorista.

Neil não se lembrava de terem saído da festa da última vez, então prestou atenção no caminho. A casa ficava a sete minutos de distância, em um pequeno bairro perto da rodovia interestadual. Andrew estava entrando na garagem quando o celular de Aaron tocou. Ele vasculhou os bolsos à procura do aparelho, mas só o encontrou no quarto toque. Ele abriu o telefone, olhou confuso para a tela e fez uma careta.

— Treinador — disse, atendendo à ligação. — Você sabe que horas são? Quê? Calma, como é que é? É mentira. Eu não acredito em você!

Aaron afastou o celular do ouvido, empurrando-o para Andrew. Andrew acendeu calmamente seu cigarro antes de atender a ligação. Apoiou o aparelho entre o ouvido e o ombro enquanto guardava o maço de cigarros.

— O que você quer? — perguntou, e ouviu enquanto Wymack explicava tudo de novo. — Overdose, tipo agora?

— De novo? — disse Nicky, sem acreditar. — Aquele burro do caralho.

— Nunca mais — disse Andrew por cima do ombro. — Ele morreu.

Houve um segundo do mais absoluto silêncio antes que Nicky se movesse. Ele agarrou Andrew pelos ombros e o sacudiu com força.

— Não. O quê?

Andrew se soltou do aperto dele e falou ao celular:

— Não, não é uma boa ideia. Ligo quando estivermos aí.

Nicky se afundou no banco e resmungou baixinho.

— Merda, merda. Não é possível.

— Quem teve uma overdose? — perguntou Neil.

— Seth. — Andrew desligou e pressionou o celular na coxa. — Alguém o encontrou de bruços no banheiro em Bacchus, afogado no próprio vômito. É exatamente assim que eu disse que ele ia de base, não que ele alguma vez tenha dado ouvidos para o que eu falo.

Neil achava que não tinha ouvido bem.

— Seth teve uma overdose?

— Presta atenção na conversa — disse Andrew.

— Eu achava que ele usava alguma coisa, mas nunca vi — comentou Neil.

— Ele tirou quase tudo do sistema alguns anos atrás — explicou Andrew. — A única coisa que ele ainda usava eram os antidepressivos. Um tanto curioso.

— Acho que vou passar mal — disse Nicky, abalado.

Neil olhou para ele, surpreso com o quanto Nicky e Aaron estavam perturbados. Perguntava-se se deveria sentir algo além do choque, mas logo percebeu que não. A morte estava sempre por perto enquanto crescia. Agora, ela não era nada além de uma pedra no caminho e um lembrete para continuar seguindo em frente. Seth deveria ser uma exceção, já que morava com ele há meses, mas Neil nunca gostou dele de verdade.

— Nós vamos voltar? — perguntou Neil.

— Com todos eles bêbados e loucos de pó de biscoito e eu sem tomar a medicação? Vou voltar para a cadeia antes que alguém termine de dizer "ameaça à sociedade". Vamos esperar até amanhã de manhã.

Andrew saiu do carro, porém mais ninguém se mexeu.

— Como vai ficar nossa escalação? — perguntou Kevin.

Nicky fez uma careta.

— Kevin, o cara morreu. Tipo, pra sempre.

— Não foi uma grande perda — declarou Kevin.

Nicky saiu do carro e caminhou pela garagem com as mãos entrelaçadas atrás do pescoço. Neil olhava de Aaron para Kevin, e então saiu pela porta que Nicky deixara aberta. Andrew estava mexendo em seu chaveiro na entrada da casa quando Neil se aproximou. Andrew terminou o que quer que estivesse fazendo, pegou a chave com a outra mão e apontou o cigarro para o rosto de Neil.

— Interessante isso — disse. — Essa apatia não é um bom prenúncio para a sua sanidade.

— Eu não entendo o suicídio — explicou Neil. — Me manter vivo sempre foi tão importante pra mim que não consigo imaginar alguém que se esforce para se matar.

— Ele não fez isso — disse Andrew, como se Neil fosse idiota. Ele abriu a porta, mas não se deu ao trabalho de acender as luzes ao entrar. Neil o seguiu adentrando no ambiente escuro e deixando a porta aberta para que os outros pudessem entrar também. — Ele queria uma válvula de escape, algumas horas sem pensar ou sentir nada. O problema é que é muito fácil morrer com a saída que encontrou. Isso foi culpa dele.

— É por isso que você bebe? — indagou Neil. — Você não quer sentir?

Andrew se virou para encará-lo. Neil não estava esperando por isso e quase deu de cara com ele. Andrew enfiou a ponta do dedo na base do pescoço de Neil em um aviso. Com a proximidade, Neil conseguia sentir o cheiro de álcool e cigarros nele. Fazia com que se lembrasse da mãe, queimando na praia até virar cinzas. Sem pensar, estendeu a mão e pegou o cigarro de Andrew. Por algum motivo, Andrew permitiu.

— Eu não tenho sentimentos por ninguém nem por nada — disse Andrew. — Não se esqueça disso.

— Então Kevin é só um passatempo pra você?

— Seth não se matou. Ele não teria como fazer isso.

— O que você quer dizer?

— Seth só usava aqueles comprimidos quando ele e Allison estavam em crise — explicou Andrew. — Quando estão juntos, ela é o suficiente pra fazer com que ele se contenha. Saíram juntos hoje, e Allison teria se certificado de que ele havia deixado os comprimidos em casa. Sabe que ele gosta de misturar com bebida.

Neil se lembrou de vê-la vasculhar os bolsos de Seth.

— Ela verificou. Eu vi.

— Eu também — disse Andrew.

— Se ele não estava com os comprimidos, como teve uma overdose?

— Não foi por escolha dele — declarou Andrew. — A minha teoria é que Riko ganhou essa rodada.

Neil o encarou.

— Você não está achando que foi coisa do Riko.

— Acho que foi em um momento conveniente demais para ser um acidente — afirmou Andrew. — Riko quebrou a mão de Kevin porque ele jogava melhor. Ele mudou de distrito porque Kevin pegou a raquete e voltou para as quadras. O que você acha que ele está disposto a fazer com você, que o chamou de inútil em rede nacional?

"Você disse que somos mais fortes porque temos menos jogadores. Se sente mais forte agora que foi empurrado para a vaga de titular? Acha que você e o Kevin estão prontos para carregar a equipe nas costas durante o campeonato?"

— E depois você diz que eu sou paranoico — disse Neil, baixinho.

— Eles deveriam ter ficado no campus hoje — disse Andrew. — Renee apareceu depois que você saiu e perguntou quanto tempo a gente achava que ia demorar para Riko retaliar. Kevin disse que a resposta viria ainda hoje. Que pena que você não viu aqueles intrometidos entrando em pânico quando perceberam que você não estava no dormitório. Eu disse que você estaria de volta às nove, então eles fizeram os planos para a noite contando com você.

Neil se lembrou do alívio de Matt ao vê-lo surgir no corredor. Mais do que isso, se lembrou do choque de Nicky ao saber que Allison e Seth iam sair. Nicky raramente prestava atenção nos dois e não deveria fazer diferença para ele que fossem sair com amigos. A reação foi por eles estarem se desviando do plano.

— Eu não acredito em você — disse Neil.

— Não posso provar, mas sei que tenho razão.

— E se você tiver, o que acontece agora? — perguntou Neil. — Estou disposto a arriscar a minha vida. Não quero arriscar a vida deles. Eles não merecem passar por isso.

— Você não vai precisar — explicou Andrew. — Eu faço isso, e digo que as chances são boas. As Raposas são famosas por terem temporadas terríveis, mas só é possível ter azar até certo ponto. Uma morte é uma tragédia fácil de se acreditar. Duas nos coloca pouco abaixo do número mínimo de jogadores necessários para estar na competição. O treinador Moriyama quer que Kevin e Riko se enfrentem na quadra, então Riko não pode correr o risco de nos desqualificar.

Neil não disse nada. Andrew enganchou os dedos na gola da camisa de Neil, puxando o suficiente para que ele sentisse.

— Sei o que estou fazendo. Sei com o que concordei quando decidi ficar ao lado de Kevin. Sabia qual seria o preço e até onde teria que ir. Entendeu? Você não vai a lugar nenhum. Vai ficar aqui.

Andrew não soltou até que Neil concordasse. Então, segurou a mão dele. Pegou o cigarro de volta, colocando-o na boca, e pressionou uma chave na mão vazia de Neil. Neil ergueu a mão para olhar para ela. O símbolo gravado na chave indicava que era uma cópia. Neil não sabia de onde era, mas precisou apenas de alguns instantes para descobrir. Andrew a usara para destrancar a porta da frente e então a tirou do chaveiro, ainda na entrada. Agora, a entregava para Neil.

— Vá dormir — ordenou Andrew. — Amanhã voltamos para casa e vemos como vai ficar todo o resto.

Andrew contornou Neil em direção à porta da frente. Não nutria compaixão por sua família nem os confortava enquanto lamentavam a morte inesperada de Seth, mas os vigiaria da porta até que estivessem bem de novo. Neil teve mais dificuldade do que esperava para deixar de olhar para ele, mas, enfim, se encaminhou para o corredor. Passou por uma pequena sala, então mudou de ideia e se aninhou em uma das poltronas reclináveis.

Apesar das promessas e da autoconfiança de Andrew, Neil tinha boas chances de ir embora de Palmetto State em um caixão antes da primavera. Ele estava em paz em relação a isso. Passaria seus últimos meses como Neil Josten, atacante titular das Raposas de Palmetto State. Morreria como o protegido de Kevin, um adolescente com um futuro brilhante à sua frente, e sua morte seria considerada uma tragédia. Parecia muito melhor do que morrer assustado e sozinho do outro lado do mundo.

Neil olhou para a chave em sua mão.

— Casa — sussurrou, precisando ouvir a palavra. Era um conceito estranho para ele, um sonho impossível. Era assustador e maravilhoso ao mesmo tempo, e seu coração batia tão forte que pensou que pudesse fugir de seu peito.

— Bem-vindo a casa, Neil.

AGRADECIMENTOS

Para os queridos do Courting Madness que se recusaram a desistir das Raposas mesmo quando eu pensei em fazer isso: seu apoio significou o mundo para mim. Espero que gostem do resultado final tanto quanto eu amei escrevê-lo. Para KM, Amy, Z, Jamie C e Miika: obrigada por editarem este livro comigo. Teria sido um desastre ininteligível sem sua paciência e seu discernimento.

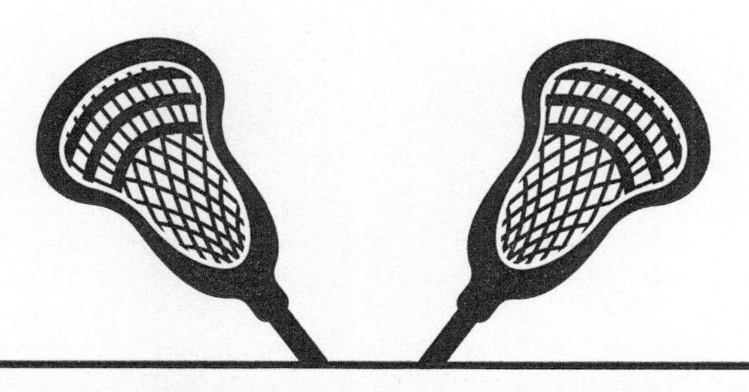

AS RAPOSAS DE PALMETTO STATE

Danielle Leigh Wilds, nº 1, Armadora
Kevin Day, nº 2, Atacante
Andrew Joseph Minyard, nº 3, Goleiro
Matthew Donovan Boyd, nº 4, Defensor
Aaron Michael Minyard, nº 5, Defensor
Bryan Seth Gordon, nº 6, Atacante
Allison Jamaica Reynolds, nº 7, Pivô
Nicholas Esteban Hemmick, nº 8, Defensor
Natalie Renee Walker, nº 9, Goleira
Neil Josten, nº 10, Atacante

David Vincent Wymack
Abigail Marie Winfield
Betsy Jo Dobson

Este livro foi composto na tipografia Minion Pro,
em corpo 11,5/16, e impresso em
papel off-white no Sistema Cameron da
Divisão Gráfica da Distribuidora Record.